[美国] 乔纳森·卡勒 著　李 平 译

文学理论入门

牛津通识读本·

Literary Theory

A Very Short Introduction

译林出版社

图书在版编目（CIP）数据

文学理论入门／（美）卡勒（Culler, J.）著；李平译．—南京：译林出版社，2013.1（2024.10重印）
（牛津通识读本）
书名原文：Literary Theory: A Very Short Introduction
ISBN 978-7-5447-2966-6

Ⅰ.①文… Ⅱ.①卡… ②李… Ⅲ.①文学理论 Ⅳ.①I0

中国版本图书馆 CIP 数据核字（2012）第 133577 号

文学理论入门［美国］乔纳森·卡勒／著 李 平／译

特约编辑 陆 赟
责任编辑 於 梅
责任印制 董 虎

原文出版 Oxford University Press, 1997
出版发行 译林出版社
地 址 南京市湖南路 1 号 A 楼
邮 箱 yilin@yilin.com
网 址 www.yilin.com
市场热线 025-86633278
排 版 南京展望文化发展有限公司
印 刷 江苏凤凰通达印刷有限公司
开 本 890 毫米 × 1260 毫米 1/32
印 张 9.5
插 页 4
版 次 2013 年 1 月第 1 版
印 次 2024 年 10 月第 22 次印刷
书 号 ISBN 978-7-5447-2966-6
定 价 39.00 元

序言

赵宪章

乔纳森·卡勒(Jonathan Culler, 1944—),1966年毕业于哈佛大学,1974年获牛津大学比较文学博士学位,1975年任耶鲁大学教授,后执教于康奈尔大学,当代美国著名文学理论家,欧洲理论在美国的权威阐释者之一。他于1975年出版的《结构主义诗学》被认为是成功移植欧陆理论的范例,推进了文学批评从文本细读向理论阐释的转型,从而获得了美国现代语文学会颁发的标志美国文学批评最高荣誉的J.R.罗威尔奖。此后,卡勒又顺应学术发展的大势卷入解构主义大潮,他于1982年出版了另一部代表作《论解构:结构主义后的理论与批评》。卡勒并没有将解构主义(后结构主义)与结构主义截然地分离,但是两书在方法和结论上有着明显不同,作者自称前者只是对结构主义的"介绍",后者则是直接参与一场生机勃勃、难解难分的论战,从而塑造了他作为美国解构主义批评代表人物的学术形象。《文学理论入门》是卡勒1997年出版的一部新作,属于通识类或导引类读本,尽管篇幅短小、简明扼要,但是观念新潮,思想敏锐,集中呈现了西方文学理论的最新发展,对于建构我们自己的理论话语极富有启发性。

和我国的同类著作相比,卡勒的《文学理论入门》作为面向一般读者的通识类读本，并没有摆出学术权威的架势颐指气使，没有用独断论的口吻强行推销他的一家之言，而是将各种理论同时纳入他的论域，以期读者能在这种对话关系中独立自主地辨析是非，进而形成自己的倾向或立场并参与本书的理论建构。这种开明、开放式的理论表述不仅体现了作者对历史的尊重及其学术民主的对话思想，更有益于激活读者的想象力和创造性。毋庸讳言，这种表述方式很自然地使人联想到我们已经或正在组织编写的类似读本。尽管理论界已经意识到本质主义和独断论的弊端，但是，无论是在学术研究还是在理论教学及教材编写中，真正达到平等对话的境界尚有待时日，革除长期的思维惯性不可能一蹴而就。这样，卡勒的《文学理论入门》就有可能为我国的读者带来陌生感，使长期习惯于接受“定论”的读者感到无所适从。

当然，这并不是说卡勒在他的《文学理论入门》中有意隐蔽自己的观点，而是说他的观点是以尊重历史和他人为前提，在充分评介相关理论的同时阐发自己的一家之言，从而激活读者的言说，为他人介入讨论预留了空间。例如，和我们的文学理论教材类似，关于“理论是什么”和“文学是什么”这两个问题，往往是通识类读本不得不首先解答的问题。那么，卡勒是如何解答这两个问题的呢？

首先，卡勒认为，就文学理论的实际效果来说，应将其定义为对于“常识”的批评，即对于言语和语言、文本和意义、写作和经验等惯常判断的质疑和颠覆。“一般说来，要称得上是一种理论，它必须不是一个显而易见的解释”，“它鼓励你怀疑那些被认为是自然的，是先天给定的事物”。就此而言，卡勒认为，“理论常常是常识性观点的好斗的批评家。”他以福柯和德里达为例具体说明了理论的这一当代意义，即在质疑“常识”的同时提供“非同寻常”的另类思路和选择。

显然，卡勒对文学理论的定义完全出乎我们的意料。在我们的语境中，“理论”总是被定义为某种永恒的“普遍大法”，“放之四海而皆准”，特别是对于那些已被冠以“经典”的理论更是只强调学习、接受，而不是鼓励持疑、批判，更无“读者参与理论建构”之意识。这就是卡勒给我们的重要启发：包括他本人在内的解构主义并非要解构意义，而是要对“终极意义”及其唯一性提出质疑。对于“终极意义”及其唯一性的质疑只是解构主义的前提而不是目的，解构主义的最终目的是激发学术质疑精神，即“在无疑之处提出疑问”，对一切被视为合理的和惯常的知识提出挑战。这才是解构主义之精义，是其最具价值的现代学术意识——倡导同现成理论开展对话并建构新理论的独创精神！

卡勒的《文学理论入门》所要解答的第二个问题是“文学是什么”。同我们的文学理论教材一样，这个问题也是通识类读本不能不回答的问题。有意思的是，卡勒不仅不像我们的文学理论那样直接为文学下个定义，然后由这一定义出发展开逻辑表述，而是首先对“文学是什么”这一问题的合法性提出质疑，认为这个问题对于文学理论并不重要。因为在他看来，现代理论已经超越了学科的边界，它所关注的对象也就不一定是文学本身，何况非文学作品同样具有文学性，而被我们称之为“文学”的东西又有那么多不同，即使 literature 这个词的现代含义才不过二百年，此前是广义的“著作”和“书本知识”（汉语中的“文学”也有类似的演变）。也就是说，卡勒尽管提出了“文学是什么”，但是又拒绝回答这一问题，对这一问题本身的合法性提出了质疑。他是在玩弄语言魔方，还是在实验其解构主义的思维方法？

如果我们保持必要的耐心继续阅读下去，就会发现卡勒并不是在搞什么语言魔方，他没有欺骗我们。事实是：他并非真正拒绝对这一问题做出解答，他所拒绝的只是对这一问题做出“逻各斯”式的解答，认为“什么是文学”的本质主义追问应该让位于“是什么让我们（或者其他社会）把一些东西界定为文学的”。于是，卡勒首先从文本出发，认为当语言脱离了其他（实指）语境，超越现实目的时就有可能被解读为“文学”。因为这样的文本并不是要人们去做什么，只是引发人们注意其中所隐含的复杂意义。这是它的属性和特点。另一方面，如果将文学看作程式（语言形式）的产物，那么，文学叙述不在于它要传达的信息，而在于它“值得一读”，甚至忍受语言的晦涩、费解和不切题的折磨也值得我们去关注其中的意义。很清楚，这实际上是卡勒对文学本质的提问方式所做的视角转换：不是追问整个文学的“逻各斯”定义，而是反问什么因素（属性的或程式的）可能使人们将某种文本视为文学。前者自上而下、居高临下，后者自下而上、由经验归纳；前者追求唯一的、终极的定义，后者旨在呈现多元的和多变的状态。这种多元和多变的文学状态，就是卡勒所介绍的五种理论解答：1.文学是语言的“突出”，2.文学是语言的综合，3.文学是虚构，4.文学是审美对象，5.文学是互文性的或者自反性的建构。卡勒并没有肯定哪种解答是最好的和正确的，只是给出关于文学本质的五种理论，认为它们无非是五种“视角”，并且提醒读者：“对每一点论述，你都可以从一种视角开始，但最终还要为另一种视角留出余地。”

——这就是解构主义！这就是乔纳森·卡勒！这就是他的《文学理论入门》最重要的创新。反观我们的同类读本及其关于文学的定义，在现代学术意识及其方法面目一新的今天，不仅无视学界对于本质主义的质疑，而且还在津津有味地奢谈“文学是审美意识形态”之类的陈词滥调，不仅滑稽可笑，而且过于自蔽、自大和堂吉诃德了。文学对于人类最重要和最深刻的意义在于它的不可重复性，正是文学的不可重复性激发了持异精神及其想象力和创造力的生成。解构主义对于文学理论的现代意义就在这里，它以文学的不可重复性解构了文学理解的单一性和终极性，使文学自身的属性得以在理论层面重新复活。否则，固守本质主义对于“逻各斯”的追问，无论怎样“变脸”或者粘贴上什么新标签，都会把鲜活的文学整死，不但无益于激活读者的想象力和创造力，反而可能给原本生气勃勃的文学铐上早已准备好了的枷锁。

退一步说，即使不考虑借鉴解构主义，将文学定义为“审美意识形态”的合法性何在？首先，“文学是审美意识形态”这一表述属于偏正结构，它所关注的主要是“意识形态”而不是“文学”本身；与其说这是关于文学的定义，不如说是对意识形态的“注脚”和“补充”，何以能够成为“文学”的定义？其次，文学不仅和意识形态相关，还同不属于意识形态的“意识”相关，甚至同不属于意识的“潜意识”相关；并且，在文学文本中，后者依次比前者更具有文学性。既然这样，将文学定义为审美意识形态的合法性何在？

看来，理解文学还是要靠我们自己的脑袋——一切现成的理论不但不一定都是合理的，反而一定都是可以质疑的，包括提倡这种精神的解构主义和卡勒本人，以及我们面前的这本《文学理论入门》，还有我为它所写的这篇序言。

2007 年 11 月

目录

前言 I

1 理论是什么？ 1

2 文学是什么？这个问题重要吗？ 19

3 文学与文化研究 45

4 语言、意义和解读 58

5 修辞、诗学和诗歌 73

6 叙述 86

7 述行语言 99

8 身份、认同和主体 113

附录：理论学派与流派 126

索引 138

英文原文 143

前言

许多文学理论入门都会对各种批评“学派”进行一番描述。理论被说成是一系列互不相容的“研究方法”，它们各自都有自己的理论地位和批评责任。但是各种理论介绍所确认的理论流派——结构主义、解构、女权主义、心理分析、马克思主义、新历史主义——又有许多相同之处。这就是人们为什么评说“理论”这个大概念，而不仅仅是讲那些具体的论述。介绍理论比较好的办法是讨论共同存在的问题和共有的主张，而不是概述各种理论流派；最好是讨论那些重大的辩题，这些辩题并不是把一个“学派”置于另一个“学派”的对立面，而是讨论各种流派内的明显不同。如果把当代理论作为相互对立的研究方法或解读方法，就会使理论失去许多其本身的趣味和力量，这种趣味和力量来自它对常识的广泛挑战，来自它对意义的产生和身份形成的探讨。我更倾向于选择几个题目，集中介绍关于它们的重要议题和辩论，并且谈一谈我认为从中已经学到的东西。

尽管如此，任何一位阅读文学理论入门的人都有权希望有一个名词解释，比如什么叫**结构主义**，什么叫**解构**。我在附录部分对主要批评学派或者流派做了一个简要的描述。你可以先读这一部分，或者最后读，或者不时去翻一翻。希望你喜欢这本书!

第一章
理论是什么？

在最近的文学和文化研究中有许多关于理论的讨论——我要提醒你注意的是，这可不是指关于文学的理论，而是纯粹的“理论”。对任何一位不在这个圈子里的人来说，这种用法一定显得很怪。“关于什么的理论？”你肯定会这样问。要回答这个问题的确是意想不到地困难。它既不是任何一种专门的理论，也不是概括万物的综合理论。有时理论似乎并不是要解释什么，它更像是一种活动——一种你或参与、或不参与的活动。你有可能被卷入到理论中去，你也有可能教授或学习理论，你还有可能会痛恨或惧怕理论。只不过，所有这些对于理解什么是理论都不会有多大的帮助。

我们被告知，“理论”已经使文学研究的本质发生了根本的变化。不过说这话的人指的不是**文学理论**，不是对于文学的本质和文学的分析方法的系统解释。比如，如今当人们抱怨文学研究的理论太多了的时候，他们可不是说关于文学本质方面的系统思考和评论太多了，也不是说关于文学语言与众不同的特点的争辩太多了。远非如此，他们指的是另外一回事。

确切地说，他们指的是非文学的讨论太多了，关于综合性问题的争辩太多了（而这些问题与文学几乎没有任何关系），还要读太多很难懂的心理分析、政治和哲学方面的书籍。理论简直就是一大堆名字(而且大多是些外国名字),比如雅克·德里达、米歇尔·福柯、露丝·依利格瑞、雅克·拉康、朱迪思·巴特勒、路易·阿尔都塞、加亚特里·斯皮瓦克。

理论这个词

那么,理论究竟是什么呢?问题的一部分就在于**理论**这个词本身,它指两个不同的方面。一方面,我们可以举“相对论”为例,那是一套已经论证过的定理。另一方面就是**理论**这个词的最普通的用法。

“劳拉和迈克为什么分手了?”

“噢,按照我的理论,那是因为……”

理论这个词在这里是什么意思?首先,**理论**表示“思考、猜测”。不过,一个理论又不同于一个猜测。如果说“我猜想那是因为……”就意味着有一个正确的答案,而我碰巧不知道,那么就说“我猜想大概迈克总是抱怨,劳拉烦他了。不过,等他们的朋友玛丽来了,我们就知道到底是怎么一回事了”。与之相反,理论是一种判断,不论玛丽说什么都不会影响这种判断,它是一种解释,其正确或谬误都是很难证实的。

“我的理论是……” 也声明你要提供一种并不显而易见的解释。在这样的开场白之后,我们期待的可不是讲话人接着说:“我的理论是,因为迈克与萨玛瑟有暧昧关系。”这算不上一种理论。根本不需要什么敏锐的理论才华就可以推断出,如果迈克与萨玛瑟有暧昧关系,当然会影响劳拉对迈克的态度。有趣的是，假如说话人真是这样讲，“我的理论是迈克与萨玛瑟有暧昧关系”，那么这种暧昧关系的存在立刻就变成了一种推测，而不是确切的事实，因而也就可能成为一种理论。不过，一般说来，要称得上是一种理论，它必须不是一个显而易见的解释。这还不够，它还应该包含一定的错综性，比如：“我的理论是劳拉一直在暗恋着她的父亲，而迈克总是做不到成为她理想中的人。”一个理论必须不仅仅是一种推测：它不能一望即知；在诸多因素中，它涉及一种系统的错综关系；而且要证实或推翻它都不是件容易事。如果我们记住这些要素，那么弄懂“理论”是什么就容易多了。

作为文学体裁的理论

文学研究的理论并不是对于文学本质的解释，也不是对于研究文学的方法的解释(尽管这些也是理论的一部分，而且本书的第二、五、六章里也会论及这些)。理论是由思想和作品汇集而成的一个整体，很难界定它的范围。哲学家理查德·罗蒂对一种始于19世纪的混合体裁有过如下阐述：“从歌德、麦考利、卡莱尔和爱默生的时代开始出现了一种新型的著作，这些著作既不是评价文学作品的相对短长，也不是思想史，不是伦理哲学，也不是关于社会的预言，而是所有这些融为一体，形成一种新的体裁。”要给这种包罗万象的体裁取个名称，最简便的就是**理论**这个诨号。它已经被用来指称那些对表面看来属于其他领域的思考提出挑战，并为其重新定向的作品。这便是是什么使某种体裁成为理论的最简单的解释。被称为理论的作品的影响超出它们自己原来的领域。

虽然这种简单的解释算不上一个令人满意的定义，但它似乎的确概括了20世纪60年代以来所发生的事：从事文学研究的人已经开始研究文学研究领域之外的著作，因为那些著作在语言、思想、历史或文化各方面所做的分析都为文本和文化问题提供了新的、有说服力的解释。这种意义上的理论已经不是一套为文学研究而设的方法，而是一系列没有界限的、评说天下万物的著作，从哲学殿堂里学术性最强的问题到人们以不断变化的方法评说和思考的身体问题，无所不容。“理论”的种类包括人类学、艺术史、电影研究、性别研究、语言学、哲学、政治理论、心理分析、科学研究、社会和思想史，以及社会学等各方面的著作。我们讨论中的著作与上述各领域中争论的问题都有关联，但它们之所以成为“理论”是因为它们提出的观点或论证对那些并不从事该学科研究的人具有启发作用，或者说可以让他们从中获益。成为“理论”的著作为别人在解释意义、本质、文化、精神的作用，公众经验与个人经验的关系，以及大的历史力量与个人经验的关系时提供借鉴。

理论的效果

如果理论是根据它的实际效果定义的，这些效果改变人们的观点，使人们用不同的方法去考虑他们的研究对象和研究活动，那么它们是哪种类型的效果呢?

理论的主要效果是批评“常识”，即对于意义、写作、文学、经验的常识。比如，理论会对下面这些观点提出质疑。

- 认为言语或文本的意义就是说话者“脑子中所想的东西”。

- 认为写作是一种表述，在某个地方存在着它的真实性，它所表述的是一个真实的经验，或者真实的境况。

• 认为现实就是给定时刻的“存在”。

理论常常是常识性观点的好斗的批评家。并且,它总是力图证明那些我们认为理应如此的“常识”实际上只是一种历史的建构,是一种看来似乎已经很自然的理论,自然到我们甚至不认为它是理论的程度了。理论既批评常识,又探讨可供选择的概念。它对文学研究中最基本的前提或假设提出质疑,对任何没有结论却可能一直被认为是理所当然的事情提出质疑,比如:意义是什么?作者是什么?你读的是什么?“我”,或者写作的主体、解读的主体、行为的主体是什么?文本和产生文本的环境有什么关系?

举个什么样的例子对某种“理论”加以说明呢?我们不要泛泛地谈理论,还是深入到两位最著名的理论家的一些深奥的著作中,看看能得到些什么吧。我举两个相关但又截然不同的例子,它们涉及对于“性”、“写作”和“经验”这些常识性观点的批评。

福柯论性

法国思想史学家米歇尔·福柯在他的《性史》一书中分析了他所谓的“压制的假设”:通常人们认为,在比较早的时期,尤其是19世纪,性一直是被压制的,所以现代人便奋力解放它。福柯认为“性”根本不是一种被压制的自然的东西,而是一种错综的理念,是由一系列社会实践、调查、言论和书面文字——“话语”,或者“话语实践”——制造出来的,所有这一切在19世纪共同制造了“性”。我们把各种人的谈论——医生的、神职人员的、小说家的、心理学家的、伦理学家的、社会福利工作人员的、政治家的谈论——与压制性行为的理念联系在一起,事实上,正是在这些谈论中才出现了我们称为“性”的东西。福柯写道：“关于‘性’的概念，以一种人为的统一把解剖学中的不同组成部分、生理功能、行为、情感、欲望的满足等聚合在一起，而且使你能把这种虚构的统一看作一种因果原则，一种无处不在的意义，一种处处都能发现的秘密。”福柯并不是否认具体的性行为的存在，也不是否认人在生理上有性别之分、有性器官。他要声明的是在19世纪出现了一些新的方法，把原本相去甚远的、各个不同领域里的东西——某些行为，一些我们认为与性有关的、生理的区别，身体的部位，心理的不同反应，还有社会意义（这是最重要的）——组合到一个整体范畴(“性”)之内。人们谈论和对待这些行为、情感和生理功能的方式创造了一个完全不同的、人为的统一体，叫作“性”，它已经被认为是个人身份的根本了。这样，通过这个十分关键的逆转，被称为“性”的东西又被视为各种纷繁现象的**起因**，而原本正是这些现象的归一产生了“性”的理论。这个过程赋予性经验一种新的重要意义和一种新的角色，使它成为个人本质的秘密。说起“性欲”和我们的“性本质”的重要性时，福柯说我们已经达到了这样一种境地：

> 我们从多少个世纪以来一直被视为疯狂的东西中期待我们的可知性，……从一直被视为不知为何物的欲望中期待我们的身份。因此，我们才会认为它如此重要，我们才会用肃然的敬畏感包围它，我们才会如此谨慎地去了解它。因此也才有了这样一个现实，即几个世纪以来，它对我们的重要性已经超过了灵魂对我们的重要性。

19世纪使“同性恋”成为一个类别，几乎成为一个“种类”。

这正是一个能够说明性是如何被作为个人秘密,如何成为个人身份的根源的例子。早期,对于同性之间的性行为有过指责(比如称之为鸡奸),但现在它已经不是一个行为问题,而是一个身份问题了;不是某人是否有违反禁忌的行为,而是他是否“确实是”一个同性恋者。福柯写道:鸡奸是一种行为,“而如今,同性恋已经成为一个种类”。从前是人们可能会有的同性恋行为,而现在它已经成为性行为的一个核心问题,或者叫根本观念问题,是决定一个人的本质的根本问题:他是一个同性恋者吗?

在福柯的理论中,“性”是由与各种社会实践和机构联系在一起的话语建构起来的:就是医生、神职人员、行政官员、社会福利人员,甚至小说家们用以对待他们认为是性行为现象的各种话语。但是这些话语把性描述为先于其本身而存在的东西。现代人大部分接受了这种描述,并且指责这些话语和社会实践是在力图控制和压制它们自己正在建构起来的性。福柯在他的阐述中把这个问题扭转了过来。他把性作为一种结果而不是起因。他认为性是那些力图分析、描绘,并且规范人类行为的话语的产物。

福柯的分析是历史领域中一个议题如何发展成为“理论”的例子。正因为它给从事其他领域研究的人以启迪,并且已经被大家借鉴,它才能成为理论。从公理原则旨在具有普遍指导意义这方面说,它并不是一条关于性行为的理论。它声称是对一个具体的历史发展的分析,不过它显然具有更广泛的意义。它鼓励你怀疑那些被认为是自然的,是先天给定的事物。反过来问一问,它会不会是专家的话语的产物,会不会是一种与知识话语(这种知识话语据称是对于它的描述)相联系的实践的产物?按照福柯的理论,是要认识人类真谛的尝试把“性”作为人类本质的秘密创造出来的。

理论的思路

思考发展成理论的一个特点就是它提供非同寻常的、可供人们在思考其他问题时使用的“思路”。这种思路之一就是福柯的一个提法，即自然的性行为与压制性行为的社会力量(权力)之间那种假设的对立可能只不过是一种串通一气的关系：正是社会力量使这个（“性”）——它们表面上要控制的事物——成为真实的存在。再进一步——如果你愿意的话，可以称之为额外收获——就是问一问，这种**掩盖**，即对于权力和人们认为是被它压制的性之间的串通的掩盖达到了什么目的呢？当这种相互依赖被当成相互对立时，结果是什么呢？福柯对此给出的答案是，这掩盖了无处不在的权力：你认为自己通过提倡性而抵制了权力，但事实上你却是不折不扣地按照权力规定的条件行事。我们换一种方式来说，迄今为止，由于这个被称为“性”的东西似乎是存在于权力之外的，是一种社会力量企图控制，却又无可奈何的东西，所以，看起来权力也是有限的，全然不是威力无比的(它连性都无法驯化)。然而，事实是，权力是无所不在的，它深入到各个角落。

对于福柯来说，权力不是某个人所能操纵的，而是“权力/知识”：权力存在于知识的形式中，或者知识就是权力。我们以为我们对世界知道些什么——我们用以思考世界的概念框架——行使着巨大的权力。比如说，权力/知识造成了这样一种局面，你在其中被自己的性别界定。它造成的这种局面把一个女人界定为一个其完整性存在于与一个男人的性关系上的人。性存在于权力之外，并且是与权力相对立的这个观念掩盖了权力/知识的真正的影响范围。

在这个关于理论的例子里有几处重要的地方需要引起注意。福柯此处讲的理论是由分析得出的——对一个概念的分析,但同时从你无法举例证明它就是关于性行为的正确假设这一点来说,它在本质上又是猜测性的(虽然有许多实例可以证明他的解释有道理,但没有能起决定作用的检验方法去证实它)。福柯称这种质询为"系谱式"的批评:揭露假设的基本范畴,比如"性"是如何通过话语实践而产生的。这种批评并不是要告诉我们性"究竟"为何物,而是要说明这个概念是怎样产生的。还要注意到一点,虽然福柯在这里对文学只字未提,但已经证明他的理论对文学研究人员非常重要。首先,因为文学是关于性的;文学是众多可以使性的理念形成的领域之一,我们在这里找到了对一种思想的支持,即人的最深层的身份是与他对另外一个人怀有什么样的欲望联系在一起的。福柯的理论不仅对研究小说的人很重要,对研究男同性恋或女同性恋的人,以及对做性别研究的人也都很重要。作为新的历史对象的发明者,福柯特别具有影响力,他发明了"性"、"惩罚"和"疯狂"等等,我们以前一直认为这些对象是没有历史的。福柯在自己的著作中把这些都看成历史的建构,并且鼓励我们考察一个历史时期的话语实践,包括考察文学怎样有可能塑造了我们想当然的那些东西。

德里达论写作

关于"理论"的第二个例子与福柯对于性史的修正具有同样的影响力,但同时它又具有说明"理论"内部的一些差别的特点。我们可以看看法国当代哲学家雅克·德里达就让-雅克·卢梭在《忏悔录》中对写作和经验的讨论所做的分析。卢梭是18世纪的法国作家，人们常把个人自我这个现代思想的产生归功于他。

不过，还是让我先介绍一点背景。西方哲学的传统一直把“真实”与“表象”区别开来，把**事物**本身和对它们的**再现**区别开来，把**思想**和表达思想的**符号**区别开来。按照这个观点，符号或者再现都只不过是一种说明现实、真理或者思想的方法，所以应该尽可能地清晰易懂；它们不应该成为一种阻碍，不应该影响或者搅乱它们所表述的思想和真理。在这个框架中，言语似乎是思维的直接，或者叫有形的表现形式，而写作是在说话人不在场的情况下运作的，所以它被认为是言语的一种模拟的、派生的再现形式，是可能对一种符号起误导作用的符号。

卢梭在写“语言是为说而存在的，写作只能作为言语的补充”时正是继承了这种传统，而且它已经成为一种常识。德里达在这里插入了一个问题：“补充是什么？”《韦氏词典》对**补充**的定义是“使完整，或者增补内容”。写作是通过提供一些被遗漏的重要内容而使言语变得“完整”了呢，还是增加了一些言语本身完全可以表达的内容呢？卢梭一再把写作界定为只是一种补充，是一种可有可无的附加，甚至是一种“言语不健全”的现象：写作是由可能导致误解的符号组成的。因为符号是人们在说话人不在场的情况下阅读的，而说话人又不能对那些符号做出解释和纠正。不过，虽然卢梭称写作是可有可无的附加，但实际上他在自己的著作中还是把写作作为使言语完整，或者弥补言语中的不足的手段，他总是不断地用写作弥补言语中出现的疏忽，比如可能会造成误解的疏漏等。举例说，卢梭在他的《忏悔录》中开创了自我是一种“内在的”、不为社会所知的真实这一观点。他写道，他之所以写出他的《忏悔录》，把自己隐藏起来不暴露给社会，正是因为在社会中，他总是把自己表现得“不仅处于不利的地位，而且与自己完全不同……如果我在场，人们就永远也不能了解我的价值”。对于卢梭来说，他的“真实的”、内在的自我和他在与别人交谈时表现的自我是不同的。所以他需要用写作来弥补他言语中的误导符号。如此说来，写作便是必不可少的了，因为言语也具有此前被认为是属于写作的特质：它像写作一样也是由不够清晰明了的符号组成的，它并不能自动传达说话者想要表达的意义，而是有待解读的。

写作是对言语的补充，而言语本身已经是一种补充了：卢梭写道，儿童能很快学会“用言语弥补他们的不足……因为用不着太多经验就能懂得让别人为他们做事情，动动嘴就能使一切都转起来是一件很惬意的事”。德里达对他在卢梭的著作中发现的这条“补充逻辑”进行了概括：这个逻辑的结构是，被补充的事物(言语)需要补充完善是因为事实证明它与补充物(写作)有共同的特点，而人们原以为这特点只属于补充物(写作)。对此我将尽力解释。

卢梭需要写作，因为言语会被误解。说得更概括些，他需要语言符号，因为事物本身不能令人满意。在《忏悔录》中，卢梭描述了他在青年时期对德·华伦夫人的恋情。他住在德·华伦夫人的家里，并称她为“妈妈”。

> 假如我要详详细细地描写当我独自一人想起我亲爱的妈妈时干过多少傻事，那我就永远也写不完。一想到她曾在这张床上睡过，我就会不停地亲吻我的床铺，还有我的窗帘和房间里所有的家具，因为这些都是属于她的。她

那双美丽的手曾经抚摩过它们。我甚至俯伏在地板上，心里想着，这是她走过的地方。

夫人不在场的时候，这些不同的物件起了补充或替代她的作用。但是，后来变成即使她在场，同样的结构、同样的对补充物的需求都持续不变。卢梭又这样写道：

有时即使当着她的面，我也会有些荒唐过分的举动，是那种只有最疯狂的爱情才会刺激出的举动。有一天吃饭的时候，她刚把一块食物放进嘴里，我大叫一声，说我看见那上边有一根头发。于是她把那一小口东西吐到盘子里，我却迫不及待地把它抓过来，吞了下去。

夫人的不在场(此时他只能依靠一些替代物，或者一些能让他联想起夫人的符号来代替)，起初与她的在场形成了对照。而结果却表明，她的在场并不是可以给人以满足的时刻，如果没有补充物或者什么符号，她的在场并不意味着立即可以得到她本身；她在场时，结构和对补充物的需求丝毫没有改变。所以才出现了把她从嘴里吐出来的食物吞下去的荒唐事。而各种替代物的链条可以连续不断。我们说，即使卢梭能“拥有她”，他仍然会感到夫人脱离了自己，而自己只能在期待和回忆中得到她。卢梭从未明白“妈妈”本身正是他从未了解的母亲的替补形象。但即使是他的母亲，也无法令他满足。和所有母亲一样，他的母亲也需要替代物。

德里达写道：“通过这一系列补充，一个规律出现了：一个无止境的、相互联系的链条会不可避免地使盘旋于其间的补充物不断增加，这些补充物激起的正是它们所延宕的事物的存在感：事物本身给人的感觉，近在咫尺的感觉，或者叫原物的感觉。直接感便从中产生了。一切事物都是从这种中间状态开始的。”这些文本越是要向我们强调事物在场的重要性，就越会显示出中间物的不可或缺性。实际上，正是这些符号或者叫补充物，造成了那种确实有什么东西存在(比如妈妈)，可以抓得住的感觉。我们从这些文本中可以得到这样的理念，即原物是由复制品造成的，而原物总是迟迟不到——你永远也抓不住它。结论是，我们通常认为真实即存在的事物，以及原物即曾经存在的事物这些常识性的观点都是站不住脚的：经验总是要经过符号的中介，而“原物”也总是因符号即补充物的作用而产生。

对德里达来说，卢梭的文本同许多其他人的一样，提出我们应该想象出生活本身是充满了各种符号的，通过一系列表意的过程，它才成为我们所见到的这样，而不应该认为生活是符号和文本加起来再现的。书面文字也许会声明事实是先于意义的，然而，用德里达的一句名言来说，它们实际上证明的恰恰是“没有文本之外的东西”，也就是说当你认为你脱离开符号和文本，得到了“事实本身”时，你发现的只是更多的文本、更多的符号和没有终结的补充物的链条。德里达写道：

> 沿着这条连接“危险的补充物”的线索，我们一直要说明的正是在我们称为“血肉”之躯的真实人的生活中……除了写作之外，一无所有，除了补充物和只能从不同的关系链条中产生的替代意义之外，一无所有……如此循环，没有止境，因为我们**从文本中**已经读到，绝对的存在即本质，文字用“真正的母亲”等字眼称呼它，而它却是已经逃

匿的，从来没有真正存在过；我们还从文本中读到，由于自然的存在消失了，创造意义和语言的正是写作。

这并不意味着“妈妈”的在场与不在场之间没有任何区别，也不是说一个“真实”的事件与一个虚构的事件之间没有任何区别。而是说，她的在场是一种特殊形式的不在场，仍然需要中介和补充物。

例子说明了什么

福柯和德里达经常一同被列为“后结构主义者”(见附录)，但上述两个关于“理论”的例子却是截然不同的。德里达的例子提出要阅读或解读文本，识别在文本中起作用的逻辑；而福柯的观点却不是建立在文本之上的(事实上，他几乎从不引用实际文件或话语，这一点颇令人吃惊)，他提出的是一个具有普遍意义的思考文本和话语的框架。德里达的解读说明文学作品本身，比如卢梭的《忏悔录》在多大程度上是理论性的：它们对写作、欲望以及替代物，或者说补充物，做了清楚的、纯理论的论述，并且对关于这些议题的思考给予了指导。而另一方面，福柯要向我们说明的不是文本有多强的洞察力，或者说它有多么明智，而是医生、科学家、小说家等等这些人的话语在多大程度上能创造事物，而他们却声明他们只不过是在对这些事物进行分析。德里达说明了文学作品多么富有理论性，而福柯则解释了知识的话语具有多大的创造性。

在他们所提出的主张和从中产生的问题中间似乎也有区别。德里达要告诉我们的是卢梭的文本说了些什么，或者说它要表明什么，所以从中产生的问题就是卢梭文本中所说的是否真实。福柯则要分析一个特定的历史时期，那些由此而产生的问题就是他这种粗略的概括是否对其他历史时期和其他地区也适用。反过来，提出类似这样的后续问题正是我们进入“理论”，并实践它的道路。

关于理论的两个例子都说明了理论涉及推测性的实践：对欲望、语言等等的解释对已经被接受的思想(比如说有一种东西是自然的，被称为“性”；还有符号再现的是先于它而存在的真实)提出了挑战。它们就是这样激励你重新思考你用以研究文学的那些范畴。这些例子展示了现代理论的主要趋势，这种趋势是对任何被认为是自然的东西的批评，是要说明那些被认为，或者被指定为自然的事物其实都是历史和文化的产物。你还可以用一个不同的例子证明这一点。当阿蕾沙·福兰克林唱着“你让我感到我就像一个自然的女人”时，她似乎为被确认为具有这种先于文化的、由男人对她的态度而产生的“自然”的性身份而感到幸福。但她的用词“你让我感到我就**像**一个自然的女人”说明这个假设为自然的，或者说先天给定的身份确实是一个文化的角色，是在文化中起作用的：她**不是**一个“自然的女人”，而是需要有人使她觉得就**像**一个自然的女人。由此可见，这个原始的、自然的女人的确是一个文化的产物。

理论使其他的论证都与此相同：不论是主张表面自然的社会组织和机构以及社会的思维习惯其实都是构成该社会的经济关系和正在进行的权力之争的产物，还是认为有意识的生活中的各种现象可能是由各种无意识的力量产生的；不论是主张我们称为自我或者主体的事物存在于语言和文化体系中，并通过它们而产生，还是认为我们所谓的“存在”、“起因”或者“原物”其实都是由复制品创造的，是重复的作用。

好了,理论究竟是什么呢?我们得出如下四点:

1. 理论是跨学科的,是一种具有超出某一原始学科的作用的话语。

2. 理论是分析和推测。它试图找出我们称为性,或语言,或写作,或意义,或主体的东西中包含了些什么。

3. 理论是对常识的批评, 是对被认定为自然的观念的批评。

4. 理论具有自反性,是关于思维的思维,我们用它向文学和其他话语实践中创造意义的范畴提出质疑。

结果是理论变得很吓人。如今的理论有一点最令人失望,就是它永无止境。它不是那种你能够掌握的东西,不是一组专门的文章,你只要读懂了,便"明白了理论"。它是一套包罗万象的文集大全,总是在不停地争论着,因为年轻而又不安分的学者总是在批评他们的长辈们的指导思想,促进新的思想家对理论做出新的贡献,并且重新评价老的、被忽略了的作者的成果。因此,理论就成了一种令人惊恐不安的源头,一种不断推陈出新的资源:"什么,你没读过拉康!你怎么能谈论抒情诗而不提及这个说话主体的反射性建构呢?"或者说"要是不用福柯关于如何利用性征和女性身体的歇斯底里化的阐述, 还有加亚特里·斯皮瓦克对殖民主义在建构都市主体中所起的作用的论证,你怎么能写得出关于维多利亚时期小说的文章呢?"理论常常会像一项残忍的判决,逼着你去阅读你不熟悉的领域中的那些十分难懂的文章。在那些领域里,攻克一部著作带给你的不是短暂的喘息,而是更多的、更艰难的阅读。("斯皮瓦克?你读过了,可你读过贝尼塔·派瑞对斯皮瓦克的批评,以及她的答复吗?")

"你是一个恐怖分子？感谢上帝。我以为梅格说你是个理论家呢。"

理论的不可控制性是人们抵制理论的一个主要原因。不论你认为自己多么精通理论，你永远也说不准你是否"必须要读一读"让·鲍德里亚、米哈伊尔·巴赫金、瓦尔特·本雅明、埃莱娜·西克苏、C.L.R.詹姆斯、梅拉内·克雷恩或者朱莉亚·克莉斯蒂娃，还是你完全可以"相安无事"地不去理他们。(这当然取决于"你"是谁和你想成为什么人。)毫无疑问，对理论的敌对情绪大部分源于这样一个事实，即如果承认了理论的重要性就等于做了一个永无止境的承诺，就等于让自己处于一个要不断地了解、学习重要的新东西的状态之下。然而，生活本身的情况不正是如此吗？

理论使你有一种要掌握它的欲望。你希望阅读理论文字能使你掌握归纳组织并理解你感兴趣的那些现象的概念，然而理论又不可能使你完全掌握这些。这不仅仅是因为永远有新的东西需要了解,而更确切也更令人苦恼的是因为理论本身就是推测的结果,是对作为它自己基本的假设的质疑。理论的本质是通过对那些前提和假设提出挑战来推翻你认为自己早就明白了的东西,因此理论的结果也是不可预测的。即使你无法最终掌握理论,你还是取得了进步。你对自己阅读的内容有了新的理解,你针对它们提出了不同的问题,并且对这些问题的意义有了更清楚的理解。

这个简单的介绍当然不能使你成为理论家。这倒不单单因为它很短,而且因为它只对重要的思想线索和不同的辩论范畴,特别是与文学有关的范畴,做了一个概括。它提供了一些理论探讨的例子,目的是希望读者从中发现理论的价值和它的诱人之处,从而也能抓住机会品味一下思考的乐趣。

第二章

文学是什么?这个问题重要吗?

文学是什么? 你也许会认为这是文学理论的中心问题,但事实上,这个问题并不重要。这是为什么呢?

看来主要原因有两点。首先,既然理论本身把哲学、语言学、历史学、政治理论、心理分析等各方面的思想融合在一起,那么理论家们为什么还要劳神看他们解读的文本究竟是不是文学的呢?如今对于搞文学研究的学生和教师来说有那么多的批评项目和课题可读可写。比如"20世纪早期的妇女形象",在这个题目之下,你既可以研读文学作品,又可以接触非文学作品。你可以研究弗吉尼亚·伍尔夫的小说,又可以钻研弗洛伊德的病案史,或者二者都读,从方法论的角度看,也没有什么至关重要的不同。这倒不是说各种文本都差不多。可以说,由于不同原因,有些文本内涵更丰富、更有影响力、更具有典范作用、更具有可争辩性,或者更具有支配性。但文学作品和非文学作品还是可以同时研读的,并且研读方法也是相似的。

文学之外的文学性

第二点,二者之间的区别并不显得十分重要的原因是理论著作已经在非文学现象中找到了 "文学性"——可以用这个最简洁的字眼称呼它。人们通常认为属于文学的特性其实在非文学的话语和实践中也是必不可少的了。比如说,关于如何理解历史的本质的讨论就一直把理解一个故事应该包括什么作为模式。主要表现在:史学家不会对历史做出像科学领域中的那种具有预言性的解释。他们无法说明当x和y出现时,肯定会出现z。他们所能做的只是说明一件事是如何导致另一件事的,说明第一次世界大战**因何**而爆发,而不能说明它为什么一定要爆发。所以,历史解释的模式也就是故事发展逻辑的原理:故事怎样表明事情因何而发生,怎样把最初的情景,后来的发展和结果用合情合理的方法联系起来。

总而言之,使历史清晰可知的模式也就是文学叙述的模式。我们这些听故事、读故事的人都善于评判一个故事的情节是否合乎情理,是否紧凑,这个故事是否已经讲完。如果使情节发展合情合理,能成为故事的模式具有与历史叙述的模式相同的特点,那么把二者区分开就不是一个很重要的理论问题了。同样,理论家们也越来越强调修辞手法,比如隐喻在文本中的重要性了。不论是在弗洛伊德的心理分析案例的解释中,还是在一些哲学论证的著作中都可以见到这种观点。修辞手法通常被认为对文学才是至关重要的,而在其他类型的话语中则纯属装饰。通过说明修辞手法在其他类型的话语中同样可以塑造思想,理论家们论证了在非文学性文本中文学性的重要作用,这就使文学和非文学的区分变得越发错综复杂了。

不过,我用在非文学现象中发现了"文学性"来描述当前的局面,这本身正说明文学的概念仍然起着一定的作用,因而也就需要讲一讲。

哪种类型的问题?

于是我们又回到了那个关键的问题上:"文学是什么?"不过,这个问题属于哪一种类型呢?如果是一个五岁的孩子提出这个问题,那就很容易。你可以回答他说:"文学就是故事、诗歌和戏剧。"但如果提问人是一位文学理论家,如何对待这个问题就困难得多了。他的问题也许是关于这个研究对象的一般性质的问题,是你们双方都已经非常了解的问题。它是一种什么类型的研究对象或者活动?文学是干什么的?它的目的是什么?如果这样理解"文学是什么"的话,那么这个问题所要求的就不是一个界定,而是要做出分析,甚至要论证一下一个人为什么可能会对文学感兴趣。

但是,"文学是什么"也可能是一个关于被认为是文学的那些作品有什么突出特点的问题。是什么使文学作品区别于非文学作品?是什么使文学区别于人类其他活动,或者其他娱乐?人们问这个问题也许是因为他们想知道如何判断哪些书是文学作品,哪些不是。不过,更有可能的是,他们已经对什么属于文学有了一个概念,而想了解一些别的东西。也就是说,是否有些根本的、突出的特点是文学作品所共有的呢?

这是个很难回答的问题。理论家们一直在努力探讨解决这个问题,但成效甚微。究其原因也不难:文学作品的形式和篇幅各有不同,而且大多数作品似乎与通常被认为不属于文学作品的东西有更多的相同之处,而与那些公认的文学作品的相同之处反倒不多。以夏洛蒂·勃朗特的《简·爱》为例,它更像是一部自传,与十四行诗很少有相似之处;而罗伯特·彭斯的一首诗"我的爱就像一朵红红的玫瑰"则更像一首民谣,与莎士比亚的《哈姆雷特》也很少有共同之处。那么,诗歌、剧本、小说是否有一些共同的特点使它们与歌谣、对话的文字记录以及自传区别开来呢?

历史上的变迁

再稍微加上一点历史的视角，这个问题就变得更复杂了。因为,如今我们称之为文学的是二十五个世纪以来人们撰写的著作，而**文学**的现代含义才不过二百年。1800年之前，**文学**(literature)这个词和它在其他欧洲语言中相似的词指的是“著作”,或者“书本知识”。即使在今天,当一个科学家说“关于进化论的文学浩如烟海”时,他不是讲关于进化论有许多诗歌或小说,而是说在这方面已经有了许多著作。而如今在普通学校和大学的英语或拉丁语课程中被作为文学研读的作品,过去并不是一种专门的类型,而是被作为运用语言和修辞的经典学习的。它们是一个更大范畴里的作品和思想的实际范例,包括演讲、布道、历史和哲学。学生们并没有被要求去解读这些范例,像我们现在解读文学作品一样去找出它们“到底是关于什么的”。相反,学生要背出这些范例,要研究它们的语法,要能够辨别它们所运用的修辞手法和论证的结构或者过程。比如维吉尔的《埃涅阿斯记》,如今我们把它作为文学来研究,而在1850年之前的学校里,对它的处理则截然不同。

现代西方关于文学是富于想象力的作品这个理解可以追溯到18世纪末德国浪漫主义理论家那里。如果我们想得到一个确切的出处，那就可以追溯到1800年法国的德·斯达尔男爵夫人发表的《论文学与社会建制的关系》。不过,即使我们把自己限定在最近两个世纪之内，文学的范畴也变得十分不明确:如今我们算作文学作品的——那些看上去不过是从日常对话中记录下来的只言片语，既无押韵，也没有清楚的音步的诗——在德·斯达尔夫人看来是否具有成为文学作品的资格呢?而且，一旦我们把欧洲之外的文化也考虑进来，那么关于什么可以称得上是文学这个问题就变得更加难以解答了。于是我们不想再去推敲这个问题了，干脆下结论说：文学就是一个特定的社会认为是文学的任何作品，也就是由文化权威们认定可以算作文学作品的任何文本。

当然，这样的结论是绝对不会令人满意的。它只是调换了问题，而没有解决问题：不去问"什么是文学"，而用"是什么让我们(或者其他社会)把一些东西界定为文学的"这个问题取而代之。尽管在别的范畴里这样的做法也是有的，指出的不是具体的特性，而只说明不同的社会群体对它的不断变化的标准。举"什么是杂草"这个问题为例，有没有什么要素能够表明"杂草状态"呢?所谓"杂草状态"，也就是杂草所共有的那些特征，那些让"我们知道是什么"可以把杂草和非杂草区别开的东西。所有帮助在花园里锄过草的人都知道区分杂草和非杂草有多么困难，而且也想知道有没有什么诀窍。会有什么诀窍吗?你怎样识别一棵杂草呢?嗨，其实这诀窍就是没有诀窍。杂草就是花园的主人不希望长在自己园里的植物。假如你对杂草感到好奇，力图找到"杂草状态"的本质，于是就去探讨它们的植物本质，去寻找形式上或实际上明显的、使植物成为杂草的特点，那你可就白费力气了。其实，你应该做的是历史的、社会的，或许还有心理方面的研究，看一看不同的地方、不同的人会把什么样的植物判定为不受欢迎的植物。

文学也许就像**杂草**一样。

但这个回答并没有使问题得到解决。它只是把问题变成了“在我们的文化层面上要把一些东西**看作**文学会涉及什么?”

将文本视为文学

假如你偶尔读到了下面的句子:

> 我们围成一个圆圈跳舞、猜测,
> 而秘密坐在其中知晓一切。

这是什么?而你又是怎样知道它是什么的呢?

这么说吧,你是在**什么地方**读到了这句话,这一点非常重要。如果它是印在一张夹在中国占卜饼里的小纸条上,那你就可以把它看作是一段特殊的、神秘的预言。但如果它是被作为一个特殊的例子提出来的(这里便是如此),那你就要在你所知道的语言用法中寻找它可能会是什么意思。它会不会是一个谜语,让我们猜这个秘密?它会不会是一种叫作“秘密”的东西的广告?因为广告常常是押韵的,比如“温斯顿味道呱呱叫,就像香烟那般妙”。而且,为了对那些兴趣索然的公众具有吸引力,广告也的确越来越神秘了。不过,这一句话看来和任何一段可以想象得出的、有实际内容的语境都没有联系,当然也包括那种推销商品的语境。除押韵外,它还符合韵律。从第三个词起用的是强弱音节交替的规则韵律,这些都产生了一种可能性,即它可能是诗,是一个文学范例。

不过,此处还有一个疑点。这句话没有显而易见的实际意义。这一事实造成了把它归为文学的可能性。但是,如果我们把别的句子从能够说明其含义的语境中抽出来,是不是也能有同

样的结果呢?假设我们从一本说明小册子上选出一句话,或者从一份菜谱、一则广告、一张报纸上选出一句话,把它孤立地写在纸上:

> 用力搅拌,然后放置五分钟。

这是文学吗? 我把它从一份菜谱的实用语境中摘录下来,能不能使它成为文学呢?也许能。但事实上很难看出我这么做真的能使它变成文学。好像还缺点儿什么,这句话似乎并没有什么可以让你研究的信息。要使它成为文学,你大概得想出一个题目来,它和这一行文字的关系应该能提出一个问题,并且能调动起想象力,比如“秘密”或者“怜悯的性质”。

要类似这样的东西才行。不过像“早晨,一粒枕边的糖”这样的只言片语好像更容易成为文学。因为,除了说它是一种意象,可以引起某种关注,需要思考之外,它什么也不是。那些形式和内容之间的关系引人深思的句子也是如此。因此在W.O.奎因的哲学著作《从逻辑的观点看》中,开宗明义的第一句话就可能被想象成一首诗:

> 令人好奇的
> 关于本体论的问题正是它的
> 简单性。

这句话就这样写在纸上,周围那些静悄悄的空格让人感到不知所措。它能够引起那种可以被称为文学的关注:一种对文字的兴趣,对它们相互之间的关系和它们有什么含义的兴趣,尤其是对说什么和如何说之间的关系的兴趣。这就是说，这句话用这种格式写出来，似乎符合某种关于诗歌的现代观念，并且呼应了一种当今与文学有关的关注。假如有人对你说这句话，你一定会问："你的意思是什么？"但是如果你把这句话作为一首诗看待，问题就不完全一样了：不是说话人或者作者想说什么，而是诗本身要表达什么？语言在这里起了什么作用？这句话要说的是什么？

单独写在一行的"令人好奇的"，这几个词本身就可能会引出这样的问题：某个事物是什么？什么使它令人好奇？"某个事物是什么？"这正是本体论所研究的问题之一。本体论是关于存在的科学，或者叫对于存在事物的研究。但是这当中"令人好奇的"并不是一个物质的对象，而是类似于某种关系或情况的东西。它的存在形式并不像一块石头，或者一幢房子的存在形式一样。这句话宣扬的是简洁。但它好像并没有实践自己所宣扬的观点，而是在含混的**事物**中展示了本体论令人生畏的复杂性。然而，也许正是这个诗句的简洁——它在"简洁"之后戛然而止，好像不需要再说明什么了——使不合情理的、关于简洁的断言具有了可信度。不论怎样，孤立地看这一句话，的确能够引出与文学相关的那种解读行为——这也正是我在这里一直努力要做的事。

关于文学，这类思维实验可以告诉我们什么呢？首先，它们说明当语言脱离了其他语境，超越了其他目的时，它就可以被解读成文学(当然它必须具备一些特殊条件使它能够对这种解读做出回应)。如果文学是一种脱离了语境，脱离了其他功能和目的的语言，那么它本身就构成了语境，这种语境能够促使或者引发独特的关注。例如，读者不需要假定某段言语是让他们做某些事，他们会主动注意到潜在的复杂性，并寻求隐含的意义。描述“文学”就是要分析读者处理这样的文本时所要用到的一系列假定和解读步骤。

文学的程式

一个从故事分析中(包括从个人逸事到整本小说的分析中)形成的程式或者叫倾向有一个让人望而生畏的名称，叫“超保护的合作原则”。不过，它实际上并不复杂。交流基于一个根本的程式，即参加者的相互配合。而且，基于这一点，一个人对另一个人所说的话才会是相关的。如果我问你乔治是否是一个好学生，而你回答说：“他通常都很准时。”那我就会假设你在配合我，并且说了与我的问题相关的话，由此去理解你的话。我就不会抱怨说“你没有回答我的问题”。相反，我可能会做出这样的推论：你的确给了我一个含蓄的答复，表示乔治作为一个学生，可夸奖的地方不多。也就是说，除非有令人信服的证据证明并非如此，我可以认为你是在配合我。

我们可以把文学叙述看作一个较大种类的故事中的一员，是“叙述性文本”。它的话语与听众的关系在于它的“可述性”，而不在于它所要传达的信息。不论你是在向朋友讲述一件逸事，还是为子孙后代写一部小说，你所做的事情都与在法庭作证不同。你是在努力编写一部故事，一个对你的听众来说是“值得一听”的故事。也就是说，它要具有某种意义或者重要影响。它能够给人以娱乐或者使人感到满足。使文学作品与其他叙述性文本不同的是，文学作品经过了选择过程，也就是说，经过了出版、评论和再版的过程。读者是因为确信别人已经发现这些作品构思巧妙、“值得一读”才去阅读它的。所以对于文学作品来说，合作的原则是“超保护的”，我们可以忍受许多晦涩费解和明显不切题的东西，而不认为这些都是毫无意义的。读者也想当然地认为在文学当中，语言的费解、不通肯定也是为了一定的交流目的。所以他们不像在其他语境中那样断定是发言人或者作者没有配合，而是努力去解读那些违背有效交流原则的语言成分，试图发现一些深层的交流目的。所谓“文学”，即一种约定俗成的标志。它让我们有理由期待我们努力研读的结果是不会辜负那一番苦功的。而文学的许多特点正是由于读者由衷

“他没有经过培训，就一直读了两个小时。”

地对它表示关注，并且愿意去探讨那些疑点才得以发现的。读者不是一遇到疑点便立即发问："你这里是什么意思?"

我们可以得出这样的结论，文学是一种可以引起某种关注的言语行为或文本。它与其他种类的言语行为不同，比如与告知信息、提出问题或者做出承诺的言语行为都不同。大多数情况下是那种可以把一些文字定义为文学的语境使读者把这些文字看作文学的，比如他们在一本诗集、一份杂志的某一部分，或者图书馆和书店里看到的那些东西。

一点疑惑

不过，我们还是有一点搞不清楚，难道就没有一种专门的语言结构可以告诉我们某些东西就是文学吗?还是说，我们知道某些东西是文学，这个事实使我们对它给予一种关注，而我们是不会对报纸表示出同样的关注的。是否因为这样的关注，才使我们从中发现特殊的结构和一些含蓄的意义呢? 毫无疑问，回答肯定是两种情况均有。也就是说，有时研读对象具有成为文学作品的特点，但也有时是文学语境使我们把它看作文学作品。但是，结构组织极其严谨的语言并不一定使某种东西成为文学——可以说没有什么能比电话簿的格式和安排更规范、更严谨了。而且，我们也不可能仅仅通过称其为文学就能使任何一段语言变成文学，我绝不可能捡起我从前的化学课本，把它当作一本小说去读。

从一方面说，"文学"不仅仅是一个让我们把语言填进去的框架。因为即使把每句话都按照诗的风格摆在纸上，也并不能说明它们都可以成为文学。不过，从另一方面说，文学也不仅仅是一种特殊的语言，因为许多文学作品并不炫耀它们与其他类型语言的不同。它们起到了一种特殊的作用，是因为它们得到了特殊的关注。

于是我们便有了一个复杂的结构，我们面对的是两种不同的视角，它们有相互重叠之处，有交叉重合之点，但看来并不能被综合起来。我们可以把文学作品理解成为具有某种属性或者某种特点的语言。我们也可以把文学看作程式的产物，或者某种关注的结果。哪一种视角也无法成功地把另一种全部包含进去。所以你必须在二者之间不断地变换自己的位置。我介绍五点理论家们关于文学本质所做的论述。对每一点论述，你都可以从一种视角开始，但最终还要为另一种视角留出余地。

文学的本质

1. 文学是语言的"突出"

人们常说"文学性"首先存在于语言之中。这种语言结构使文学有别于用于其他目的的语言。文学是一种把语言本身置于"突出地位"的语言。它使语言变得与众不同，像是给你猛地一戳——"嘿，听着！我是语言！"这样你就不会忘记你面对的是以独特的风格组合起来的语言。尤其是诗，它把语言按声音的差别排列组织起来，创作出可供人品味的东西。下面是杰勒德·曼利·霍普金斯的一首叫作《一座苏格兰小城》的诗的开头：

这条棕色的小溪像骏马的鬃毛，
一路欢叫，奔腾而下，
起起伏伏，泛起层层浪花，
沿着河床流向下游的湖泊，它的家。

语言形式的突出，比如burn ... brown ... rollrock ... road roaring这些音的韵律重复，还有那些不常见的词的组合，比如rollrock，都清楚地表明我们面对的语言是为了把读者的关注吸引到语言结构本身而组织排列起来的。

但是，在许多情况下，若不是把某些东西界定为文学，读者根本不会注意到它特有的语言风格，这种情况也是存在的。当你看一篇散文时，你并没有听到它的声音效果。你会发现一句话的韵律几乎没给读者的耳朵留下任何印象。不过，如果押韵突然出现，它就能使你感觉到某种韵律。押韵是一种程式化的文学性的标志，它使你注意到贯穿全文的韵律。如果一个文本是按照文学的框架构成的，我们就有可能注意到我们在读一般作品时会忽略的声音模式或其他语言结构。

2. 文学是语言的综合

文学是把文本中各种要素和成分都组合在一种错综复杂的关系中的语言。当我收到一封信，要求我为某项有意义的事业做些贡献的时候，我不大可能会发现信中语言的声音与它的含义相呼应。但是在文学中就会有各种语言层次结构之间的关系——反复强调或者对比和不协调之间的关系：声音和意义之间的关系，语法结构和主题模式之间的关系。押韵把两个词（“猜测/知晓”）放在一起，把它们的意义引入了一种关系当中。（“知晓”是“猜测”的反义词吗？）

不过，显然第一点，或第二点，或者二者加在一起都不能给文学下一个完整的定义。并不是所有的文学都像第一点指出的那样突出语言（许多小说就不是这样）。而被突出的语言也不一定都是文学。很少有人把绕口令（Peter Piper picked a peck of pickled peppers）作为文学，尽管绕口令以其语言引起人们对它的关注，并且能让你口不从心。在广告当中，各种手段也常常会得到突出的表现，甚至比抒情诗更有过之，而且不同的语言结构层次也可能会被强制性地混合在一起。一位著名的理论家罗曼·雅各布森在说明语言的"诗学功能"时，举的关键例子不是一行抒情诗，而是德怀特·D.("Ike")艾森豪威尔总统在竞选时的一句政治口号：我喜欢Ike(I like Ike)。这是一个文字游戏：被喜欢的对象(Ike)和喜欢的主语"我"(I)都被包括在同一个行为"喜欢"(like)之中。既然我(I)和Ike都在"喜欢"(like)这个行为之中，我怎么可能不喜欢Ike呢?通过这则广告，喜欢Ike的必然性似乎已经镌刻在语言结构之中了。所以，并不是说语言不同层次间的关系只对文学有意义，而是说我们更倾向于在文学中寻找和挖掘形式与意义的关系，或者说主题与语法的关系，努力搞清楚每个成分对实现整体效果所做的贡献，找出综合、和谐、张力或者不协调。

关于文学性的解释，不论着重谈突出，还是着重讲语言的综合，都没有提出检验的标准，凭着这个标准，就能使哪怕火星人也能把文学与其他种类的文字区别开来。同大多数关于文学本质的说明一样，这些解释也只是把关注引向文学的某个方面，引向它们认为是文学的核心的那个方面。这一点告诉我们，要把什么东西当作文学来研究，首先要研究它的语言结构，而不要把它看成是作者的自我表述，也不要把它看成是产生它的那个社会的写照。

3. 文学是虚构

读者对文学的关注各有不同，其原因之一就是文学的言辞表述与世界有一种特殊的关系，我们称这种关系为"虚构"。文学作品是一个语言活动过程，这个过程设计出一个虚构的世界，其中包括陈述人、角色、事件和隐含的读者(读者的形成是根据作品决定必须解释什么和读者应该知道什么而定的)。文学作品是指虚构人物的，而不是历史人物的故事(比如爱玛·包法利和哈克贝利·芬)。但是虚构性并不仅限于人物和事件。我们所说的指示语，即与讲话环境相关的语言的定位特点，比如代词(我、你)或者表示时间、地点的副词(这里、那里、现在、那时、昨天、今天)，在文学中都有特殊的功能。比如**此时**这个词在一句诗里("此时……飞到一起的燕子在空中啁啾")指的并不是诗人第一次写下这个词的那个时刻，也不是指这首诗第一次出版的那个时刻，而是指诗中的某一刻，指它的活动所表现的那个虚构世界中的某一刻。如果"我"这个词在一首抒情诗中出现，比如华兹华斯的诗句"我漫无目的地飘着，像一朵孤独的云"，那么这个"我"也是虚构的。它指的是诗中的陈述人。这个人也许与实际生活中的诗作者威廉·华兹华斯截然不同。(诗里的陈述人或者叙述者的经历与华兹华斯一生中某个时刻的经历也许会有不可摆脱的关联，但是，在一位老者的诗篇中，完全可能出现一位年轻的陈述人，反之亦然。而且，小说中的叙述者，那些在讲述故事时以"我"自称的角色完全可能与故事的作者有着截然不同的经历，并且做出截然相反的判断，这也是众所周知的。)

在虚构中，陈述者所讲的与作者所想的之间的关系一直是一个关于解读的问题。经过描述的事件与生活中真实情景的关系也是如此。非虚构的话语一般包含在那种告诉你如何理解它的语境之中：一本用法手册，一篇报纸上的新闻报道，慈善机构的一封来信。然而，虚构的语境对虚构到底要说明什么意义这个问题总是不做明确答复。文学作品对真实世界的指涉，与其说是文学的特性，不如说是解读赋予这些作品的一项功能。如果我对一位朋友说："请明天晚上8点钟到大岩石餐馆来和我一起吃晚饭。"她或者他会把这句话作为一个实实在在的邀请，并且从这句话的语境中判断出具体的时间和地点("明天"指2002年1月14日，"8"指东部标准时间晚上8点钟)。然而，如果诗人本·琼森写一首《邀请朋友去晚餐》的诗，那么这首诗的虚构性就使它与真实世界的关系成为一个有待解读的问题。这个信息的语境是一个文学的语境，我们必须做出判断，这首诗主要是勾画虚构的陈述人的态度，是概括一种逝去的生活方式，还是说明友谊和单纯的娱乐对人的幸福是最重要的。

对于《哈姆雷特》的解读方式之一就是要判断应该把它作为什么来读。它讲的是丹麦王子遇到的问题，还是文艺复兴时期的人们在自我概念经历变化的过程中进退维谷的两难境地，抑或是男人与母亲之间的关系，或者是再现(包括文学的再现)是怎样影响我们对经验的理解的。故事通篇指涉的都是丹麦，这个事实并不意味着你必须要把它作为介绍丹麦的书去读：这是一个通过解读做出的判断。我们可以用不同的方式，在不同的层次上把《哈姆雷特》与真实的世界联系起来。文学的虚构性使其语言区别于其他语境中的语言，并且使作品与真实世界的关系成为一个留待解读的问题。

4. 文学是审美对象

迄今为止我们谈到的关于文学的特征——语言结构的不同的补充层次，与言语的实用语境的脱离，与真实世界的虚构关系——都可以归到语言的美学作用这个总标题下。历史上一直把美学作为艺术理论的名称。关于美究竟是艺术作品的客观属性还是观赏人的主观反应，以及美与真和善的关系一直争论不休。

现代西方美学的重要理论家伊曼努尔·康德认为美学就是在物质世界和精神世界之间架起一座桥梁的尝试，是沟通一个由力量和庞然大物组成的世界与一个由理念组成的世界的尝试。审美对象，比如绘画或者文学作品，通过把作用于感官的形式(色彩、声音)和精神的内涵(思想理念)融为一体来实现把物质与精神结合在一起的可能性。一部文学作品就是一个审美对象，这是因为在暂时排除或搁置了其他交流功能之后，文学促使读者去思考形式与内容相互间的关系。

对于康德和其他一些理论家来说，审美对象具有“无目的的合目的性”。它们的建构具有一种目的性：它们之所以这样建构是为了使它们的各个部分都协调一致去实现某个目的，但这个目的就是艺术作品本身，是蕴含在作品当中的愉悦，或者是由作品引起的愉悦，而不是外在的目的。具体说来，这就意味着要认定一个文本为文学就需要探讨一下这个文本的各个部分对整体效果所起的作用，而不是把这部作品当成一个旨在达到某种目的的东西，比如认为它要向我们说明什么，或者劝我们去干什么。我说故事是言语，它的实际意义就是它的“可述性”时，是注意到了故事所具有的合目的性(那些可以使其成为“好故事”的特点)，但我还注意到，这一点很难与某些外在的目的联系在一起。因此我是在讲述故事的美学和它激起感情的特点，甚至非文学的作品也是如此。一个好故事具有可述性，可以打动读者或者听众，让他们觉得“值得一读”。它可以趣味横生，也可以给人教诲或者激励，它可以起到各种各样的作用。但你不能下一个概括的定义，说好故事就是可以做到以上任何一点的故事。

5. 文学是互文性的或者自反性的建构

近来，理论家们争辩说作品是由其他作品塑造出来的，也就是说先前的作品使它们的存在成为可能，它们重复先前的作品，对它们进行质疑或改造。这个观点有一个新鲜的名字，叫作“互文性”。一部作品通过与其他作品之间的关系而存在于其他作品之中。要把什么东西作为文学来读就要把它看作一种语言活动，这种语言活动在与其他话语的关系中产生意义。比如，把一种语言活动理解为一首诗，是因为先前的诗篇为这首诗的产生创造了可能性，或者理解为一部小说，它把它那个时代搬上舞台，并且批评那个时代的政治辞令。莎士比亚的十四行诗中写道：“我心爱的姑娘的眼睛绝不像那太阳”。这里就用了爱情诗篇中传统的隐喻，并且否定了它们(“可我在她的面颊上从未见到这样的玫瑰”)——他反对用这种方法夸奖一个女人，而是说“她行走时发出噔噔的脚步声”。这首诗在与使它的存在成为可能的传统发生关系时才产生意义。

既然要把一首诗作为文学理解就要把它与其他诗篇联系在一起，要比较对照它表达意义的方式与其他诗篇的方式的异同，那么在一定程度上就可以把诗篇作为诗歌艺术本身去阅读。这涉及诗歌想象和诗歌解读的过程。于是我们碰到了近来理论界的一个重要观点，文学的“自反性”。小说在某种程度上是关于多部小说的作品，是关于再现和塑造，或者被赋予经验意义的作品。所以《包法利夫人》这本小说就可以被看作是一部挖掘爱玛·包法利的“真实生活”与她所阅读的那些浪漫小说，以及福楼拜自己这部小说对生活的理解之间的关系的作品。针对一部小说(或者一首诗)，我们总是可以提出这样的问题：它就如何阐明意义所做的隐含表述与它自己在阐明意义时的具体做法之间是怎样联系的?

文学是一种作者力图提高或更新文学的实践,因此它总是隐含了对文学自身的反思。不过,我们再次发现这一点同样适用于其他形式。比如贴在汽车保险杠上的小招贴广告。同诗篇一样,它要表达的意义也可以是建立在先前的这类小招贴广告上的。比如,“为了耶稣不要用核武器屠杀鲸鱼”,如果没有“禁止核武器”,“救救鲸鱼”和“耶稣拯救万物”这些小招贴,那句话就没有任何意义了。所以我们可以肯定地说“为了耶稣不要用核武器屠杀鲸鱼”是**关于**小招贴广告的招贴广告。最后,文学的互文性和它的自反性并不是一个界定特点,而是语言的某些方面的突出运用和有关语言再现的问题,在其他地方可能也会观察到同样的现象。

特点与结果

在这五种情况的每一种中,我们都会遇到上面提到过的结构:我们面对的是有可能被描述成文学作品**特点**的东西,是那些使作品成为文学的特点。不过,我们也可以把这些特点看作是特别关注的结果,是我们把语言作为文学看待时赋予它的一种功能。看来,不论哪种视角都不能包容另一种而成为一个综合全面的观点。既不能把文学的特点仅仅说成是客观的属性,也不能把它说成是不同的语言组合方式的结果。有一条至关重要的原因可以解释这一点。在本章开头的一个小小的思维实验中,这个原因已经出现了。语言抵制我们加给它的那些框架。要把一个“我们围成一个圆圈跳舞……”这样的对句变成占卜饼中的谶语,或者把“用力搅拌”变成一首激动人心的诗都是很困难的。当我们把某些东西当作文学时,当我们寻求风格和连贯性时，总会发现语言的抵制，我们不得不面对这个问题，不得不带着这个问题去进行研究。最后一点，文学的“文学性”也可以存在于语言材料与读者对什么是文学的程式化期待两者之间相互作用所形成的张力之中。不过，我这样说也是很谨慎的，因为从前面的五种情况中，我们已经了解到的另一点就是每一个被认定的文学的重要特点都不是**界定**特征，因为在其他类型的语言运用中也可以发现同样的特征。

文学的功能

我在本章开头就指出20世纪80年代和90年代的文学理论还没有把注意力集中在文学和非文学作品的区别上。理论家们把文学作为一个历史的和意识形态的范畴去考虑，考虑它的社会的和政治的功能，人们一直认为文学应该具备这样的功能。在19世纪的英国，文学作为一种极其重要的理念而出现，一种被赋予了若干功能的、特殊的书面语言。在大英帝国的殖民地中，文学被作为一种说教课程，负有教育殖民地人民敬仰英国之强大的使命，并且要使他们心怀感激地参与这一具有历史意义的文明事业。在国内，文学反对由新兴资本主义经济滋生出来的自私和物欲主义，为中产阶级和贵族提供替代的价值观，并且使工人在他们实际已经降到从属地位的文化中也得到一点利益。文学在传授中立的审美体验的同时，培养一种民族自豪感，在不同阶级之间制造一种伙伴兄弟的感觉。最重要的是，它还起到了一种替代宗教的作用。宗教似乎已经不能再把整个社会团结在一起了。

任何一个文本如果能做到所有这些，那它当然是非常不一般的。文学是什么？人们怎么会认为它就能做到这一切呢？至关重要的一点是在文学中起作用的具有代表性的特殊结构。一部文学作品——比如《哈姆雷特》——就其特点而言，是一个虚构人物的故事，而这个故事本身又在某些方面具有代表性(不然，你为什么想读它呢)，但同时它拒绝界定那个有代表性的领域或范围——正因为如此，读者和批评家们才能如此轻松自如地谈论文学的"普遍性"。正是文学作品的这种结构才使我们比较容易把它们看作是在普遍意义上向我们讲述"人类境况"，而不是局限在它们所描述或者说明的具体范畴之内。《哈姆雷特》仅仅是关于王子的故事吗?仅仅是描述文艺复兴时期人物的故事吗?或者仅仅是有关喜欢内省的年轻人的故事?仅仅是关于那些父亲死因不明的人们的故事?既然所有这些都不是令人满意的答案，所以对读者来说，还是不回答更容易些，因此便默认了它的普遍性。就其特点而言，小说、诗歌和戏剧在把所有的读者都带入它们的叙述者和角色的处境和思想之中的同时并不去深究它们究竟代表着什么。

但是，提供普遍性和面对能够读懂这种语言的人，二者合一便产生了一种强大的、**民族性的**作用。本尼迪克·安德森在他的《想象的共同体：思考民族主义的起源与传播》一书中指出，文学作品，尤其是小说，通过设定并吸引一个广大的读者群，有助于创造民族群体。这个民族群体是有界限的。不过，原则上说，它又是向一切能够读懂它的语言的人敞开的。安德森的这部书是一部政治历史著作，它的理论已经颇有影响。他在书中写道："虚构无声地、不断地渗入到现实当中，默默地创造着一种非凡的群体信念，这正是现代国家的特征。"把英国文学中的人物、言语者、情节和主题表现得具有普遍意义，目的就在于促成一个既开放又有界限的、假设的群体。让人们，比如说，让英国殖民地的人们，都对这个群体怀有一种渴望。事实上，越是强调文学的普遍性，它的民族作用就越大：肯定简·奥斯丁眼里的世界具有普遍性，反倒使英国成为一个非常特殊的地方，成为一个品位高雅、行为规范的地方。而且，更重要的是，它有利于英国社会道德和社会环境的形成。在这样的环境之中，伦理道德问题得以解决，人格品质也得以塑造。

有一种观点认为文学一直都是一种特殊的作品。它不仅可以开化下层阶级，而且也可以启迪贵族和中产阶级。这种把文学作为审美对象，认为文学可以使我们成为"更完美的人"的观点是和一种关于主体的思想相关的，理论界称这种主体为"自由主体"，即不受社会环境和利益界定，由个人主体性(理性和道德)界定的自由主体。这种个人的主体性的产生，从根本上说是不受社会制约的。这种与实用目的脱离，并且诱导独特的反思和认同的审美对象帮助我们通过自由公正地运用想象功能而成为自由主体，而这种想象功能把理解力和判断力合理地结合起来。理论界人士还指出，文学具有的这种能力是通过鼓励读者思考复杂的事物而不要急于做出判断，通过鼓励读者思考那些伦理是非问题，通过引导读者作为局外人或者像小说读者一样去检验行为(也包括检验他们自己的行为)而实现的。它促进了客观公正，培育了鉴赏力和细微的辨别能力，产生了与处境不同的男女人物的认同，从而促成了集体感。有一位教育家在1860年曾经这样说过：

> 通过与那些人类智慧启迪者的思想和言语进行交流，我们的心与整个人类的感情合奏一个节拍。我们发现没有阶级、政党或者信仰的区别能够消灭天才吸引和教育世人的

力量，而且在人类忧虑、经营和争吵的低级生活的烟雾和动荡之上，在一片喧嚣和混乱之上有一个清澈而又明亮的地方，那就是真理存在的地方，所有人都在那里相会，并且以同样的方式交谈。

毫不奇怪，现代理论一直在对这种文学观点进行批评。批评的焦点集中在那种力图通过为工人提供这种通往“更高境地”的途径而把他们的注意力从他们困苦的现状中转移开来的、迷惑人心的骗术上。这种骗术就是通过向工人们抛出几本小说从而达到阻止他们再次挑起争议的目的。特里·伊格尔顿正是这样说的。不过，当我们深入研究那些关于文学是做什么的和它怎样作为一种特殊社会实践起作用的论证时，我们也发现了一些很难调和的观点。

文学被赋予了截然相反的功能。文学是意识形态的工具吗？它是一套诱使读者接受社会等级制度的故事吗？如果那些故事把女人要想幸福就必须在婚姻中寻找说成是理所当然的，如果它们认为阶级区别是自然的，并且去描述一个情操高尚的女佣如何可能嫁给一位老爷，它们就是在使偶然的历史安排合法化。或者说文学是一个暴露意识形态，可以对其进行质疑的领域？举例说，文学以一种强大的、具有影响力的方式再现历史上给妇女提供的极少的选择机会。文学通过揭露这一点，提出**不**把它看作天经地义之事的可能性。这两种观点都具有说服力：文学是意识形态的手段，同时文学又是使其崩溃的工具。我们又一次发现了文学潜在的“特性”和使这些特性发挥出来的关注之间的错综的波动变幻。

在文学和行为的关系上，我们也遇到了相反的观点。理论家们认为文学鼓励独自理解思考，以此作为与世界联系的方式。因此文学与社会的和政治的活动不同，后者有可能引起社会的变革，而文学最多不过鼓励超脱于，或者只是体会领悟那个纷繁复杂的世界，最次也只是让人们被动接受现有的一切。但是，从另一方面说，文学在历史上就一直被认为是危险的，因为它促使人们对当权者和社会结构产生怀疑。柏拉图将诗人逐出他的理想国中，因为他们只能带来危害，而小说早就被冠以鼓动人们不满足现状，而向往新生活的名声——也许是大都市的生活，或者是充满浪漫色彩的生活，或者是革命生活。作品通过在不同的阶级、性别、种族、国家和年龄的人们中提倡认同而促进了一种劝阻斗争的“同伴情感”。但同时作品也可能会产生一种强烈的不公平意识，这种意识又使开展进步斗争成为可能。从历史的角度看，文学作品享有促成变革的声誉，比如哈丽特·比彻·斯托的《汤姆叔叔的小屋》在那个时代就是一本畅销书，它促成了一场反对奴隶制的革命，这场革命又引发了美国的内战。

我在第七章中会再次讨论认同和它的作用这个问题，也就是说，与文学角色和叙述者认同起什么样的作用？目前，我们应该把文学所有的错综性和多样性看成是一种由来已久的机制和社会实践。说到底，我们在这里讨论的是一种机制。这种机制的基础是你能说出你想象得到的任何事情。这一点对于什么是文学很重要：因为不论什么正统思想、什么信仰、什么价值观，文学都可以编排出各种不同的、怪异荒诞的虚构故事来嘲笑它，戏仿它。文学一直具有通过虚构而超越前人所想所写的东西的可能性，从德·萨德侯爵那些描绘在一个行为产生于欲望不受任何约束的社会里会发生什么的小说到萨尔曼·拉什迪的

《撒旦诗篇》(因为在讥讽和戏仿的语境中使用了神圣的名字和主题而引起了轩然大波)。任何看似合乎情理的东西,文学都可以使其变得荒谬不堪,都可以超越它,都可以用一种向其合理性和充分性提出质疑的方式改变它。

文学一直是一种文化精英的活动。它一直是一种“文化资本”。人们有时这样称呼它，因为学习文学等于是一笔文化投资,它可能会以各种方式给你以回报,帮助你进入社会上层。但是不能认为文学仅仅具有这种保守的社会功能。它不是“家庭价值观”的传播者。相反,从弥尔顿《失乐园》中撒旦反叛上帝,到陀思妥耶夫斯基《罪与罚》中拉斯科尔尼科夫谋杀老妇人,可以说文学使各种罪恶具有了诱惑力。它鼓励抵制资本主义的价值观,抵制获取和支出的实用性。文学既是文化的杂音,又是文化的信息。它既是一种制造混乱的力量,又是一种文化资本。它是一种召唤阅读、把读者引入关于意义的问题中去的写作。

文学的矛盾之处

文学是一种自相矛盾,似是而非的机制,因为要创作文学就是要依照现有的格式去写作——要写出或者看起来像十四行诗,或者遵循小说程式的东西;但同时文学创作又要藐视那些程式,超越那些程式。文学是一种为揭露和批评自己的局限性而存在的艺术机制。它不断地试验如果用不同的方式写作会发生什么。因此,文学既是彻头彻尾的程式化的代名词,比如moon与June和Swoon押韵,少女总是漂亮的,骑士总是勇敢的;而同时文学又是十足的制造混乱的代名词,读者不得不努力在其中寻找意义。比如詹姆斯·乔伊斯的《为芬尼根守灵》里有这样一句话:“伊恩斯在一个空间里,它是一个大得令人生厌的空间，他一个人居住。”

我前面已经提过“文学是什么”这个问题之所以出现并不是因为人们担心他们也许会把一部小说错当成一部历史书，或者把占卜饼上的一句话错当成一首诗，而是因为批评家和理论家们希望通过说明文学是什么来提倡他们认为是最重要的批评方法，并且摒弃那些忽略了文学最根本、最突出的方面的批评方法。现代理论中“文学是什么”这个问题之所以重要就是因为理论突出了各类文本的文学性。对文学性进行的思考就是把文学引发的解读实践摆在我们面前，作为分析这些话语的资料：把立即知道结果的要求搁置一下，去思考表达方式的含义，并且关注意义是怎样产生的，以及愉悦是如何创造的。

第三章
文学与文化研究

法文教授著书论述香烟或肥胖对美国人的困扰，研究莎士比亚的学者们分析双性恋问题，研究现实主义的专家们转而研究连环杀手。这是怎么了？

这里正在进行的就是"文化研究"，这是人文科学在20世纪90年代的一项主要活动。一些文学教授可能已经从弥尔顿转向了麦当娜，从莎士比亚转向了肥皂剧，而把文学研究抛到一边去了。这种现象又是如何与文学理论相关联的呢？

理论极大地丰富和激励了对文学作品的研究。不过，正如我在第一章里讲到的，理论并不是关于**文学的**理论。如果你一定要说这个理论是**关于**什么的"理论"，那么答案就是：它能"说明实践的意义"，能创造和再现经验，能构建人类主体——简而言之，它就像是最广义的文化。而令人吃惊的是，随着文化研究的发展，已经说不清它究竟跨了多少学科，对它的界定就像对"理论"本身的界定一样困难。你可以说这两者是一脉相承的，"理论"是理论，而文化研究是实践。**文化研究就是以我们简称为"理论"的范式作为理论指导所进行的实践活动**。有些搞文化研究的人对于"高深理论"抱怨不止。不过这也说明了一种可以理解的想法，就是不愿对永无止境的、令人感到惧怕的理论大全承担任何责任。事实上，文化研究在很大程度上依赖于我在本书中讨论的关于意义、身份、再现及能动作用的理论论证。

不过，文学研究和文化研究到底是什么关系呢?从最广泛的概念上说，文化研究的课题就是搞清楚文化的作用，特别是在现代社会里，在这样一个对于个人和群体来说充满形形色色的，又相互结合的社团、国家权力、传播行业和跨国公司的时代里，文化生产如何进行，文化身份又是如何构建、如何组织的。所以总的来说，文化研究包括并涵盖了文学研究，它把文学作为一种独特的文化实践去考察。但这又是一种什么类型的包含关系呢?在这一点上存在着许多争论。究竟应该把文化研究看作一个庞大的领域，从中文学研究能够获得新的动力和见解，还是说文化研究吞没了文学研究，并且也破坏了文学呢?要抓住这个问题的关键，我们需要对文化研究的发展背景有一点了解。

文化研究的兴起

现代文化研究有着双重血统。它最初是20世纪60年代法国结构主义(见附录)的产物。结构主义认为文化(包括文学)即一系列实践。应该对这些实践的规则，或者叫程式加以描述。有一部关于文化研究的早期著作叫《神话论文集》(1957)，作者是法国文学理论家罗兰·巴特。这部著作对许多文化活动进行了简单的“解读”，从职业摔跤、汽车及洗涤用品的广告到神话般的文化对象，比如法国葡萄酒和爱因斯坦的大脑，等等。巴特尤其感兴趣的是，通过说明那些在文化中看似自然的东西，其实是基于偶然的、历史的建构，来破解“神秘感”。在分析文化实践时，他指出潜在的程式和它们的社会含义。举例说，如果你把职业摔跤和拳击做个比较,你就会发现这里有不同的程式。拳击手被击中时忍住痛苦,而摔跤手却十分痛苦地扭动身体,夸张地扮演俗套的角色。在拳击当中,对抗的规则在标明比赛不得超越界限这个意义上说是存在于比赛之外的。而在摔跤比赛中,规则完全是存在于比赛**之内**的,因为程式扩大了意义的范围,而意义又可以被创造:规则为被打破(公开地被打破)而存在,所以"坏蛋",或者恶棍就可以毫不掩饰地暴露他的邪恶和缺少体育道德,而观众也被煽动,充满报复的愤怒。如此说来,摔跤提供的首先是一望而知的伦理道德满足感,因为善和恶清清楚楚地形成对立。巴特调查了各种文化实践,从高雅文学到流行时装和食品。他的例证促进了对各种文化形象的内涵进行解读,对文化的独特建构的社会功能进行分析。

当代文化研究的另一个源头是英国马克思主义文学理论。雷蒙德·威廉姆斯的著作《文化与社会》(1958),还有伯明翰现代文化研究中心的创始人理查德·霍格特的《识字的用途》(1957)都力图复苏并进一步探索一种通俗的、劳工阶级的文化。因为文化被等同于高雅文学,这种通俗文化在此之前没有引起注意。这是一项恢复湮没的声音,从社会底层追溯历史的工程。它恰好与另一种文化理论相遇——欧洲马克思主义理论,这种理论把大众文化(与"通俗文化"相对立)视为一种强制的意识形态的组合,视为某些意义,它们起着把读者或者观众置于消费者地位,并为国家权力的运转进行辩解的作用。这两种对于文化的不同分析——一种认为文化是人民**自己的**表述,另一种认为文化是强加在人民**之上的**——之间的相互影响在文化研究的发展上一直起着非常重要的作用,首先表现在英国,而后波及其他地方。

张 力

在这个传统意义上的文化研究受着两种力量的张力的驱使。一种是要复苏通俗文化的欲望，要使其成为人民的表述，或者为边缘群体的文化扬声；另一种是对大众文化的研究，认为它是一种意识形态的压力，形成了压制性的意识形态。一方面，研究通俗文化就是要触及普通人生活中重要的东西——他们的文化，与唯美主义和教授们的文化相对立的文化。另一方面，又有一种强大的推动力要表明人民是如何被塑造的，或者说是如何被文化力量控制操纵的。人民在多大程度上是被文化形式和文化实践建构的主体，从而可以称他们**为**具有某种欲望或者价值观的人，或对此表示"质疑"？**质疑**这个概念源自法国马克思主义理论家路易·阿尔都塞。比如，广告称你为某种主体(一位会喜欢某种品质的产品的消费者)，通过反复向你灌输，你便逐渐占据了这样一个地位。文化研究就是探讨我们在多大程度上受文化力量的操纵，以及我们能在多大程度上，或者用哪些方式使文化力量为其他目的服务，就像人们说的，发挥"能动作用"。("能动作用"是流行理论的简略提法。这是一个我们在多大程度上可以成为对自己的行为负责的主体，以及我们貌似自主的选择在多大程度上是受制于我们所不能控制的力量的问题。)

文化研究存在于两个因素的张力之中。一方面，分析家的欲望是把文化作为一套代码和实践来分析，这些代码和实践将人民和他们自身的兴趣隔离开来，并且创造出人民逐渐形成的欲望；另一方面，分析家又希望在通俗文化中找到价值观的真实表述。一种方法是证明人民能够利用资本主义和它的传播业强加给他们的文化材料去创造他们自己的文化。通俗文化就是从大众文化中产生的。通俗文化是从与之相对立的文化素材中产生的,因此它是一种斗争的文化,是一种利用大众文化的产品来体现创造性的文化。

文化研究一直与身份的不确定性,与身份的形成、体验和传导的多种方式紧密联系。因此,对于不稳定的文化和文化身份的研究便尤为重要,这主要指那些少数族裔群体、移民群体、妇女群体等。他们在与较大的文化群体认同时可能会有困难,而他们又置身于这个较大的文化之中,这个较大的文化本身是一个动荡不定的意识形态的建构。

如此说来,文化研究与文学研究之间的关系便成为一个错综的问题。从理论上说,文化研究是包罗万象的:莎士比亚和打击乐,高雅文化和低俗文化,过去的文化和当今的文化。但是在实际当中,既然意义是建立在区别的基础之上的,那么人们就把文化研究**作为相对于**其他科目的研究来对待。那么相对于什么科目呢?因为文化研究是从文学研究中生成的,所以答案常常是:“相对于文学研究,相对于传统意义上的文学研究”。这种文学研究的任务是把文学作品作为作者的成就去解读,而研究文学的主要原因是那些巨著有着特殊的价值:它们的复杂性、它们的美、它们的洞察力、它们的普遍意义,以及它们可能会给读者带来的好处。

但文学研究本身又从未就它在做什么这个问题上得出过统一的概念,不论是传统的还是非传统的;而且随着理论的出现和发展,文学研究越发是一个争吵不休、相互质疑的学科。在这个学科里,各种议题,不论是文学的,还是非文学的,都为争得大家的关注而竞争着。

因此，从原则上说，文学和文化研究之间不必一定要存在什么矛盾。文学研究并不一定要对文化研究批驳的文学对象做出承诺。文化研究就是把文学分析的技巧运用到其他文化材料中才得以发展的。它把文化的典型产物作为“文本”解读，而不是仅仅把它们当作需要清点的物件。反过来说，如果把文学作为某种文化实践加以研究，把文学作品与其他论述联系起来，文学研究也会有所收获。理论的作用一直就在于扩大文学作品可以回答的问题的范畴，并且把注意力集中在它们用哪些不同的方式抵制它们那个时代的思想，或者使其复杂化。从根本上说，文化研究因为坚持把文学研究作为一项重要的研究实践，坚持考察文化的不同作用是如何影响并覆盖文学作品的，所以它能够把文学研究作为一种复杂的、相互关联的现象加以强化。

关于文学和文化研究的关系方面的争论可以归纳为两大议题：(1) 什么是“文学经典”：中学和大学里系统研读的作品，可以构成“我们的文学遗产”的作品；(2) 分析文化对象的适当的方法。

1. 文学经典

如果文化研究吞噬了文学研究，文学经典会成为什么样子呢？肥皂剧是否已经替代了莎士比亚？如果真是如此，文化研究是否应负有责任？文化研究鼓励研究电影、电视及其他通俗文化形式，而不是大力促进对世界文学经典作品进行研究，这难道不是在扼杀文学吗？

当理论提倡把哲学和心理分析文本与文学著作一同解读时，它也受到了同样的指责。因为它把学生从经典著作中拉走了。但是理论又给传统的文学经典增加了活力，开拓了更多的阅读英美“名著”的方法。从来没有过如此之多的关于莎士比亚的论文。人们从任何一个可以想象得出的角度研究莎士比亚，用女权主义的、马克思主义的、心理分析的、历史的，以及解构主义的词汇去解读莎士比亚。文学理论把华兹华斯从一位歌颂自然的诗人变成一位现代主义的重要人物。真正**已经**被冷落的是那些“次要”的作品。在文学研究“涵盖”不同历史年代和不同类型时，这些作品是要系统研读的。对莎士比亚的解读比任何时候都多，而且也更活跃，但是对马洛、博蒙特和弗莱彻尔、德克尔、海伍德以及本·琼森这些伊丽莎白时期和詹姆斯一世时期曾经活跃在莎士比亚周围的剧作家，如今确实是很少有人过问了。

那么文化研究是否也会有同样的效果，把学生从其他作品中拉走，而只为少数几本文学著作提供新的语境，扩大它们的议题范围呢？迄今为止文化研究的发展一直与文学经典的扩大相伴(尽管还不能算起因)。如今教授的文学面很广，包括妇女作品和一些历史上的边缘群体成员的作品。这些作品或被增补到传统的文学课程中，或被作为单独的传统(“亚裔美国文学”、“后殖民主义英语文学”)。它们通常被当作一种经验的再现，因而也是所谈到的人民的文化(在美国，通常是指美籍非洲人、美籍亚洲人、美洲土著人、美籍拉丁美洲人的文化，以及女性文化)来进行研究。尽管如此，这种作品还是把文学在多大程度上创造了被认为是由它表述或再现的文化这个问题提了出来。文化究竟是各种再现的**结果**呢，还是它们的起源，或者起因呢？

对以前被忽略的作品兴起广泛的研究，这一点在传播界引起了激烈的争论：传统的文学标准是否已经受到危害？挑选先前被冷落的作品是根据作品本身的“杰出的文学价值”呢，还是根据它们在文化方面的代表性?是"政治上的公正"(给每一个少数群体以公正的再现的欲望)决定选择对哪些作品进行研究,而不是具体的文学标准做出这种决定吗?

对这样的问题有三种反应。第一种认为,哪些作品应该成为研究对象,从来就不由"杰出的文学价值"来决定。每一位教师并不是选择他/她认为属于世界十大名著的作品,而是选择那些具有某种代表性的作品,也许是代表一种文学形式,或者是代表文学史上的一个历史时期(英国小说、伊丽莎白时期的文学,或美国现代诗歌)。"最好的"作品是在要代表什么的语境中选定的。比如,如果你认为锡德尼、斯宾塞和莎士比亚是伊丽莎白时期最出色的诗人,那你就不会从那个时期的文学课中砍掉这几位诗人;如果你教授亚裔美国文学,你也同样会把你认为是"最好的"作品包括进去。在选择能够代表一系列文化经验和一系列文学形式的作品时,变化的是人们的兴趣。

第二种反应是,杰出的文学价值的标准在实际应用的时候一直受到非文学标准的干扰,包括种族的和性别的非文学标准。一个男孩子长大成人的经验(像哈克贝利·芬的经验)被认为是有普遍意义的经验,而一个女孩子的经验(《弗洛斯河上的磨房》里的玛吉·特丽弗的经验)就被看成是一个局限性很大的主题。

最后一种反应是,杰出的文学价值这个观点本身就一直是个值得争议的问题。它是不是把某一种文化的利益和目的神化了,好像只有它们才是评价文学优劣的唯一标准?关于什么样的文学作品应该算是值得研究的作品和它在文学机制中如何起作用一直是与文化研究密切相关的一个问题。

2.分析模式

争论的第二个大题目与文学和文化研究的分析方式有关。当文化研究只是文学研究的一种叛逆形式时，它把文学分析的方法运用到其他文化材料的研究当中。如果文化研究成了占据主导地位的研究，而文化研究人员也不再来自文学研究人员，那么使用文学分析的方法就变得不那么重要了。一部颇具影响力的美国巨著《文化研究》的导言指出："尽管在文化研究中没有明令禁止对文本的细读，但它也不是非做不可的。"没有明令禁止细读并不能令文学批评家们感到安慰。摆脱了长期以来控制文学研究的原则（文学研究关注的要点正是每一部作品与众不同的错综性），文化研究很容易变成一种非量化的社会学，把作品作为反映作品之外什么东西的实例或者表征来对待，而对作品本身不感兴趣，而且这种研究很容易被任何诱惑摆布。

这些诱惑中主要的是所谓"整体性"。这个概念认为有一种社会整体性存在。各种文化形式都是这个整体性的表现或表征。所以，要分析这些就要把它们与派生出它们的社会整体性联系起来。现代理论界就是否存在社会整体性，即一种社会政治的结构这个问题进行辩论。如果存在，文化产品和文化活动与它是什么关系？不过文化研究热衷于直接的关系。在这种关系中，文化产品就是一种基本社会政治结构的表象。比如英国的开放大学开设的"通俗文化"这门课，从1982年到1985年共有五千人学习了这门课，其中有一个单元是关于"电视警察系列剧和法律与秩序"的，它从不断变化的社会政治形势的角度分析了警察系列剧的发展。

> 《格林码头的狄克逊》是围绕一个颇具家长作风的父亲形象展开的。他与他巡逻的街区里的工人关系非常密

> 切。随着20世纪60年代初期的经济繁荣，福利社会愈加巩固，阶级问题转化成社会关怀：与此相呼应便出现了一个新的系列剧《Z车》，表现身着警服的警察开着巡逻车像专业人员一样执行任务，但却远离他们服务的社区。20世纪60年代之后，在英国出现了争夺霸权[①]的危机，因为政府不能轻而易举地取得协调一致，所以它需要武装自己，以对付来自颇具战斗力的工会的反对势力，以及来自“恐怖主义者”和爱尔兰共和军的反对势力。这个被鼓动得更具活动能力的霸权在《闪电行动队》和《专业特警》这类警察故事中得到了反映。那些故事中的便衣警察打击恐怖主义的典型做法是以他们自己的暴力行为来对抗恐怖组织的暴力行为。

这种分析当然很有趣，而且也很可能是真实的。作为一种分析法，它很有吸引力，但这种方法涉及从阅读（“细读”）到社会政治分析的转移。阅读就是对每一点叙述结构都保持敏锐的注意，并且着力研究意义的错综性；而社会政治分析则认为一个给定时代的所有连续剧目都具有同样的意义，都是社会结构的表述。如果文学研究被归入文化研究，那么这种“表征型解读”就可能会成为规范，而文化对象自身的特性就可能被忽略，同时文学使用的解读实践(在第二章探讨过)也会被忽略。悬置对直观可知性的要求，愿意探讨意义的界限，准备面对语言和想象创造出的出乎预料的结果，以及对于意义和愉悦是如何产

① 即一种由被控制者接受的统治格局。统治集团并不是纯粹通过力量去统治一切，而是通过一种协调的社会结构，文化正是这种结构中的一部分，它使当今的社会组合合法化。（这是出自意大利马克思主义理论家安东尼奥·葛兰西的观点。）

生的怀有兴趣——所有这些做法不仅对解读文学很宝贵，而且对思考其他文化现象也很宝贵，尽管这种解读实践是在文学研究中产生的。

目 的

最后要讲的是文学研究和文化研究的目的。从事文化研究的人常常希望当代文化的研究能够成为一种对文化的介入，而不仅仅是一种描述。《文化研究》的编辑们是这样说的："文化研究因此而相信它自己的知识成果是应该，而且能够，创造变化的。"这种声明与众不同，不过，我认为它很能说明问题，即文化研究并不认为它自己的知识成果**将会**创造变化。如果那样讲，就无异于自吹了，更不用说有多么幼稚可笑了。它相信的是它的成果"应该"能改变现实。就是这种思想。

从历史上说，研究通俗文化的思想和使一个人的成果成为一种政治介入是紧密相联的。在20世纪六七十年代的英国，研究工人阶级的文化就有一种政治内涵。英国似乎是一个民族文化身份与高雅文化的丰碑连在一起的国家——只要想想莎士比亚和英国文学悠久的传统就知道了，所以研究通俗文化本身就是一种反抗的行为。而在美国就完全不是如此。那是一个常常用**反对**高雅文化来解释其民族身份的国家。像任何能说明美国性的作品一样，马克·吐温的《哈克贝利·芬》以哈克·芬为躲避萨莉姨妈对他的"文明开化"出逃到自己的"国土"为结尾。芬的身份是建筑在逃避文明文化的基础上的。美国人传统上就是逃离文化的人。当文化研究把文学作为上层精华诋毁时，很难把它与资产阶级平庸主义长期的民族传统区别开来。在美国，回避高雅文化而研究通俗文化算不上政治的激进，也算不上反

“对不起，先生。陀思妥耶夫斯基不该在夏天里读。”

抗的姿态,它倒更能称得上是一门大众文化学科。美国的文化研究与英国不同。它与激励文化研究的政治运动很少有关联,倒是可以把它看作是一个信息资料丰富的、跨学科的领域,但是仍然是对文化实践和文化再现的学术研究。文化研究“应该是”激进的,但是那种认为在激进的文化研究和保守的文学研究之间存在对立的想法缺乏依据。

区 别

关于文学和文化研究的关系的争论充满了对精英统治的抱怨和认为研究通俗文化将会给文学带来灭顶之灾的指责。面对一片喧嚣争吵,区别开两组问题会对我们有所帮助。第一组是关于研究一种或另一种文化对象的价值问题。研究莎士比亚而不是肥皂剧的价值已经不再是想当然的,而是需要论证的:比如说,在知识和道德观的培养方面,不同种类的研究能够取得什么不同的结果?要论证这类问题并不是一件容易事。德国纳粹集中营的指挥者们有的也是文学、艺术、音乐的鉴赏家。这就使要说明某一类研究能取得什么结果这样的尝试变得复杂了。不过,这类问题是我们应该迎头面对的。

另一组问题包括研究各类文化对象的**方法**——不同的解读和分析模式的利弊,比如是把文化对象作为错综的结构去解读呢,还是把它当作社会整体性的表征来解读?虽然鉴赏性的解读一直与文学研究联系在一起,而表征分析的方法与文化研究联系在一起,但这两种方法对于两种文化对象也都是适用的。细读非文学作品并不意味着要对它做出美学的评价,而对文学作品提出文化方面的问题也不说明这部作品就只是一份某个阶段的记录文件。我在下一章将进一步阐述解读的问题。

第四章

语言、意义和解读

文学到底是一种专门的语言，还是语言的一种专门用途？它是以特殊形式组织的语言，还是语言被赋予了特殊的权力？我在第二章里论证过，简单地选择一个或另一个答案是解决不了这个问题的，因为文学**既**包含语言的各种特点，**又**包含对语言的一种特殊的关注。其实这个争论所表明的关于语言的本质和作用，以及如何分析语言一直是理论的中心问题。通过关于意义的问题可以集中一些主要的议题。那么关于意义的思考包括些什么呢？

文学中的意义

以我们在前面做文学处理的两行文字为例，这是罗伯特·弗罗斯特的两行诗：

秘密坐在其中

我们围成一个圆圈跳舞、猜测，
而秘密坐在其中通晓一切。

这诗的"意义"是什么?应该说要了解文本的意义(这首诗作为一个整体)和了解一个词的意义之间是有区别的。我们可以说**跳舞**是"做有韵律的、有样式的连续动作",但这个文本的意义到底是什么呢? 你可以说它暗示人类行为的无意义性:我们只是围着圆圈转来转去,我们只能猜测。不仅如此,这首诗押韵的音节和它完全明白它在做什么的口气把读者引入一个对跳舞的猜测和思索过程。这个结果,即文本所激发起来的思索过程,就是它的部分意义所在。所以,我们有了一个词的意义,同时又有了一个文本的意义,或者叫文本激发起的思索,那么我们可以说这之间存在的即为这一段言语的意义,也就是在一定场合下说出这些词的行为的意义。这段言语所呈现的是一种什么行为呢?举例说,它是**警告**,还是**承认**,是**悲哀**还是**吹嘘**?这段言语里的**我们**指谁,"跳舞"又指什么?

如此说,我们不能只问"意义"是什么。意义至少有三个不同的范畴,或者叫层面,即词的意义、一段言语的意义和一个文本的意义。词可能会有的各种意义构成一段言语的意义,这段言语又是讲话人的一个行为。(反过来,词的意义又是从它们在言语中可能做到的事情中得来的。)最后是文本,在这首诗里,它代表一位不相识的说话者做了这谜一般的发言。文本就是作者建构的东西,它的意义不是陈述,而是它做了什么,它给读者什么潜在的影响。

我们有各种不同的意义,但有一点可以说是具有普遍意义的,那就是意义的基础是区别。我们不知道这个文本中"我们"指谁而言;只知道这个"我们"是针对"我"一个人,针对"他"或"她"、"它"、"你"、"他们"而言的。"我们"是某个未定的群体。这个群体包括我们认为可能会涉及的任何说话者。那读者是否也包括在“我们”当中呢?“我们”是不是指除秘密之外的任何人,抑或它是一个特殊的群体?在试图解读一首诗时,这类难题总会出现。我们掌握的只是对比的差别和不同。

关于“跳舞”和“猜测”所能说的也大致如此。这个文本中跳舞的意义取决于我们把它与什么相对照(“跳圆圈舞”与“笔直向前”相对照,或者与“静止不动”相对照),“猜测”则与“知晓”相反。思考这首诗的意义实际上是在对照比较,或者叫找出区别,赋予它们内容,再从中做出推断。

索绪尔的语言理论

语言就是一个差异的系统。瑞士语言学家费尔迪南·德·索绪尔在20世纪初就提出了这个观点。他的著作在近代理论中占有重要的地位。语言的每一个成分之所以存在,之所以有它独立的特点,正是因为在整个语言系统中它与其他成分有差异。索绪尔提出了这样一个比喻:一列火车,比如是一列上午8点30分伦敦至牛津的直达快车,其独立特点是存在于整个列车运行系统之中的,如列车时刻表所标明的一样。所以8点30分伦敦至牛津的直达快车才与9点30分伦敦至剑桥的直达快车和8点45分牛津市内车不同。这里要考虑的并不是某一列火车的具体特征,不是它的发动机、车箱、它的具体运行路线,以及它的车组人员等等。这些都会有所不同,还有发车和到达的时间也不会一样,火车还可能发车晚点或到站晚点。使这列火车具有特点的是它在列车运行系统中的位置:这个位置决定了它就是这列车,因为它与其他列车相对立。索绪尔对于语言符号就是这样讲的:“它最精确的特点就是它是别的语言符号所不是的。”同样,字母b的写法,只要它不与其他字母混淆起来,比如不与l、k

或d混淆起来，那它就可以有无数种写法(想想不同的人的不同笔迹)。关键不是某种具体的形式或内容，而是差异。只有差异才使它具有意义。

索绪尔认为一种语言就是一种符号系统。关键是他所说的语言符号的任意性本质。这意味着两点：第一，符号(比如一个词)是一种形式("能指")和一种意义("所指")的结合。形式和意义的关系是遵循程式的，而不以自然的相似为依据。我坐的这个东西叫**椅子**，但完全有可能给它一个别的什么名称，比如叫wab或者叫punce。是英语的程式，或者说规则使它是椅子，而不是其他别的什么；在其他语言中，它还会有完全不同的名称。我们想到的例外只是那些"象声词"。象声词的发音似乎是模仿它所表示的事物。比如狗叫的声音是bow-wow，蜜蜂的嗡嗡声则是buzz。象声词在不同的语言中也是不同的，比如法语中狗叫的声音是oua-oua，嗡嗡声用bourdonner表示。

索绪尔和现代理论都认为更重要的是符号任意性的第二个方面：能指(形式)和所指(意义)本身各自是声音层面和思维层面的程式化的划分。不同的语言对声音层面和思维层面的划分是不同的。英语把chair、cheer和char在声音层面上区别开来，把它们作为表示不同意义的不同符号，但它可以不必如此——这些也完全可以是同一个符号的不同发音。在意义层面上，英语把"椅子"和"板凳"(不带靠背的椅子)区别开来，但允许所指或"椅子"的概念包括带扶手和不带扶手的座位，而且也可以包括硬面或软面豪华的座位，而这两种差异本可以是完全不同的概念。

索绪尔强调，一种语言不是为存在于语言之外的范畴提供名称的"系统命名法"。这对现代理论是至关重要的一点。我们一向认为我们有**狗**、**椅子**这些词是为了给狗和椅子取名的，而狗、椅子之类是存在于所有语言之外的。但索绪尔论证说，如果词代表先于它而存在的概念，那么一种语言中的词就可以在另一种语言里找到意义完全相同的对等词。但事实并非如此。每一种语言都不仅仅是一个形式系统，而且是一个概念系统：一个程式化的符号的系统，世界是由这个符号系统组成的。

语言和思维

语言与思维有什么关系，这一直是现代理论界争论的一个重要议题。一端是常识的观点，认为语言只是为独立存在的思维提供了名称，为先于它而存在的思维提供了表达方法；另一端是以两位语言学家的名字命名的“萨丕尔-沃尔夫假说”。这两位语言学家认为我们所说的语言决定了我们的思维。比如，沃尔夫提出印第安霍皮族有一种关于时间的概念，在英语里就找不到这种概念(所以这里就无法解释它)。似乎没有办法说明一种语言的思维是另外一种语言所不能思维和无法表达的，但我们确实有大量的事实证明在一种语言里很“自然的”或者很“正常的”思维在另一种语言中就需要特别费力才能理解。

语言编码是一个关于世界的理论。不同的语言对世界的划分也是不同的。讲英语的人有“宠物”这个词——这是一个在法语中没有对等词的范畴，尽管法国人养狗、养猫毫无节制。英语迫使我们了解一个婴儿的性别，这样在谈论他/她时才能正确地使用代词(你不能用“它”称呼一个婴儿)，由此可以看出性别在我们语言中的重要性(当然，粉色或蓝色婴儿服的流行也向说话者暗示了正确的答案)。但这种性别的语言标记不是必然的，并不是所有的语言都把性别作为新生儿最重要的特征。语法结构也是语言的程式，但不是固有的，或不可规避的。当我们抬头望天，看见有翅膀在摆动时，我们的语言完全可以让我们说出“正在摆动翅膀”这样的句子(就像说“正在下雨”一样)，而不是说“鸟儿在飞”。保罗·魏尔伦有一首著名的诗就是运用了这种结构：“它在我的心中哭泣，就像雨滴洒落在城里。”我们说“城里在下雨”，为什么就不能说“我心里正在哭泣”呢?

语言并不是为先于它而存在的各种范畴提供标签的“命名法”，它生成自己的范畴。但是说话者和读者都可以被带进他们的语言环境中，透过或围绕这个环境看到不同的现实。文学作品探索各种思维习惯的环境或范畴，并且常常试图改变或者重新塑造它们，告诉我们如何思考那些我们的语言没有预见到的事情，迫使我们关注那些我们曾不假思索地用以看待世界的各种范畴。这样，语言既是意识形态的具体表现，是说话者据此而思考的范畴，又是对它产生质疑或进行消解的基地。

语言分析

索绪尔把语言系统(语言)与口头和书面的具体运用(言语)区别开来。语言学的任务就是构建语言的基础理论系统(或者叫语法)，它使言语行为，或言语成为可能。这又涉及进一步的区分，就是把对语言的**共时**研究(把语言分为在某个特定的时间，现在或者过去的系统)和**历时**研究区别开来。历时研究探讨语言的具体成分的历史变化。把语言作为一种功能系统来理解就是从共时的角度观察它，努力把这个系统使语言的形式和意义得以存在的规则和程式说清楚。我们这个时代最有影响的语言学家诺姆·乔姆斯基，转换生成语法的奠基人则更进一步。他指出语言学的任务就是重建说本族语者的“语言能力”：说话人掌握语言的固有知识或能力(使他们能够说得出,并且听得懂那些他们以前从未遇见过的句子)。

因此,语言学从言语的形式和它们对说话人的意义的实例开始研究,并努力去解释它们。下面两个例子形式相似:“约翰很愿意讨好别人”(John is eager to please)和“约翰很容易满足”(John is easy to please),可它们对讲英语的人却有截然不同的意义,这是为什么呢?说话人明白,第一句是约翰要讨好别人,而第二句则是别人在做讨好约翰的事。一个语言学家要做的,不是努力发现这些句子的“真正意义”,好像人们先前一直都错了,句子深层还包含别的什么意思。语言学的任务就是描述英语的结构(就是假设一个基本的语法结构),以解释这些句子为什么会有不同的意义。

诗学与解释学

在文学研究中也有一个经常被忽视的基本区别,就是两个课题之间的区别:一个根据语言学的模式,认为意义就是需要解释的东西,并且努力证明为什么意义会成为可能。另一个与其相反,它从形式开始,力图解读这些形式,从而告诉我们这些形式究竟意味着什么。在文学研究中,这是**诗学**和**解释学**的对比。诗学以已经验证的意义或者效果为起点,研究它们是怎样取得的。(是什么使一段文字在一本小说里看起来具有讽刺意味?是什么使我们对某一个人物产生同情?为什么一首诗的结尾会显得含混不清?)而解释学则不同,它以文本为基点,研究文本的意义,力图发现新的、更好的解读。解释学模式是从法律和宗教领域中借鉴来的。在这两个领域里,人们试图对具有权威性的法律文本和神圣的宗教文本加以解读,目的是对如何行动做出决定。

语言学模式认为文学研究应该采用第一种方式，也就是诗学的方式，力图搞明白作品是怎样收到现有效果的。但现代批评却大多习惯采用第二种方式，把对具体作品的解读作为文学研究的结果。事实上，文学批评著作常把诗学和解释学结合起来，不仅研究一个具体的效果是如何达到的，或者为什么某种结尾显得更适宜(这都是诗学的要点)，而且还研究具体文字的意义，以及某一首诗就人类境况向我们揭示了什么(解释学)。但这两种课题从原则上讲是截然不同的，它们具有不同的目标，需要不同的例证。以意义或效果为出发点的方式(诗学)与寻求发现意义何在的方式(解释学)有着根本的区别。

如果文学研究采用语言学的模式，它的任务就应是描述文学读者要获得的“文学能力”。诗歌学对文学能力的描述就应集中在使文学结构和意义成为可能的程式上：使读者能够识别文学种类的标准或程式体系是什么？怎样识别情节？怎样从文本提供的细节中把“人物”勾画出来？怎样从文学作品中识别主题？以及，怎样深入探讨表征型解读，这种解读能让我们对诗歌和故事的意义做出评价？

这种在诗学和语言学之间的类推似乎有点引导错误，因为我们解释一部文学作品的意义不可能像理解**约翰很愿意讨好别人**这句话的意义一样，因此不能认为意义是一望而知的。意义是需要探讨的。这当然也是为什么现代文学研究一直更倾向于解释学而不是诗学(还有一个原因是，一般说来人们研究文学作品并不是因为他们对文学的功能感兴趣，而是因为他们认为这些作品要告诉他们有意义的东西，而他们想知道那些东西是什么)。但是诗学并不要求我们了解一部作品的意义，它的任务是对我们可以证明的任何效果进行解释。比如解释为什么一种结尾比另外一种更成功；为什么一首诗中，一种意象组合有意义，而另一种就没有任何意义。再有，诗学至关重要的一部分是要解释读者是怎样解读文学作品的：什么样的程式使读者能像现在这样理解作品的意义？举个例子，我在第二章里称为“超保护的合作原则”的就是一种基本程式，它使对作品的解读成为可能：它假设困难、明显的谬误、偏离主题和与主题无关等现象在某种层次上都有相关的作用。

读者和意义

文学能力这个概念着重于读者(和作者)在与文本接触时所具有的隐含知识：读者按照哪一种过程对文本做出反应？哪一种推断肯定能解释他们对文本做出的反应和解读？对读者和他们理解文学的方法的思考已经引出了叫作“读者反应批评”的理论。该理论声称文本的意义就是读者的体验(包括犹疑不定、揣摩猜测和自我修正等体验)。如果一部文学作品是根据读者理解的一连串行为构思的，那么对这部作品的解读就可以是关于这种理解和行为相碰撞的故事，充满各种起伏：利用各种程式或期待，设想出各种联系，各种期待或被推翻，或得到验证。要解读一部作品就等于讲述一个关于阅读的故事。

但是一个人能够讲出的关于一部给定作品的故事是由理论家所谓的读者的“期待视野”决定的。对一部作品的解读就是对这种期待视野所提问题的回答。而一位20世纪90年代的读者在解读《哈姆雷特》时所具有的期待与一位莎士比亚时代的读者是不同的。能够影响读者的期待视野的因素有很多。女权主义批评理论已经论证过如果读者是女性会有什么区别，应该有什么区别。伊莱恩·肖沃尔特问道:“假定是一位女性读者,是否会改变我们对给定文本的理解,使我们意识到文本中性别代码的重要性?” 文学文本以及对它们的传统解读似乎一直把读者假设为男性,并且一直站在男性角度上诱导女性读者像男人一样去解读文本。同样,电影理论家也一直假定他们称为拍摄直视(从摄影机的位置得到的景象)的主要是指男性:女性只被作为拍摄直视的对象,而不是观察者。在文学研究中,女权主义批评家已经研究过作品所采取的各种让男性视角成为标准视角的策略,并且一直在辩论这种结构和效果研究是怎样改变阅读方式的,对男性读者和女性读者都是如此。

解 读

在阅读方法中对历史和社会变迁的关注强调解读是一种社会实践。读者在与朋友们谈到书或电影时,他们会不经意地解读;他们会边阅读边对自己解释。至于在课堂上进行的比较正式的解读则有不同的命题。对一部作品的任何成分,你都可以问它的作用是什么,它如何发挥作用,它与其他成分的关系是什么。但是解读最终还是可能会涉及这个“关于”的游戏:“好,这部作品到底是关于什么的?”这个问题不是由于文本的晦涩难懂而引起的;相反,与极端复杂的文本相比,这倒是一个更适合对简单文本提出的问题。在这个游戏当中,答案必须要符合一定的条件,比如,它不可能是显而易见的,它必须是猜测性的。如果说“《哈姆雷特》是关于一位丹麦王子的故事”,就等于拒绝参与游戏。但如果说“《哈姆雷特》是关于伊丽莎白时期社会秩序的崩溃”,或者说“《哈姆雷特》是关于男人对女人过度性欲的惧怕”,或者说“《哈姆雷特》是关于符号的不可靠性”等等，则被认为是可以接受的回答。从解释学的视角看，通常被看作文学批评"派别"的，或者用理论"研究方法"研究文学的都会对一部作品到底是"关于"什么的这个问题做出某些独特的回答："是关于阶级斗争的"(马克思主义)，"是关于统一经验可能性的"(新批评主义)，"是关于恋母情节矛盾冲突的"(心理分析)，"是关于遏制颠覆力量的"(新历史主义)，"是关于性别关系不对称的"(女权主义)，"是关于文本自我解构本质的"(解构)，"是关于帝国主义的阻碍的"(后殖民理论)，"是关于异性恋根源的"(同性恋研究)。

括号中注明的这些理论最初并不是解读文本的方法。它们只是说明它们认为对文化和社会特别重要的东西。这些理论中有许多包括了对文学功能的解释，或者对一般话语的解释，所以也带有诗学的特征；不过作为不同形式的解释学，它们使某种类型的解读方法得以形成。这种类型的解读方法把文本转变成一种目标语言。在解读的游戏中，重要的不是你得到了什么答案——像我那些戏仿一样，有些答案完全可以根据定义预见。重要的是你是怎样得出那个答案的，你怎样处理文本的细节，使它们与你的答案相关。

但是，我们是怎样在各种解读中进行选择的呢？我举的例子或许能说明。从一个层次看，没有必要确定《哈姆雷特》"绝对是关于什么的"，比方说，是关于文艺复兴时期的政治、关于男人与母亲的关系，或者关于符号的不可靠性的。文学研究机制的活力是建筑在两个事实上的：(1) 这类争论是永远没有结局的；(2)必须就具体场景，或者几行文字是如何支持某个假设进行论证。你不可能使一部作品表示一切意义：作品会拒绝你，而你必须努力说服别人相信你的解读是有针对性的。要进行这样的论证，关键是什么决定意义。我们又回到这个问题上来了。

意义、意图和语境

是什么决定意义呢？有时我们说一段言语的意义就是某人通过它所要表达的意思，似乎是说话人的意图决定意义。有时我们又说意义在文本之中——也许你本意要说x，可你说出的言语却表示y，这样一来，似乎意义成了语言自身的产物。有时我们又说语境决定意义，也就是说，要想知道某段言语的具体意义，你必须要了解它出现在什么情况下，或什么样的历史语境之中。还有些批评家认为读者的经验就是一个文本的意义，我已经讲过这一点了。意图、文本、语境、读者——究竟哪一个决定意义呢？

关于这四个因素的论证本身就表明意义是非常复杂的，是难以表述的，是不能凭这些因素中任何一个单独决定的。在文学理论中，意图在决定文学意义中的作用是一个久未解决的问题。有一篇著名的文章《关于意图的谬误》指出，对于文学作品来说，关于如何解读的争论并不能通过咨询圣贤(作者)得到解决。一部作品的意义并不是作者在创作过程中某一个时刻的心中所想，也不是在作品完成之后，作者认为它的意义所在，而是他/她能把哪些东西融进作品之中。如果是一般的日常对话，我们常常会把说话人的意图作为这段言语的意义。这是因为我们更关心说话人当时心中想些什么，而不是他或她用的字词；而对文学作品的评价却是根据它使用的独特的文字结构。把一部作品的意义限定在作者可能会有什么意图仍然是一种可行的批评手段。但是当今所说的意义并不是与内在的意图，而是与对作者个人的处境和历史的环境的分析相联系：在当时给定的情况下,这位作者做出什么样的行为?这种批评手段不看重后来对作品的反应,认为作品针对的是产生它的那个时代的关注,如果它对后来读者的关注也具有针对性,那只是一种巧合。

为意图决定意义这个观点辩护的批评家似乎担心如果我们否认这一点,我们就会把读者置于作者之上,并且宣布,在解读中“不论什么都可以行得通”。但事实是,如果你做出了一种解读,你必须要说服别人相信它的相关性,不然,人们就不接受它。谁也不能说“不论什么都可以行得通”,至于对作者来说,如果说他们的创作具有激发无穷无尽的思考和引发各种各样的解释的力量,难道不比说作品只具有我们设想的它的最初意义更给他们增光吗?任何一种解释都不会说作者对一部作品的陈述是无关紧要的。作者的陈述对许多批评课题就格外重要,可以把它作为文本,与作品文本相对照。比如在分析一位作者的思想,或者在讨论一部作品以什么方法可能扰乱一个声明的观点或意图,或使其复杂化时,作者的陈述就是至关重要的。

一部作品的意义并不是作者在某个时刻脑子里所想的东西,也不单单是文本内在的属性,或者读者的经验。意义是一个无法回避的概念,因为它不是简单的,或者可以轻易决定的东西。它既是一个主体的经验,同时又是一个文本的属性。它既是我们的知识,又是我们**试图在**文本**中**得到的知识。关于意义的争论永远都是存在的,在这个意义上,它是没有定论的,永远有待决定的,而结论又总是可以改变的。如果我们一定要一个总的原则或者公式的话,或许可以说,意义是由语境决定的。因为语境包括语言规则、作者和读者的背景,以及任何其他能想象得出的相关的东西。但是,如果我们说意义是由语境限定的,那么我们必须要补充说明一点,即语境是没有限定的:没有什么可以预先决定哪些是相关的,也不能决定什么样的语境扩展可能会改变我们认定的文本的意义。意义由语境限定,但语境没有限定。

其实,可以把理论话语引起的关于文学解读的主要变迁理解为语境的扩大,或者叫语境的再描述的结果。举例说,托尼·莫里森指出,美国文学一直留有奴隶制的历史存在的烙印,只不过常常被忽略。她指出,美国文学中所有涉及自由的内容——西部疆域的自由、开放道路的自由、无限制的幻想的自由——都应该放在被奴役的语境中去解读,在这样的语境中,它们才有重要的意义。爱德华·萨义德早就指出应该把简·奥斯丁的小说放在一个它们不包括的背景中去解读:大英帝国对殖民地的剥夺,用由此得来的财富支撑其本土表面一派端庄得体的生活。意义是由语境限定的,而语境是没有限定的,在理论话语的压力下永远变化不定。

对于解释学的阐述常把**恢复解释学**和**怀疑解释学**区别开来。前者力图重新建构产生作品的原始语境(作者的处境和意图,及文本对它最初的读者可能具有的意义),而后者则力图揭示文本可能会依赖的、尚未经过验证的假设(政治的、性的、哲学的、语言学的假设)。前者力图使当今的读者接触文本的原始信息,在这个过程中评价文本及作者;而后者则常常被认为否认了文本的权威性。不过,这也不是一成不变的,不是不可逆转的:恢复解释学把文本限定在某些与我们所关心的相去甚远的、假设的原始意义上,因而可能会缩小它的力量;而怀疑解释学也有可能从不为作者所知的方面去评价一个文本,所以它可以引导并帮助我们对当代的论题进行再思考(也许在这个过程中会打乱作者的假定)。比这个差异更有针对性的也许要算是以下两点之间的区别了:(1) 认为文本从其作用上说有值得注意的事情可讲的解读方法(这既可能是恢复解释学,也可能是怀疑解释学);(2) “表征型”解读,把文本作为非文本的东西的表征,作为某些假设为“更深层的”东西的表征,认为这才是意义的真正来源,它可能是作者的精神生活,或是某个时代的社会张力,或是中产阶级社会对同性恋的恐惧心理。表征型解读忽略对象的特殊性,认为它只是别的什么东西的符号。因而,作为一种解读方法,它并不是十分令人满意的。但是当它探讨一种文化实践,而某一部作品是这种文化实践中的一个例证时,它有助于对那种实践的解释。比如把一首诗作为体现抒情诗特点的表征或例证来进行解读,这样的解释学可能算不上令人满意。但对于诗学来说却是有价值的贡献。下一章我就要来讲这一点。

第五章

修辞、诗学和诗歌

我把诗学定义为通过描述程式和使程式成为可能的解读活动来说明文学效果的尝试。它和**修辞学**密切相联，而修辞学自古希腊起就一直是对富有说服力和表达技巧的语言的研究：语言和思维的技巧可以被用来建构卓有成效的话语。亚里士多德把修辞学和诗学区分开，认为修辞学是说服的艺术，而诗学是模仿和再现的艺术。不过，中世纪和文艺复兴时期的传统又把二者融为一体。修辞学成为一种雄辩的艺术，而诗学(因为它旨在教育、愉悦和感动大家)则成为这种艺术的一个绝好的实例。到了19世纪，修辞学逐渐被认为是一种狡诈的技巧，与思维或诗歌想象的真诚活动格格不入，沦落到备受冷落的地步。直到20世纪末，修辞学才被作为对话语的建构能力的研究得以重振。

诗歌与修辞学相关：它是使用大量修辞手段的语言，并且是极富感染力的语言。而且自从柏拉图把诗人从他的理想国中驱逐出去之后，每当诗歌受到攻击和诋毁的时候，它总是被当作具有欺骗性或者无关紧要的修辞学，说它误导公众，并诱使他们产生非分的欲望。亚里士多德是通过着重讲诗歌的模仿(模拟)，而不是修辞来肯定它的价值的。他认为诗歌为释放强烈的感情提供了一个安全出口，并且还指出诗歌模仿的是从无知到有知的宝贵经验。(所以，在悲剧中每到认识的关键时刻，主人公就会意识到他的错误，而且旁观者也意识到"我只为上帝赐予我的恩典而生"。)诗学作为对文学资源和策略的描述是不能被说成只是对修辞手法的描述的，但诗学可以被看作延伸的修辞学的一部分，这种延伸的修辞学对各种语言活动的资源进行研究。

修辞手法

文学理论一直非常关心修辞学，理论家也就修辞手法的本质和功能争论不休。通常，修辞手法的定义是对于"普通"用法的变换或偏离。举个例子说，"我的爱像一朵红红的玫瑰"，这里**玫瑰**不是指花，而是指一种极美丽、极宝贵的东西(这是隐喻手法)。或者《秘密坐在其中》，这里使秘密成为一种能动作用，它能坐在其中(拟人法)。修辞学家曾经试图把专门的"转义手法"和涵盖面更广的、间接的"修辞手法"区别开，前者"转换"或者改变一个词的意义(如用在隐喻当中)，而后者以词语的排列达到特定的效果。有这样一些修辞手法，比如头韵法(重复相同的辅音)、呼语法(对本不能作为常规听众的事物讲话，如"平静下来吧，我的心!")以及准押韵法(重复元音)。

最近理论很少再把**修辞手法**和**转义手法**区别开来，而且甚至对修辞或转义改变了的，某个词"普通的"或"字面的"意义质疑。就说**隐喻**这个词，它本身是字面的，还是修辞的?雅克·德里达在《白色的神话》中证明了对隐喻的理论解释看起来是多么不可避免地要依靠隐喻。有些理论家甚至得出了一条自相矛盾的结论，认为语言从根本上说是比喻的，认为我们称为非比喻的语言也包括了修辞手法，而它们的比喻本质是一直被遗忘了。比如，当我们说“抓住”一个“棘手的问题”时，因为忘记了这两种表达具有的比喻性，于是它们便成为非比喻的了。

从这个角度看，并不是非比喻的和比喻的手法之间没有区别，而是转义手法和修辞手法都是语言的基本结构，不是例外，也不是歪曲。从传统上说，隐喻一直是最重要的修辞手法。隐喻把一种事物比作另一种事物(称乔治是头驴，或我的爱是红红的玫瑰)。如此说来，隐喻便是认知的一种基本方式：我们通过把一种事物看作另一种事物而认识了它。理论家们称“我们赖以生存的隐喻”为基本隐喻，比如“人生是一次航行”。这种比喻手段形成了我们对世界、对人生的思维方式：我们在生活中总是努力要“达到某一点”，总要“找到我们的道路”，要“知道我们正走向哪里”，要“面对前进道路上的障碍”，等等。

隐喻一直被认为是语言和想象的基础，是因为它符合认识过程的规律，而不是没有根基和华而不实的，但是它的文学力量还是要依赖它的不协调性。华兹华斯的名句“孩子是成人的父亲”，让你不得不停下来想一想，然后它会使你以一种新的观点去看不同年龄之间的关系：它把这个孩子与他自己将来变成的那个男人的关系比作父亲与孩子的关系。因为隐喻可以传达细微复杂的见解，甚至可以传达一种理论，所以它最有理由成为修辞手法。

不过，理论家们还强调了其他一些修辞手法的重要性。罗曼·雅各布森认为隐喻和转喻是语言的两大基本结构：如果说隐喻以相似为纽带，那么转喻则以相近为纽带。转喻从一种事物转到另一种与它相联系的事物，就像我们用“王冠”指代“女王”一样。转喻通过把事物按时间和空间序列联系起来而创造秩序,并在一定的范围之内从一个事物转向另一个事物,而不是像隐喻那样可以把一个范围与另一个范围联系起来。还有一些理论家补充了**提喻**和**反讽**,就此把"四种主要转义手法"列齐了。提喻是以局部代替整体,比如用"十双手"代替"十个工人"。它从局部中推断出整体的性质,并且使局部能够代表整体。反讽把外表与实际相提并论,实际发生的与期待的正相反(在气象预报员的野餐上下场雨怎么样)。这四种主要转义手法——隐喻、转喻、提喻和反讽——被史学家海顿·怀特用来分析历史解释,或者用他的话叫作"情节化":我们用这四种基本的修辞结构去理解经验。这四组例子足以说明作为一门学科,修辞学的基本概念就是,语言有其基本结构,这种基本结构是各种话语的基础,并使它们产生意义。

体 裁

文学既依赖于修辞手法,但同时也依赖于更大的结构,尤其依赖于文学体裁。那么什么是体裁,它们的作用又是什么呢?**史诗**、**小说**这些名称术语仅仅是为了把作品以大致相似为基础进行分类的简便方法呢,还是确实对读者和作者都有作用呢?

对于读者来说,体裁就是一套约定俗成的程式和期待:知道我们读的是一本侦探小说还是一部浪漫爱情故事,是一首抒情诗还是一部悲剧,我们就会有不同的期待,并且会对哪些内容具有重要性做出假定。如果读一部悲剧,我们就不会像读一部侦探小说那样急切地寻找线索。抒情诗里一个动人的修辞手法,比如"秘密坐在其中"在一部关于鬼怪的故事或科幻小说里也许只不过是一个无足轻重的细节描述,在这种体裁中秘密也许已经具有了实际内容。

历史上许多研究体裁的理论家一直遵循希腊式分类，把作品根据由谁叙述大致分为三类：**诗歌**或**抒情诗**，叙述者为第一人称；**史诗**或**叙事诗**，叙述者以自己的声音出现，但也允许其他角色以自己的声音叙述；还有**戏剧**，全部对话由角色进行。还有一种分类方法注重叙述者与观众的关系。史诗中有口头吟诵：诗人直接面对听众。在戏剧中，观众看不到剧作家，而是由舞台上的角色去叙述。抒情诗的情况最复杂，诗人或唱或吟诵，可以说是无视听众的，"做出自言自语或对其他什么人讲话的样子：也许是对大自然中的一个精灵，对缪斯，对一位朋友，对一个情人、一个神灵、一个拟人化了的抽象事物，或是某个自然对象"。我们还可以把小说这个现代体裁加到这三个基本体裁当中去。小说通过一部书与读者交谈——我们将在第六章专门论述这个题目。

在古代和文艺复兴时期，史诗和悲剧是文学成就的巅峰，可以标明任何一位雄心勃勃的诗人的最高成就。小说的发明给文学阵地引进了一个新的竞争对手。不过，从18世纪晚期到20世纪中期，抒情诗作为一种短小的非叙事诗也逐渐被认为是文学的精华。最初，抒情诗曾经被作为一种有修养的、高尚的表达风格，是文化价值、文化态度的高雅表述，后来，它逐渐被看成是抒发强烈情感的方式，既可以涉及日常生活，又能表现超验价值，可以对个人最内在的心灵情感进行具体实在的表述。这种观点仍然有相当的影响。当代理论家已经不再把抒情诗看作是诗人感情的抒发，而认为它与**关于**语言的联想和想象有更密切的关系——对语言联系和规则进行实验，这种实验使诗歌成为一种文化断裂，而不再是文化价值的宝库。

作为文字和行为的诗歌

关于诗歌的文学理论争论的焦点之一是各种评价诗歌的方法的相对重要性：一首诗既是一个由文字组成的结构（文本），又是一个事件（诗人的一个行为、读者的一次经验，以及文学史上的一个事件）。既然诗歌是由文字建构的，那么意义与语言的非语义特点之间的关系便成为一个主要的问题，比如声音和韵律之间的关系。语言的非语义特点是如何发挥作用的？它们（不论是有意识的，还是无意识的）具有什么样的效果？可以在语义的和非语义的特点之间期待什么样的相互作用？

如果把诗歌作为一种行为，关键的问题一直是写作诗歌的作者的行为与说话者，或者是在其中说话的"声音"的行为之间的关系。这是一个错综复杂的问题。作者不是去说出一首诗；写作一首诗就是说作者想象他/她自己，或者另外一个声音去说话。读一首诗——比如《秘密坐在其中》——则是要说这些话，"我们围成一个圆圈跳舞、猜测……"这首诗似乎成为一段言语，不过，它是一个身份未定的声音的言语。诵读这首诗就要使你自己置身于说这些话的位置，或者想象出是另外一个声音——我们常说的由作者创造的叙述者或说话者的声音——在说这些话。这样，我们一方面有了罗伯特·弗罗斯特这样的历史人物，另一方面又有了这段实际言语的声音。在这两个人物之间还有另外一个人物：诗人声音的形象，这个形象是通过对诗人的一系列诗歌的研究而形成的（以弗罗斯特为例，这也许就是一种古老淳厚、朴实无华的形象，是对乡村生活具有深刻见解的观察家的形象）。这些不同人物的重要性因诗人的不同而不同，也因批评研究的类型不同而不同。但是在思考抒情诗的时候，一开始就把说话的声音和创作诗篇的诗人区分开来是很关键的，这样便树立起了说话者的形象。

根据约翰·斯图亚特·密尔的名言，抒情诗就是听到的言语。那么当我们听到了一段吸引了我们的注意力的话语，我们所做的典型反应就是想象出，或者建构出一个说话人和一个语境：通过辨别声音的语气，我们推测出说话人的心境和处境、他关心的事物，以及他的态度(有时这些会与我们对作者的了解巧合，但大多数情况下不会)。这一直是20世纪研究抒情诗的主导方法，其理由也很简单明了，即文学作品是对“真实世界”言语的具有虚构性的模仿。所以抒情诗也是对个人言语的虚构性模仿。似乎每一首诗都以某些隐含的字词开头，“[比如我，或者其他什么人会说]我的爱像一朵红红的玫瑰”，或者“[比如我，或者其他什么人会说] 我们围成一个圆圈跳舞、猜测……”那么，解读一首诗就是从文本的提示和我们对说话人及一般背景的大致了解中推断出说话人持有什么态度。引导一个人如此讲话的东西可能会是什么?在中学和大学里分析诗歌的主导方法向来是集中研究说话人态度的错综性，研究一首诗如何使你所重建的说话人的思想感情戏剧化。

这是一种富有成效的研究抒情诗的方法，因为许多诗篇的确推出一位说话人来完成可辨识的言语行为：思考一次经验的意义，责备一个朋友或一个情人，表达敬仰或忠诚等。但是，如果我们去看看一些最著名的抒情诗的开头，比如雪莱的《西风颂》，或者布莱克的《虎》，困难就出来了：不论是“哦，不羁的西风哟，你秋神的呼吸”还是“虎，虎，在森林的夜幕下像炽烈燃烧的火，光芒四射”。很难想象是什么样的处境会使一个人以这种方式说话，或者他们做出什么样的非诗歌的行动。我们有可能想出这样的答案:这些说话人都被深深地迷住了,变得惊人地诗化,并且过分地装腔作势。如果我们把这种诗篇作为对普通言语行为的虚构性模仿去理解,那么这种行为似乎应该是对诗歌本身的模仿。

抒情诗的夸张表达

这些例子所要说明的正是抒情诗的夸张表达。看来,抒情诗不仅喜欢针对几乎任何事物(风、虎、我的灵魂)而不是针对某个确实的听众群,而且它还愿意以夸张的方法对事物讲话。夸张就是抒情诗的游戏名称:虎不仅是“橘色”的,而且炽烈地燃烧;风成了“秋神的呼吸”,而且,这首诗后来又把风说成是拯救者和摧毁者。就连嘲讽的诗歌也是建立在浓缩的夸张之上的,比如弗罗斯特把人类的活动归纳为“围成一个圆圈跳舞”,把许多种认知的方式称作“猜测”。

我们在这里碰到了一个重要的理论问题,抒情诗的核心似乎存在一个矛盾。诗歌的夸张表达中包括了它对理论家自古典时代以来所谓的“崇高”的强烈追求:这是一种超越人类理解能力的关系,激发出敬畏或强烈的情感,给说话人一种超越人类的感觉。不过这种超验的热烈追求是与修辞手法相联系的。比如**呼语法**,一种对实际不在场的听众讲话的转义手法;**拟人法**,把人类的特点赋予非人类的事物;**活现法**,让无生命的事物具备讲话的能力。诗句的最强烈的情感是怎样与这些修辞手法相联系的呢?

当抒情诗离开了交流的轨道,或者嬉戏于其间,对现实中不能视之为听众的对象——风、虎或心灵——讲话时,人们通常认为这意味着强烈的情感,这种情感导致说话人的激情言语。不过,强烈的情感特别要依附于说话行为,或者祈祷,于是它总是迫切地希望有一种局面,并试图请求非生命对象服从说话人的愿望,从而使这种局面成为现实。“哦,你吹舞我如波如叶如云吧”,雪莱的说话人正是这样请求西风的。夸张手法要整个宇宙听见你的声音,并且按照你的要求去行动。说话人以这种方法使他们自己成为超凡脱俗的诗人,或者充满幻想的人:能够与大自然对话,而且大自然也会对他做出回应。诗文中的“哦”就是一种诗的本能手段,说话的声音以这种方式声称,它不仅仅是诗句的说话人,而且体现了诗歌的传统和精神。呼唤风的飞舞,或者请求并不存在的事物听见你的呼唤是诗歌仪式中的一个行为。它不过是一种仪式,风并没有飞舞起来,不存在的事物也不会听见你的呼唤。声音呼唤仅仅是为了进行这个呼唤行为,为了使声音戏剧化:呈现出它的力量的形象,以此来建立它作为诗人和预言家的声音的属性。呼语法那些不可能实现的、夸张的祈使句引发了诗的事件,许多事情假如能够实现的话,就将在这种诗的事件中得以实现。

叙事诗重述一个事件,而抒情诗则是努力要成为一个事件,我们可以这样说。但是能使一首诗成功的保证是不存在的,而且呼语法——正如在引文中指出的——是最俗丽、最令人尴尬的“诗意表述”。它最容易使人困惑不解,也最容易被作为荒谬的夸张而不予理会。“吹舞我如波如叶如云吧!”肯定你是在和我开玩笑。一个诗人应该努力把这类东西剔除掉,以确保作品不被当作一堆毫无意义的废话而丢弃。

我已经讲过,诗歌理论的一个重要问题就是诗歌作为由文字构成的结构与诗歌作为事件之间的关系。呼语法既力图使某些事发生,又力图揭示这些事的发生是建筑在文字手段的基础之上的，比如呼语法的表述“哦，不羁的西风哟”中那个毫无意义的“哦”。

要强调呼语法、拟人法、活现法和夸张法，就是要把多年来一直强调是什么使抒情诗**有别于**其他言语行为，是什么使它成为最具文学色彩的形式的各个理论家联系起来。诺斯洛普·弗莱写道，抒情诗“是这样一种体裁，它最清楚地显示了文学、叙事和意义在文学层面上，作为一种文字序列和文字模式的假定核心”。也就是说，抒情诗所展示的意义或故事都是在文字的排列风格中形成的。你重复那些在一个韵律结构中产生共鸣的词，看看故事或意义会不会从中产生。

韵律文字

弗莱所著的《批评的剖析》是一本研究抒情诗和其他文学体裁的极有价值的指导手册。它称抒情诗的基本构成是**咿呀之语**和**信手拈来的东西**，它们的根基是**魅力**和**谜语**。诗歌咿呀道来，突出的是语言的非语义特点——声音、韵律、字母的重复，由此产生魅力或重叠：

> 这条棕色的小溪像骏马的鬃毛，
> 一路欢叫，奔腾而下……

诗歌以其难以捉摸的漫无目的、令人不解的构成方式愚弄或迷惑着我们。rollrock highroad是什么意思？“秘密坐在其中通晓一切”又是什么意思？

这种特点在童谣和民歌中十分突出。在童谣和民歌中快感是存在于韵律和重叠手法，以及一些稀奇古怪的形象之中的：

豌豆粥儿烫，
豌豆粥儿凉，
豌豆粥儿在锅里
煮了九天九夜长。

这一段文字的韵律风格和押韵的手法夸张了它的文字组织，既可以引起特别的关注去进行解释(因为押韵会引出押韵词语间的关系这个问题)，又可以暂时缓解疑问：因为诗歌有它自己的规则，这个规则创造快感，所以没有必要去追问它的意义；富有韵律的组织使语言得到智慧的掩护，并且使它能牢牢地镶在机械的记忆之中。我们记住了“豌豆粥儿烫”，而不会费神去问豌豆粥儿为何物。而且，即使我们搞清楚了它是什么东西，也很可能在忘记“豌豆粥儿烫”之前早把它忘掉了。

通过韵律的组织和声音的重复，达到突出语言，并使语言陌生化的目的，这是诗歌的基础。因此，关于诗歌的理论便设想出不同类型的语言组织——韵律类型的、语音类型的、语义类型的、主题类型的——之间的关系，或者用最概括的方式说，就是语义的和非语义的语言范畴之间的关系，诗歌说些什么和怎样说的之间的关系。诗歌是一种能指的结构，它吸收并重新建构所指。在这个过程中它的正式风格对它的语义结构产生作用，吸收词语在其他语境中的意义并使它们从属于新的组织，变换重点和中心，变字面意义为比喻意义，根据平行模式把词语组合起来。对诗歌的诽谤认为声音和韵律的“偶然性”系统地侵入并影响了思维。

解读诗歌

在这个层面上，抒情诗是建筑在统一性和自主性的程式之上的，就像是有一条规则说：不要用我们处理一小段对话时可能会使用的方法去处理诗歌，不要以为它是需要一个较大的语境去解释的只言片语，而要认为诗歌有自己的结构。努力把一首诗作为一个艺术整体去解读。不同的诗学传统创造了各种不同的理论范例。20世纪初的俄国形式主义者设想，在一首诗中，一种层次的结构应该反映出另一种层次的结构；浪漫主义理论和英、美新批评主义在诗篇与自然的有机体系之间找到了共同点：诗篇的各个部分应该和谐地结合为一体。后结构主义的解读则假设在诗歌的所做和所说之间存在一种必然的张力，这也就是说，一首诗不可能实践它所宣扬的东西，也许任何一段语言都不可能做到这一点。

认为诗歌是互文性建构的新近观念强调诗是从以前的诗的回响中得到启发的——那种它们也许不能掌握的回响。诗的一致性不再仅仅是诗歌的属性，更成为诗的解读者寻求的目标，他们或许探讨诗的和谐的融合，或者寻找未能释放的张力。为能做到这一点，读者要在诗歌中确认对立(就像“我们”与秘密之间的对立，或知晓与猜测之间的对立一样)，而后分析诗歌的其他成分，尤其是比喻的表达方式怎样与这些对立结为联盟。

我们举美国诗人艾兹拉·庞德著名的两行诗《在地铁站上》为例：

> 这许多张面孔在人群中显现，
> 像潮湿、青黑的枝头上的花瓣。

解读这两行诗涉及对地铁里拥挤的人群和自然景色之间的对比的研究。这两行结成对加强了在地铁昏暗光线下的那些面孔与在青黑色枝头上的花瓣之间的对比性。那么然后怎样呢?对诗歌的解读不仅建立在一致性的程式上,而且还建立在重要性的程式上:这个规则就是,诗歌,不论表面怎样短小,都应该与一些重要的事情相关,因此就应该认为具体的细节都是有普遍意义的。诗歌应该被作为表示重要情感或重要暗示的符号或T.S.艾略特说的"客观关联物"来解读。

要使庞德的小诗中的对立物具有意义,读者就需要考虑这个对比可能会如何起作用。这首诗是把大都市人头攒动的情景与湿漉漉的枝头上绽出了花瓣的静谧的自然景色相对照呢,还是把它们**等同**起来,关注它们的相似之处呢?两种选择都是可能的,但后者似乎通过推进一步而使解释的内涵变得更丰富了,这是对诗歌解读传统的有力推进。对人群中的面孔和枝头的花瓣之间的**相似**的感知——把人群中的面孔看作枝头的花瓣——正是诗人的想象力的一个例子。其中包括"重新观察世界",抓住意料之外的关联,可能还欣赏那些对于其他观察者来说是非常琐碎的或者沉闷的现象,在刻板的外表下发现深刻的内涵。如此说来,这首小诗能够反映诗人的想象力的力量,它实现了诗歌本身产生的效果。像这样的例子表明了诗歌解读的基本程式:要考虑一首诗和它的程序关于诗歌,或者关于意义的创造讲了些什么。在利用修辞手法方面,诗歌也许应该作为一种对诗学的探索去解读,正像小说一样,在某种层面上它们反映了我们时代的经验,并因此也是对叙述理论的探索,我们在下一章将会看到这一点。

第六章
叙 述

从前，**文学**首先是指诗歌。小说是现代才兴起的，早期的小说与传记或编年史过于接近，以至于无法被看作真正的文学作品。它不过是一种通俗的形式，对于抒情诗和史诗所达到的那种高尚境界尚不敢奢望。然而，在20世纪，从作者所写的和读者所理解的两方面来说，小说都使诗歌黯然失色，而且到了60年代叙述已经在文学教育中占据了主导地位。大家还在学习诗歌——通常因为诗歌是必修课，但小说和短篇故事已经成为文学课的核心。

广大的读者乐意选择故事而很少问津诗歌，然而小说和短篇故事占据主导地位并不仅仅是读者喜好的结果。文学和文化理论越来越认为叙述在文化中占有中心地位。这个理论认为，不论是把我们的生活看作是通向某个地方的一系列连续发生的事件，还是对我们自己讲述世界上正在发生的一切，故事都是我们理解事物的主要方式。科学解释事物的方法是把它们置于规律之下，也就是说只要具备了a和b，那么c就一定会发生——然而生活却并不总是像规律一样。它遵循的并不是科学的因果逻辑，而是故事的逻辑，在这个逻辑中理解就是要设想一件事是怎样导致另一件事的，设想某些事为什么发生：麦吉最后怎么会跑到新加坡去卖软件，乔治的父亲怎么会送给他一辆车，等等。

我们通过可信的故事去理解事件。我在第二章中提到过，历史哲学家们甚至认为历史解释并不是根据科学的因果关系，而是根据故事的逻辑：要理解法国革命就是要弄清楚一种表明一个事件怎样导致另一个事件的叙述。叙述结构是具有说服力的，正如弗兰克·克莫德指出的，当我们说钟表“滴答”地走着时，我们给这种声音制造了一种虚构的结构，把两个实际上相同的声音区别开来，从**滴**开始，到**答**结束。“我把钟表的**滴答**作为我们所谓的情节的模式，即一种组织，它赋予时间一种形式而使时间具有人的属性。”

叙述的理论（“叙述学”）一直是文学理论中很活跃的一个分支，而且文学研究也依赖于叙述结构的理论：依赖于关于情节的观念，关于不同类型的叙述者的观念，以及关于叙述技巧的观念。叙述的诗学，我们暂且这样称之，既要努力弄懂叙述的各个组成部分，又要分析具体的叙述是如何实现它的意图的。

然而叙述不单单是一个学术科目。听故事和讲故事是一种人类的基本欲望。儿童从很小就学习我们可以称之为基本的叙述能力的本领：他们要听故事，如果故事还没有结束，你就企图骗他们停下来，他们是不会上当的。因此叙述的理论的第一个问题或许应该是，我们对于故事的基本形式具备哪些固有的概念，这些概念使我们能够区分出哪些故事结束得“恰当”，哪些结束得不恰当，事情还悬而未决。那么也许就可以这样理解叙述的理论：它是一种要讲清楚、说明白的努力，也就是叙述能力，就像语言学是一种要把语言能力解释清楚的努力一样。讲一种语言的人在认识这种语言的时候，他的潜意识里已经知道了些什么。这样又可以把叙述的理论解释成一种直觉的文化知识或理解。

情 节

一个故事的基本必备条件是什么呢?亚里士多德说叙述最根本的特点是情节,他认为好的故事一定要有开头、中间和结局,而故事能够给人以愉悦正是因为这种有韵律的编排。但是人们认为某一具体的系列事件具有这种形式的印象又是从何而来的呢?理论家们提出了各种各样的解释。不过,最基本的还是,一个情节需要变换。必须有一个初始情景、一种变化,包括反向发展的变化,以及一个结局,这个结局要能够使情节中的变化有意义。有些理论家强调能够创造出令人满意的情节的各种并行关系。比如让角色之间从一种关系转向另一种相反的关系,或者从惧怕或预见发展到它的实现或转向它的反面;从提出问题到解决问题,或者从一个诬告或歪曲的事实到一切得到纠正。在每一个具体故事中,我们都可以看到在事件层次上的发展与在主题层次上的转变之间的结合。仅仅是一系列事件不能形成一个故事。必须要有一个与开头相关联的结局——根据某些理论家的观点,这个结局要能够说明引出故事中一系列事件的最初欲望的结果。

如果说叙述的理论是对叙述能力的解释,那么这个理论也必须把读者识别情节的能力作为一个中心。读者能够分辨出两部作品实际上是关于同一个故事的不同的讲述形式;他们能够概括总结故事的情节,并且能够对情节概要的恰当与否进行讨论。事实上,他们并不是永远都表示同意的,而读者的不同意见倒似乎更能反映出他们与作者在相当大程度上的沟通。叙述的理论假设存在一个结构层面——我们常说的“情节”,这个结构层面独立于任何一种语言或者表现手法之外。叙述与诗歌不同,诗歌在翻译过程中会走样,而情节不论从一种语言转换成另一种语言,还是从一种表现手法转换成另一种表现手法都能完整地保留下来:一部无声影片或是一本滑稽连环画册都可以与一部短篇小说具有同样的情节。

不过,我们还是发现在考虑情节时有两种不同的方法。从一个角度看,情节是一种把事件设计成一个真正的故事的方法:作者和读者共同把事件设计到一个情节里,使其产生意义。从另一个角度看,情节是由叙述设计出来的,正如叙述以不同的方式表述同样的“故事”一样。因此三个人物的一系列行为可以被设计成(由作者和读者共同设计)一个异性恋爱的基本情节,一个青年男子追求一个青年女子,他们要结婚的愿望遭到了父亲的反对,不过经过一系列曲折,这对年轻恋人又走到了一起。在表述这个有三个人物的情节时,可以从痛苦的女主角的角度来叙述,也可以从怒火冲天的父亲的角度叙述,或者从男青年的角度叙述,或者由一个对这些事件感到困惑的外在叙述者来叙述,或者由一个无所不知的叙述者来叙述,他能描述每一个人物的内心感受,或者他可以和正在发生的事件保持一定距离去叙述。从这个角度来讲,情节或者故事是给定的,而话语则是它的各种不同的表述方式。

我一直在讨论的三个层次——事件、情节(或者叫故事)和话语——是作为两种对立起作用的:一是事件和情节之间的对立,二是故事和话语之间的对立。

事件/情节

情节或者故事是被表述的材料,是根据一个特定的视角通过话语编排的(“一个故事”有不同的表述方式)。不过情节本身已经塑造了事件。一个情节可以把一次婚礼作为一个故事快乐的结局,或者让它成为一个故事的开篇,还可以使它成为故事中间的转折。而读者真正面对的是一个文本的话语:情节只是读者从文本中**推测**出来的,而且对于构成这个情节的基本事件的理解也是读者的推测或者构想。如果我们谈论已经被设计进情节的事件,就等于强调情节的意义和组织。

表 述

因此,叙述理论的根本特点就是情节和表述之间的对立,故事和话语之间的对立。(理论家们使用的术语各不相同。)面对一个文本(这个概念包括电影和其他表现手法),读者通过认识故事而理解文本,而后他们才会把文本看作是对那个故事的一种有别于其他文本的表述方式;只有通过搞清楚“发生了什么”,我们才能把其他的文字材料看作是对所发生的事情的一种描绘。之后,我们才能问选择的是哪一种表现手法,以及它有什么不同的效果。可以变化的因素有许多,并且它们对叙述的效果都很关键。叙述理论对造成这种变化的不同因素进行了许多探讨。以下是一些能识别有意义的变化的关键问题。

谁讲话?根据程式,每次叙述都有一位叙述者,他既可以站在故事之外,也可以是故事中的一个角色。理论家们把“第一人称”和“第三人称”区别开来。用“第一人称”时,叙述者说“我”,而“第三人称”则有些乱,这里没有“我”,叙述者不是充当故事中的一个角色，所有的角色都用第三人称，或称其名，或用“他”、“她”。第一人称的叙述者可以是他们讲述的故事中的**主要角色**；他们可以是故事的**参与者**，即小角色；或者他们可以是故事的**旁观者**，他们的作用不是表演，而是向我们描述所发生的事情。以第一人称出现的旁观者可以是一个塑造完整的人物，有名、有史、有个性；也可以完全不加塑造，随着叙述的开始而迅速黯淡，在介绍过故事之后便自动退场了。

谁对谁讲话?作者创造了文本，这个文本是供读者去读的。读者从文本中推测出一个叙述者，一个讲话的声音。叙述者对听众讲话，这些听众有时是隐含的，或者是构想的，有时则有明确的身份(尤其是在故事之中的故事里，一个角色变成了叙述者，向其他角色讲述故事之中的故事)。通常叙述者的听众被称为**叙述接受者**。不论叙述接受者是否有明确的身份，叙述总是通过假定和说明，暗中建构出一群听众。一部产生于别的时代和别的地区的作品通常都表明它有一个不同的观众群，这个观众群体能够辨识作品中的引用，他们共有某些预设，这些可能是一个现代读者所不能接受的。女权主义批评一直关注着欧美文学叙述中是怎样经常假设一个男性读者的：暗地里把读者当作一个同意男性观点的人。

谁在什么时间说话?叙述可以安排在事件发生的同时进行(就像阿兰·罗布－葛里耶的《妒忌》那样，叙述的形式是，“现在x正在进行，现在y正在发生，现在z正在进行”)。叙述也可以紧随某个具体事件，就像书信体小说(用书信的形式写的小说)那样，比如塞缪尔·理查逊的《帕米拉》，书中每一封信讲述的都是到那一时刻之前所发生的事情。或者等故事中所有事件都发生过之后，叙述者回顾全部过程再来讲述，这也是最常见的叙述方式。

谁用什么样的语言讲话?叙述的声音可以有它们自己独特的语言,它们用这种语言描述故事中的每一件事,或者,它们也可以采用和转述别人的语言。通过一个儿童的感觉来观察事物的一次叙述既可以使用成人语言转述那个孩子的感知,也可以很自然地使用儿童语言。俄国理论家米哈伊尔·巴赫金认为小说从根本上说是复调的(有多种声音),或者说是具有对话性质的,而不是一言堂的(只有一个声音):小说的核心在于它呈现了不同的声音或话语,因此也就表现了社会上不同想法和观点的冲突。

谁根据什么说话?讲述一个故事就是要声明听众可以接受的某种根据。当简·奥斯丁的小说《爱玛》的叙述者开头写道“爱玛·伍德豪斯,漂亮、聪明,而且富有,有一个舒适的家和快活、开朗的性格……”时,我们并不怀疑她是否真的漂亮、聪明。除非有证据证明不是这样,否则我们就会接受这个描述。如果叙述者提供的有关环境背景的信息和有关他们自己的倾向的暗示足以使我们怀疑他们对事件的解读时,或者,如果我们有根据怀疑叙述者是否与作者持有同样观点时,我们会说他们**靠不住**。当叙述者或讨论他们在讲述一个故事,或对如何讲述犹豫不决,或甚至炫耀他们可以决定一个故事如何结局的时候,理论家们就会用到**自觉叙述**这个词。自觉叙述强调的是叙述的根据问题。

聚 焦

谁在看?关于叙述的论述经常提到“一个故事是从什么视角讲述的”,不过,**视角**的这种用法把两个截然不同的问题混淆了:谁在讲话?所表述的是谁的看法?亨利·詹姆斯在他的小说《梅茜所知道的》里用了一个叙述者,他不是一个儿童,但他却是通过这个叫梅茜的孩子的感觉来讲述故事的。梅茜并不是叙述者,小说用第三人称"她"来描述梅茜,但是整部小说却是通过她的视角讲述许多事情的。比如说,梅茜并不完全懂得她身边那些成年人之间的性关系。这个故事通过她来**聚焦**,这是由两位叙述理论家米克·巴尔和热拉尔·热内特发明的术语。通过她的意识或者位置对事件进行聚焦。因此"谁说"的问题与"谁看"的问题是独立存在的两个问题。事件是通过谁的看法聚焦并得以表述的?聚焦人可以是,也可以不是叙述者。这里存在着各种不同的变化因素。

1. 时间的因素。叙述可以是在事件发生的当时聚焦这些事件,可以是事件发生后不久,也可以是事件过后很久。它可以集中在聚焦人在事件发生时知道些什么、想些什么,也可以集中在事过之后他们如何看待那些事件,事后总会看得更清楚些。梅茜是个孩子,在描述那些发生在她身上的事情时,叙述者可以根据她这个孩子的感觉去看事件,把叙述限制在她当时的想法和感觉上,或者由她根据在叙述当时她的知识和理解去看事件。当然,她还可以把这些感觉看法结合起来,在她当时的所知所感和现在的认识之间变换。当第三人称叙述是通过某个具体人物看事件时,它可以运用类似的变换手法,描述对这个人物来说,事情当时怎样,之后他又是如何理解这些事的。聚焦时间的选择可以创造出极为不同的叙述效果。比如侦探故事就是只描述聚焦人在每一个调查时期所了解的事情,而把所知的结果留到高潮时端出。

2. 距离和速度。在某种程度上,故事可以用显微镜来看,也可以用望远镜来看，可以缓缓地详细道来，也可以很快地告诉我们发生了什么事。比如“感激万分的国王把女儿嫁给了王子，国王去世后，王子继承了王位，统治着这个国家，幸福地过了许多年”。与速度有关的是各种不同的频率：比如可以告诉我们在某一个特定的时刻发生了什么，或者每个星期二发生了什么。最独特的是热拉尔·热内特称之为“伪重复”的频率，某些事情非常特殊，以至于不能一次又一次地发生，而这种事却被描述成定期发生的。

3. 知识的局限。在一个极端，一次叙述可能会通过一个非常有限的视角调节故事的视点——从“摄像机镜头”或者是从一只“墙头上的苍蝇”的角度，只描述行为，而不向我们提供任何可以接近人物思想的机会。即使这样，仍然可以根据“客观”或者“外部”描述暗示的理解程度创造出各种不同的变化。因此，“那个老人点燃了一支烟”这句话，看来是根据一个熟知人类活动的旁观者的视点，而“那个头上顶着花白头发的人把一支燃烧的小棍拿近他自己，然后一股烟雾便开始从一个和他的身体贴在一起的白色的管状物中飘散开来”这样的描述看来就是根据一个外星人或者是根据一个“相隔甚远”的人的视点。在另一个极端，是所谓的“无所不知的叙述”，聚焦人是像上帝一样的人物，他掌握着了解所有角色内心世界和隐秘欲望的方法，“国王看到这一切喜出望外，但他想要金子的贪婪欲望仍然没有得到满足”。在无所不知的叙述中，从原则上说可以知道和可以讲述的东西似乎没有止境，这种叙述不仅在传统故事中很常见，在现代小说中也很普遍。在现代小说中，选择要切实讲述的内容是很关键的。

主要根据单一角色的意识进行聚焦的故事，既可以是第一人称叙述，叙述者讲述他或她想些什么，看到些什么；也可以是第三人称叙述，也就是人们经常说的“第三人称的有限视角”，像小说《梅茜所知道的》里的情景一样。视角的局限性会产生**靠不住的叙述**，也就是我们有一种感觉，即据以聚焦的认识不能或不愿像老练的故事读者们那样去理解事件。

以上这些以及其他的叙述和聚焦的不同变化形式对于决定小说的整体效果起了很大的作用。一个用无所不知的叙述方法讲述的故事会详细描述各个角色的内心情感和隐秘动机，并表明知道事件将如何发展，它能造成世界可知的感觉。举例说，它可能会突出人们打算做的事情和最终实际发生的事情之间悬殊的对比（“他一点都不知道两个小时之后他将被一辆马车压死，而他所有的计划都将化为泡影”）。一个从单一角色**有限的**视角讲述的故事可能会造成极强的世界不可预知的感觉：因为我们不知道其他人在想些什么，也不知道正在发生什么别的事情，所以对这个角色所发生的一切都可能是一个意外。故事套在其他故事之中，这一点又使叙述的错综性越发突出了，因此讲述一个故事的行为也变成了故事中的一个事件——一个其后果和意义都足以引起关注的事件。故事套在了故事的故事之中。

故事是干什么的

理论家们还论述了故事的功能。我在第二章中提到过“叙述性文本”，在叙述这个类别中既包括文学叙述，也包括人们相互讲述的故事，故事之所以得以流传皆因它们的故事具有可讲性，“值得一讲”。讲故事的人总是要避免引出这样的问题：“后来怎么样?”不过，是什么使得一个故事“值得一讲”呢?故事又是干什么的呢?

首先,故事给人们带来快乐和满足——亚里士多德告诉我们,快乐和满足是通过模仿真实生活和它本身的韵律而产生的。叙述的特有形式在讲述骗人者反而受骗了,或者局面发生了相反的变化时,就制造了曲折变化,给人以快乐和满足,而且许多叙述都具备这个基本的功能:通过使大家熟悉的局面发生转变而给人以快乐和满足。

叙述的快乐、满足是与欲望相关联的。情节讲述的是欲望和欲望所引发的事件,而叙述本身的发展是受以强烈的"认识欲"的形式出现的欲望驱使的,是受想知道的欲望驱使的:我们想要发现秘密,想要了解结局,想要掌握实情。如果说是这种要主宰一切的"男性"冲动驱使着叙述,驱使着揭晓真相("赤裸裸的真相")的欲望,那么叙述提供给我们的,可以满足那个愿望的知识是不是欲望的结果呢?理论家们要探究关于欲望、故事和知识之间的关系这类问题。

正如理论家们所强调的,故事还具备一种功能,就是教我们认识世界,向我们展现世界是如何运转的,通过不同的聚焦方法,让我们从别的角度观察事情,并且了解其他人的动机,而我们通常是很难看清这些的。小说家E.M.福斯特注意到,小说提供充分了解他人的可能性,弥补了我们在"真实"生活中对他人的无知。小说中的角色

> 是那些生活的隐秘清晰可见,或者可能被窥见的人;我们则是完全隐匿私生活的人。这就是为什么小说会给我们带来慰藉,尽管有时它们讲述的可能是邪恶的人;小说让我们看到的是更容易理解,因此也就更容易掌握的人类,

小说使我们产生一种睿智和力量的幻觉。

叙述通过小说提供的知识而进行控制。按照西方的传统，小说表现强烈的愿望是怎样被驾驭的，以及如何使欲望适应社会实际。许多小说都讲述青春的幻想是如何破灭的。它们向我们讲述欲望、刺激欲望，为我们编排了激起男女相爱欲望的情节。而且从18世纪以来，小说越来越刻意地暗示我们，如果我们还能实现真正的自我的话，那就只能在爱情、在私人关系中，而不能在公众行为中去实现。然而，就在它们训练我们相信确实有“陷于热恋之中”这么一回事的同时，它们也把这个念头非神秘化了。

至此，随着一系列的认同，我们变成了现在的自我(见第八章)。小说是一种使社会准则内在化的有力方式。不过叙述也提供了一种社会批评的方式。它们揭露世俗成就的空洞虚伪，揭露世间的腐败，说明它不能满足我们最高尚的愿望。它们在那些吸引读者的故事中，揭露被压制者的困境，通过认同使读者明白某些处境是不可容忍的。

最后，在叙述领域中理论的基本问题是：叙述到底是知识的一种根本形式(通过制造感觉让人们认识世界)呢，还是一种既歪曲也揭露的修辞结构呢？叙述究竟是知识的来源，还是幻觉的来源？它意欲表明的知识是欲望的结果吗？根据保罗·德·曼的观察，既然没有一个精神正常的人会试着借白天这个词的光去种葡萄，那么我们就会感到要避免用虚构的叙述模式去设想我们的生活的确是很困难的。这是否暗示叙述使事件变得清晰和使心灵得到慰藉的效果都是虚假的呢？

要回答这个问题，我们既需要掌握**独立于**叙述之外的这个世界的知识,也需要有一定的基础以确信这些知识比叙述所提供的更加可信。不过,是否存在这种有别于叙述且具有高度可信度的知识恰恰是正在争论的问题:叙述究竟是知识还是幻觉的根源?因此,即使它的确有一个答案,看来我们也不大可能回答这个问题了。相反,我们只能在两者之间徘徊:一是把叙述看作是一种修辞结构,这种结构产生睿智的幻觉;一是把叙述作为一种主要的、可以由我们支配的制造感觉的手段去研究。说到底,就连把叙述作为修辞的说明也具有叙述的结构:有一篇故事,其中我们最初的错觉让步于严酷的事实真相,我们变得更痛苦,但也更明智了,没有了幻想,磨炼得越发成熟。我们不再围成圆圈跳舞,而是思索着秘密。故事就是这样的。

第七章
述行语言

我将在这一章里根据一个在文学和文化理论中盛行的概念继续对“理论”的一个实例进行研究，而这一概念的成功也说明了理念被引进“理论”领域后的变化过程。“述行”语言的问题使有关语言的意义和效果的重大议题成为了焦点，并且导致了关于这个主题的属性和本质的一系列问题。

奥斯汀的述行语

英国哲学家J.L.奥斯汀在20世纪50年代提出了表述行为的言语这个概念。他提出两种言语间的区别：**述愿**言语，如“乔治答应要来”，它发表一个声明，描述一种状况，它有真实与否的区别；**述行**言语，或者**述行语**没有真实与否，而是切实完成它所指的行为。如果说：“我保证付你钱”，这不是描述一种状况的言语，而是在完成许诺的行为，言语本身即行为。奥斯汀写道，在结婚典礼上，当牧师或者行政官员问道“你是否愿意娶这个女人为你的合法妻子”，而我回答“我愿意”时，我不是在描述什么东西，我是在做这件事；“我不是在报道一个婚礼：我在享受这个婚礼”。当我说“我愿意”的时候，这个述行言语不能用对或错来判别。它也许是恰当的，也许是不恰当的，要根据情形而定。

用奥斯汀的术语说，它可能会是“成功的”，也可能是“不成功的”。如果我说“我愿意”，我也可能结不成婚——如果我是已婚的，或者如果主持仪式的人在这个社区内无权主持婚礼。奥斯汀说，假如这样，那些言语将“不产生任何效果”。言语会达不到预期效果，会变得不恰当，因此，无疑新娘或新郎，或双方都不会感到高兴。

述行言语不是描述而是实行它所指的行为。我通过念出这些词而做出承诺、发布命令，或者结婚。检验述行性有一个简单的方法，就是看在动词前是否能加上hereby这个英文词。这里hereby的意思是“通过说出这些话”，比如：“我特此保证”，“我们特此宣布我们的独立”，“我兹命令你……”；而不能说“我兹步行进城”，因为我不能通过发出某些词的读音而完成走路的行为。

述行和述愿的区别抓住了不同类型言语之间的重要区别，并且改变我们的认识，使我们看到语言在多大程度上可以完成行为，而不仅仅是报道那些行为。但随着进一步的深入研究，奥斯汀在论述述行语时遇到了一些困难。你能列出一个“述行动词”的单子来，都是第一人称、一般现在时、陈述句的动词(我保证、我命令、我宣布)，这些动词完成它们所指的行为。但你不能通过列举有这种功能的动词来给述行下定义。因为在适当的场合下，你完全可以通过大喊“站住”完成命令某人停下来的行为，而不是说“我兹命令你站住”。“我明天付给你钱”，这句话显然是述愿的声明，似乎肯定有或真或假两种结局，全凭明天发生什么而定。但在适当的条件下，它也是一个要付给你钱的**承诺**，而不像“**他**明天会付给你钱”那样，是一种描述，或者预见。然而，一旦你允许在没有明确的述行动词时可以有这样“含蓄的述行语”存在,你就不得不承认**任何**言语都可能成为含蓄的述行语。“猫在地毯上”,你的这句基本的述愿言语可以被看作是“我兹证明猫是在地毯上的”的省略形式,那它就是述行言语,完成了它所指的证明的行为。述愿言语也完成行为——声明行为、证明行为、描述行为等等。结果,它们也成了一种述行。这一点在稍后的阶段变得尤为重要。

述行语和文学

文学批评家们接受了述行语的概念,认为它有助于描述文学话语的特点。理论家们长期以来一直主张我们必须像注意文学语言**说**什么一样去注意它**做**什么,而述行语的概念恰好为这一思想提供了语言学和哲学的论证:的确有一类言语首先是要做些什么。文学言语像述行语一样并不指先前事态,也不存在真伪。从几个不同方面来说,文学言语也是创造它所指的事态的。比如首先也是最清楚的一点,它创造角色和他们的行为。乔伊斯的《尤利西斯》一开头写道:“仪表堂堂、富态结实的壮鹿马利根从楼梯口走了上来,手里端着一碗肥皂水,碗上十字交叉地架着一面小镜子和一把剃须刀。”它不是指先前的事态,而是创造了眼前这个角色和这个场景。第二点,文学作品使思想、观念得以产生。拉·罗什福科认为,假如从来没有从书本中读到过恋爱的事情,人就从来不会有恋爱的念头,并且浪漫爱情这个观念 (以及它在个人生活中的中心地位) 照理说是大众文学的发明。当然,从《堂吉诃德》到《包法利夫人》,这些小说又都把浪漫思想归咎于其他书籍。

总之,述行语把曾经被认为是微不足道的一种语言用途——语言活跃的、可以创造世界的用途,这一点与文学语言非常相似——引上了中心舞台。述行语还帮助我们把文学想象为行为或事件。把文学作为述行语的看法为文学提供了一种辩护：文学不是无关紧要的、虚假的描述，在语言改变世界，及使其列举的事物得以存在的活动中，文学占据自己的一席之地。

述行语与文学联系的第二种方式是，它至少在原则上打破了意义与说话人意图的联系，因为我用言语完成的行为不是由意图所决定的，而是由社会的和语言学的程式所决定的。奥斯汀坚持认为言语不应该被认为是正确或错误地表示某些内在行为的外在符号。如果我们在适当的条件下说了“我保证”，那我就已经保证过，已经完成了保证的行为，不管我当时的意图是什么。既然文学言语也是事件，人们并不认为作者的意图能够决定这些事件的意义，述行语的模式看来便颇具相关性。

但如果文学语言是述行的，而且如果一段述行言语没有对错，只有有效和无效之分，那么，一段文学言语有效和无效又是什么意思呢?这成为一个复杂的问题。从一方面看，**有效性**也许是批评家们普遍感兴趣的东西的别称。面对莎士比亚十四行诗的开头“我心爱的姑娘的眼睛绝不像那太阳”，我们并不去问此话是真是假，而是问它做了什么，它和这首诗里其他的句子是怎样协调的，以及它与其他行之间的配合是否恰当(贴切)。可以说这便是有效性的一种概念。但述行语的模式还把我们的注意吸引到能让一句话成为一个承诺，或者成为一句诗的程式(比如十四行诗的传统程式)上来。因此文学言语的得体就可能包括它与一种体裁的程式的关系。它是否与十四行诗的传统一致，因而也可以成为一首十四行诗，而不是无效的言语?但你可以想象得出，还有比这一点更重要的。一次文学创作只有当它被出版、阅读，被接受为文学作品时才会真正成为文学，也才能有效。就像打赌，只有当它被接受时才成为打赌。概括地说，认为文学是述行语这一观点让我们思考是什么使文学序列事件产生作用这样一个复杂的问题。

德里达的述行语

在述行语的命运中，下一个关键时刻是随着雅克·德里达与奥斯汀的论争而到来的。奥斯汀已经把严肃的述行语和“非严肃的”言语区别开了。前者完成某事，比如承诺或结婚。他认为这个分析适用于讲得很严肃的话，比如，“我绝不是开玩笑，也不是在写诗。我们的述行言语，不论有效与否，在一般情况下都被理解为议题”。但德里达认为奥斯汀在提出“一般情况”时，没有顾及的恰恰是对小段语言可以重复的无数种方式，比如，一个例子或者一段引用语就既可以是“非严肃的”，也可以是严肃的。这种在新的情况下被重复的可能性对语言的本质是很重要的；任何一种不能以“非严肃的”方式重复的东西都不能被称为语言，而只是一些不能脱离某个场合的标记。具有重复的可能性正是语言的根本，而述行语言尤其如此。只有当它们被认为是常见规则的不同形式或引用语时，它们才能发挥作用，比如“我愿意”或“我保证”。(假如新郎说“好吧”，而不是说“我愿意”，他就可能结不成婚。)德里达问：“假如述行语的构成不是重复一个‘已有公认用法的’，或者可重复的形式，它能行得通吗?换句话说，如果我用来宣布开会，为一艘轮船命名，或举行婚礼的言语被认为与一个可以重复的模式不一致，如果因此不能被视作一种引用例证，它还能完成它所指的行为吗?”奥斯汀不理会德里达所说的“普遍的可重复性”，认为它是不规则的、非严肃的，或者是例外的个别情况；而德里达则认为“普遍的可重复性"应该被看作语言的规律。说它是"普遍的"和根本的是因为任何东西,要成为一种符号,就必须能在各种情况下,包括"非严肃的"情况下被引用、被重复。语言不仅传达信息,而且通过重复已经形成的话语实践,或行事方法完成行为。从这个意义上讲,语言是述行的。这一点对述行语言后来的发展非常重要。

德里达还把述行语与在政治和文学领域中有所发明创造的行为(引发出某些新事物的行为)的一般问题联系起来。一个创造新局面的政治行为,比如独立宣言,和一段力图创造某些新鲜事物,在行为上不是述愿而是述行(比如承诺)的文学言语之间是什么关系呢?政治行为和文学行为都建立在述行语和述愿语这个错综、矛盾的联合体上。在这当中,为了成功,行为必须通过所指事态使人信服,但行为的成功又包括创造其所指条件。文学作品声明要向我们讲述这个世界,但如果它成功了,它是通过创造它所讲述的人物和事件得以成功的。在政治领域的首创行为中也有类似的东西在起作用。比如在美国的《独立宣言》中,最关键的句子是:"因此,我们……严正声明,并郑重宣布:这些联合起来的殖民地从此是自由独立的州,并且有权成为自由独立的州。"宣布这些**是**独立的州,这是一个述行语,它应该使它所指的局面成为现实。但是在对这个声明的支持中就融进了述愿的语气,说它们**应该**是独立的州。

述行语与述愿语的关系

述行语和述愿语之间的张力在文学中也清楚地表现出来。奥斯汀在这里遇到的把述行语和述愿语区分开的困难可以看作语言功能的一个非常重要的特点。如果每一句话都既是述行的，也是述愿的，包括了至少对一个事态的明确断言和一个语言行为，那么一句话的所说和所做之间的关系就不必一定要和谐一致。要说明文学领域所涉及的东西，我们还是看一看弗罗斯特的诗《秘密坐在其中》：

我们围成一个圆圈跳舞、猜测，
而秘密坐在其中知晓一切。

这首诗建立在猜测和知晓的相互对立上。要探讨这首诗对这个对立所持的态度、对这一组对立词汇的评价，我们或许应该问一问这首诗本身的语气是猜测还是知晓。这首诗是在猜测，就像围成圆圈跳舞的"我们"一样，还是像秘密一样知晓一切？我们可以这样设想，这首诗作为一个人类想象的产品，它可能是一个猜测的例子，是一个围成圆圈跳舞的情景，但它精辟的、格言式的用语和它的充满信心的声明：秘密"知晓"，使它看上去又非常明了一切。所以我们不能肯定它究竟是哪一种语气。不过，这首诗关于知晓又对我说了些什么呢？秘密本是你或许知道，或许不知道的事情——因此也是知晓的**对象**，在这里通过转喻，或时间、空间的接近而变成了知晓的**主语**，成为**什么知晓**，而不是**知晓什么**，或**不知晓什么**。通过把秘密这个词大写并拟人化，这首诗完成了一个修辞手段，把知晓的对象提到了知晓的主语的位置上。它以此告诉我们修辞的变动可以创造出一个知晓者，可以使秘密成为主语，成为这幕短剧中的一个角色。这个知晓一切的秘密是通过假设的行为产生的，这个假设的行为把秘密从宾语(**某人知晓一个秘密**)变成了主语(**秘密知晓**)。由此这首诗显示它的述愿断言，即秘密知晓是建立在述行的假设基础上的：这个假设把秘密变成应该知晓的主语。这句话所说的是秘密知晓，但它所做的是表明这是一个假设。

在述行语历史上的这个阶段，述愿和述行之间的对立就已经再次界定了：述愿语是声明如实再现事物的语言，是命名已经存在事物的语言；述行语是修辞的过程，是语言的行为，它运用语言学的范畴，创造事物，组织世界，而不仅仅是重复再现世界，从而削弱了述愿语的声明。我们可以把述行语言和述愿语言之间所谓的"创造性的矛盾"做如下解释："创造性的矛盾"就是一种无法判定的、摇摆不定的"僵局"，就像到底是鸡生蛋，还是蛋生鸡一样。要声明语言以其述行功能塑造世界的唯一方法是通过述愿言语，就像"语言塑造世界"这句话一样；但是从另一方面讲，除了言语行为也没有别的方法声明述愿语的推断性。执行声明行为的那些陈述必然要声称绝对如实展现事情的真相。然而，如果你要证实另一面——声明如实展现的事实其实是把它们的范畴强加给了世界，那么你除了声明何为真实，何为不真实的情况之外也别无他法。认为说明或描述的行为实为述行的这个论点必须以述愿陈述的方式表述。

巴特勒的述行语

女权主义理论和同性恋研究中"性别和性行为的述行理论"的出现标志着述行语历史的新阶段。这当中的重要人物是美国哲学家朱迪思·巴特勒。她的著作《性别的烦恼：女权主义和身份的颠覆》(1990)、《身体的重要性》(1993)和《令人兴奋的演说：言语行为的政治》(1997)，在文学和文化研究领域都颇有影响，尤其在女权主义理论和正在兴起的同性恋研究领域影响很大。"同性恋理论"这个名称最近已被男性同性恋研究领域中的先锋派所采纳。他们在文化理论中的活动与解放男同性恋者的政治运动相联系。它以同性恋最常遇到的污辱性语言（“同性恋者”这个字眼）作为自己的名称，并且把它回敬给社会。他们的赌注是宣扬这个名称能够改变它的意义，使它成为一个光荣的标记，而不是一种污辱。其中的理论策划是效仿最引人注目的反对艾滋病的激进派组织的策略——比如“行动起来”这个组织在他们的示威游行中就用这样的口号：“我们在这里，我们是同性恋者，接受这个现实吧！”

“左边的更可爱。”

巴特勒的《性别的烦恼》对美国女权主义作品普遍持有的观点持异议。这种观点认为,女权主义政治需要有女性身份的观点,即认为女性共有某些基本特点,这些基本特点给了她们共同的利益和目标。与此相反,巴特勒则认为身份的基本范畴从根本上说是文化和社会的产物，它更应成为政治协作的**结果**,而不是政治协作的可能性的条件。它们创造的结果是自然的(想一想阿蕾沙·福兰克林唱的"你让我感到我就像一个自然的女人"),并且通过强制规范(什么是女人的定义),它们威胁要排除那些不准备按规范办事的人。在《性别的烦恼》中,巴特勒提出,从性别不是一个人是什么,而是一个人干什么这个意义上说,我们认为性别是述行的。说一个人是男人不是指他是什么,而指他做什么,他在一种情况下扮演的角色。同承诺是由承诺的行为所创造的一样,性别也是由行为所创造的。你是通过重复无数的行为而成为一个男人或一个女人的,如同奥斯汀的述行语是由社会程式和一种文化的习惯方法决定的一样。成为一个男人或一个女人就像承诺、下赌注、发命令,以及结婚一样,也有社会公认的方式。

这并不是说性别就像你早上挑衣服一样也是一种选择,一种你要扮演的角色,那就等于说在选择性别之前存在一个无性别的主体。而实际是,要成为一个主体就必须有性别。在这个性别制度下,你不能既不是一个男人,又不是一个女人,而只是一个人。"受性别的支配,并且又由于性别才能成为一个主体",巴特勒在她的《身体的重要性》里是这样写的。她还说:"所谓'我'既不在产生性别之前,也不在其后,而只在其中,并且是性别关系本身的母体。"也不应该认为性别的述行只是一个孤立的行为,是一件可以由一次行为完成的事情;性别的述行性应该是“一再重复的、有例可循的实践”，性别规则必需的重复给有性别的主体以活力，并对其加以约束，但它也是促成抵抗、颠覆及至取代的源泉。

从这个观点出发，当一个婴儿降生到人世，人们常说的“是个女孩”或者“是个男孩”，这句话与其说是述愿言语(根据事实可辨真伪)，倒不如说它是创造这个主体的一系列述行言语中的第一句话，它宣布了这个婴儿的到来。从给一个女孩取名便开始了使之“成为女孩”的延续不断的过程，开始了“完成”性别规则规定的重复，即“一种规则的强有力的例证”。若要成为一个主体，就必须去完成这种重复。不过，我们从来没有像希望的那样完全做到这一点，因此也从来没有真正进入那个我们被迫模仿的性别规则或理想之中——这一点对巴特勒来说是十分重要的。抵抗和变革的可能性正是存在于这个差别之中，存在于完成性别规则的不同方法之中的。

这里强调了语言的述行力量是从重复先于它的规则和行为中得来的。所以“同性恋”这个词的污辱力量并不是由讲话人的动机或者权威性决定的。讲话的人也许是一个与被污辱者全然不相识的白痴。这个词的污辱力量来自这样一个事实，即喊叫“同性恋”是在重复从前的叫骂行为，重复那些质疑，或者通过一再羞辱同性恋者的讲话行为而造就了同性恋主体(这种羞辱包括认为某些事是超越规则的：“就是不能干这种事!”)。巴特勒写道：

“同性恋”正是在重复中得到了力量……它像一个咒语，经过一段时间后，在对同性恋持厌恶感的人们当中形成了一种社会纽带。质疑的声音中回响着过去的质疑，并且把所有的质问人联系在一起，似乎他们要跨越时空一同讲话。从这个意义上说，它永远是一个想象中的、嘲讽“同性恋”的合唱。

使这个污辱具有述行力量的并不是重复本身，而是人们认为它与一个模式、一个规则一致，与一种排斥的历史相关。这句话表明说话者是“规范”的代言人，并且努力把言语所指之人贬为超越规范的人。是对与规范相联系的惯例的不断重复和引证维系着压制的历史。这种重复给像“黑鬼”、“犹太佬”这些原本非常平庸的辱骂增加了特殊的力量和荒谬性。它们通过重复和引证先前的、具有权威性的一系列实践聚集了权威力量，说起话来像是汇集了历史上所有讥讽、嘲笑的声音。

但是述行语与过去的联系也表明了使历史意义转向或重新引导它的可能性，这是通过抓住那些具有压制意义的词汇，并改变其原意而实现的，就像同性恋者自己采用了“同性恋”这个词一样。这并不是说通过自己选择名称就可以变得自主了：名称总是带有历史意义的，并且也会根据将来别人如何使用它而发生变化。你不能控制你选用来给你自己命名的那些词汇。但述行过程的历史特征制造了政治斗争的可能性。

争论与启示

显然，这个讨论的开始与结束(暂时的)之间相隔久远。对奥斯汀来说，述行语的概念帮助我们思考语言的某一个被先前的哲学家们忽略了的特殊方面；对巴特勒来说，述行语为我们提供了一个思考社会发展关键过程的模式，这里有许多尚未解决的问题：(1) 身份的本质以及它是如何产生的；(2) 社会规范的作用；(3) 我们如今在英语中称为“能动作用”的根本问题：我在多大程度上，在什么情况下能够成为一个承担责任的主体，能够选择我的行为；(4) 个人与社会变革之间的关系。

由此看来，在奥斯汀和巴特勒各自认为有待争论的问题之间有着很大的区别。而且他们似乎也在原则上考虑着不同类型的行为。奥斯汀感兴趣的是在一个单一的场合下重复某种规则怎样使某件事发生。对巴特勒来说，这是大规模的、强制性的重复中的一个特殊案例，这种重复创造了历史和社会的现实(你成为一个女人)。

这个区别实际上又把我们带回到文学事件的本质这个问题上来。这里也有两种不同的方式考虑文学事件的述行本质。我们可以说文学作品完成了一件单独的、具体的行为，它所创造的现实就是作品。作品的句子在作品中完成了各自具体的行为。提到每一部作品，我们都能对它和它的组成部分完成了什么给以具体的说明，就像一个人可以清楚地说出某个承诺具体做了什么一样。或许，我们可以说这就是奥斯汀式的、关于文学事件的观点。

但从另一个方面看，我们也能说一部作品之所以成功，成为一个事件，是通过大量的重复，重复形成规则，而且还有可能改变事情。如果一部小说问世了，它的产生是因为它以其独一无二的特点激发了一种情感，是这种情感使这些形式有了生命，在阅读和回忆的行为中，它重复小说程式的曲折变化，并且也许会给这些读者继续借以面对世界的规则或形式带来某种变化。一首诗很可能不留任何痕迹地消失，但也有可能在人们的记忆中留下印象，并且引起重复的行为。它的述行性并不是单独的、可以一次完成的行为，而是一种重复，这种重复使它重复的形式有了生命。

在我概括的述行语历史中，这个概念集中了一系列对于“理论”很重要的议题。我们现在就把这些议题都列出来：

首先，如何认识语言的塑造功能：我们是力图把它限定为某些具体行为（我们能有把握地说明它做了什么）呢，还是力图去揣摩语言更广泛的效果（认为是语言把我们这个世界的冲突组织在一起）呢？

第二，我们应该如何理解社会程式与个人行为之间的关系？如果把社会程式想象为场景或背景，我们根据它决定如何行动，那的确很诱人，但过于简单了。述行的各理论就规则和行为的纠缠牵连提供了更好的解释。既有人认为程式是使事件发生成为可能的条件，如奥斯汀；又有人认为行为是强制重复，但它也有可能背离原则，如巴特勒。文学应该在程式的空间中“创造出新东西”，它需要对规则和事件做出述行的解释。

第三，我应该怎样认识语言说什么和做什么之间的关系？这是述行语的基本问题：在做与说之间能否有一个和谐的结合，还是这里有一种不可避免的张力，它控制着所有文本行为，并使其错综化。

最后，在后现代的时代里，我们应该怎样认识事件？比如在大众传播的时代里，美国人已经习惯于认为在电视的“纪实时刻”播发的事情就是真实事件，不管其是否符合事实，传播的事件就被看作真实的事件。述行语的模式为那些常被粗略地判断为扰乱事实与虚构的界限的议题提供了更加精细的解释。同时，关于文学事件的问题，关于文学作为行为的问题也都为文化事件的思考提供了具有普遍意义的模式。

第八章

身份、认同和主体

主 体

许多现代理论的争论都是关于身份和主体或自我的作用的。我就是的这个“我”是什么——人、行动者或参与者、自我，是什么使它成为这样?关于这个题目的现代思考有两个基本问题:首先,这个自我是先天给定,还是后天所造?第二,应该从个人的,还是社会的角度去理解自我?这两组对立的观点又引出了现代思想的四条分支。第一种从先天给定和个人的角度,把自我,即“我”作为内在的、与众不同的事物对待,认为它先于它所从事的行为,是一种通过语言和行为外化成不同表述的内在本质(或者没有被表述)。第二种把先天给定和社会结合起来，强调自我是由出身和社会因素共同决定的：你是男人或女人、白人或黑人、英国人或美国人等等,认为这些都是基本事实,是主体或自我被赋予的。第三种把个人和后天所造结合起来,强调自我的不断变化的本质，它通过独特的行为而成为它自己。最后一种把社会和后天所造结合起来,强调我通过我占据的各种主体地位而成为我,比如成为一个老板而不是工人,成为一个富人而不是穷人。

在文学研究中占主导地位的现代传统一直把个人的个性看作先天给定的东西，是一种用语言和行为表述的内在本质，因此也可以用来解释行为：因为我是我，所以我做了这样的事。并且要解释我的所做所言，你就应该看一看我的言语和行为所表述的“我”(包括有意识的和无意识的)。“理论”争论的不仅是表述的模式，在那个模式中，行为或语言通过表述一个先前的主体而体现作用。它争论的还有主体本身的优先性。米歇尔·福柯写道：“心理分析研究、语言学研究、人类学研究都已经‘取消了’主体相对于它的欲望法则、它的语言形式和它的行为规则，或者它的虚构和有想象力的话语的运用的中心地位。”如果思维和行动的可能性是由主体不能控制的，甚至不能理解的一系列机制决定的，那么这个主体从它不能在解释事件时成为可以引证的根源或中心这个意义上说就是“失去了中心地位”。主体正是由这些力量组成的。因此，心理分析不是把主体作为一个独自的本质去研究，而把它作为精神、性别、语言等机制交叉作用而形成的产品。马克思主义理论认为主体是由阶级地位决定的：它或者从别人的劳动中获利，或者为别人的利润而劳动。女权主义理论强调社会建构的性别角色在把主体制造成他/她时所起的作用。同性恋理论一直认为异性恋的主体是在压制同性恋行为的可能性中建构的。

关于主体的问题是“‘我’是什么?”我是由环境决定的吗?个人的个性与作为群体成员的我的身份之间是什么关系?这个“我”在多大程度上是我，是“主体”，是自主选择而不是被动接受别人强加的选择的行动者。英文中**主体**这个词已经概括了这个理论的关键：主体是一个参与者或行动者，一个自主的主观意志，它做事情，就像“一句话里的主语”一样。但是一个主体同时也**要服从**，是被决定的，是“女王陛下忠诚的臣民”，或“接受某项实验的对象”。理论往往认为要成为一个主体就必须要顺从各种研究领域(社会心理学、性学、语言学)。

文学和身份

文学历来关心和身份有关的问题。文学作品对这些问题也或清晰或含蓄地描绘出答案。在不同角色界定自己，同时也被他们各自不同的经历、不同的选择和社会力量对他们的作用这个大混合物所界定的过程中，叙述文学始终追踪着他们的命运。角色自己**创造**命运，还是被命运**折磨**呢?对此，不同的故事会有不同的、错综的答案。在《奥德赛》中，奥德修斯被标记为“外形多变的”，但是他在解救自己和伙伴的搏斗中，在历尽艰辛又回到故乡伊塔刻岛的斗争中界定了自己。在福楼拜的小说《包法利夫人》里，爱玛试图在她读的那些浪漫小说与她周围枯燥乏味的环境的对比中界定自己(或者“找到自己”)。

文学作品为身份的塑造提供了各种隐含的模式。在有些叙述中，身份主要是由出身决定的：国王的儿子即使由牧羊人抚养长大，本质上仍然是国王。一旦他的身份得以发现，他便合理合法地成为国王。在另一些叙述中，角色是根据命运的变化而变化的，或者身份是根据在生活的磨炼中所反映出的个人品格而决定的。

近年来在文学领域中爆发的关于种族、性别和性行为的理论研究在很大程度上是因为文学提供了丰富的材料，使这些政治、社会的因素在身份建构中的作用越发错综复杂了。想一想，一个主体的身份到底是先天给定，还是后天建构的。这两种选择在文学中不仅有充足的再现，而且其间的错综复杂也常常展现在我们面前，比如在常见的情节中，有些人物“发现了”他们是谁，不过不是通过了解他们的过去(比如他们的身世)，而是通过某种方式的行为**变成**从某种意义上说原本一直是他们的“本质”的样子。

你必须**变成**你原本应该是的样子（如阿蕾沙·福兰克林逐渐感觉像一个自然的女人）。现代理论认为这种结构是一个悖论或是一个创造性的矛盾。然而在叙述中，这种结构又一直在起作用。西方小说暗示，在与世界冲撞中形成的自我从某种意义上说原本就一直存在，并且是行动的基础，以此强化了实质自我的概念。但从读者的角度看，是行动造就了自我。小说人物的基本身份是行为的结果，是与世界搏斗的结果。但是在这里，这个身份又被作为基础，甚至是引起那些行为的原因。

可以看到许多新近理论都努力要把那些涉及文学中身份处理的驳论理出个头绪来。文学作品的特点是再现不同的个人，所以为获取身份所做的努力是个人内心的、个人与群体之间的抗争：角色或努力顺从社会准则和期待，或与之抗争。不过，理论文章中关于社会身份的争论趋于集中在群体身份上：女人是什么?黑人是什么?因此在文学拓展与批评或理论论述之间就有一种张力。我在第二章中讲过，文学再现的力量有赖于它特有的个性和代表性的结合：读者看到的是对哈姆雷特王子，对简·爱，或者对哈克贝利·芬的描述，随着这些描述，他们又可以推论出这些人物遇到的麻烦是有代表性的。不过，它们代表什么呢?小说并没有说。于是就需要批评家或理论家们来做这个关于代表性的题目，并且告诉我们某角色代表哪一类人或哪个阶段：哈姆雷特的处境具有“普遍性”吗?简·爱的困境在妇女中很常见吗?

理论对身份的处理与小说对身份深入细致的挖掘相比似乎是简化了。小说的挖掘能够在表达独特事例的同时又依靠含蓄概括的力量，巧妙地处理普遍的追求和期望——也许我们都是俄狄浦斯，或者都是哈姆雷特，抑或是包法利夫人或珍妮·斯塔克斯。当小说是关于群体身份（一个女人是什么，一个中产阶级家庭的孩子是什么）的时候，它们通常是挖掘群体身份的要求是如何限制个人行为的。因此理论家们认为，小说通过以个人的个性为焦点，建构了有关个人身份的意识形态，而个人身份所忽视的较大范围的社会问题正是批评家们应该探讨的。你可以认为爱玛·包法利的问题不是她个人的愚昧，也不是她被浪漫爱情冲昏了头脑，而是处在她那样的社会圈子里的女人普遍的处境。

“我们不信奉要向孩子施压的说法。只要时机成熟，他们会选择适当的性别。”

文学不仅使身份成为一个主题，它还在建构读者的身份中起了很大的作用。文学的价值一直与它给予读者的经验相联系，它使读者知道在特定的情况下会有什么感受，由此得到了以特定方式行动并感受的性格。文学作品通过从角色的视角展现事物而鼓励与角色的认同。

诗歌和小说都是以要求认同的方式对我们述说的，而认同是可以创造身份的：我们在与我们所读的那些人物的认同中成为我们自己。长久以来，人们一直指责文学鼓励年轻人把自己当作小说中的人物，并以类似的方式去寻找满足：离家出走，去经历大都市的生活；信奉并追随男女主角，像他们一样反叛长辈，而且在尚未体验世界之前就厌倦了一切，或者倾其一生去追求爱，并试图再创那些小说和抒情诗里的爱情情景。人们批评文学以认同的方式腐蚀了世界。与此相反，文学教育的捍卫者却一直希望文学会通过他人的经验和认同的方式使我们成为更优秀的人。

再现还是创造？

话语是再现了已经存在的身份呢，还是创造了身份？这一直是理论的一个主要议题。正像我们在第一章中看到的，福柯把“同性恋”作为一种身份，这种身份是由19世纪的话语实践发明的。美国批评家南希·阿姆斯特朗认为18世纪的小说和行为指南手册创造了“现代人”，这个人首先是女人。从这种意义上说，这个现代人的身份和价值都是从感情和个人品质中生成的，而不是由他/她在社会等级体制中的位置决定的。这是一种通过爱而获得的身份，以家庭而不是社会为中心。这种观点现在大为流行——真正的自我正是通过爱，通过你与家人、与朋友的关系形成的，但这个观点在18、19世纪刚刚出现时只是指妇女的身份而言的，到了后来扩展到了男人。阿姆斯特朗认为这个概念是通过小说和别的捍卫情感和个人价值的话语得以发展和拓宽的。如今，这个关于身份的概念通过电影、电视和各种话语得以延续。这些电影、电视和话语的设计和情节都告诉我们，作为一个人，一个男人或一个女人应该是什么样的。

心理分析

事实上，现代理论已经充实了过去文学讨论中认为身份是在一系列认同过程中形成的这个模糊的观点。在弗洛伊德看来，认同是一种心理过程。在这个过程中，主体吸收另一个主体的某个方面，之后，根据那个主体提供的模式全部或部分地被改造。个性或自我则在一系列的认同中形成。因此，性身份是以与双亲之一的认同为基础的：一个人希望与自己的父亲或母亲一样，似乎是在模仿其中一人的欲望，并且为成为被爱的对象而竞争。在俄狄浦斯情结中，儿子把自己与父亲视为同一，对母亲怀有欲望。

后来的关于身份形成的各种心理分析理论就什么是思考认同机制的最好方式进行了辩论。雅克·拉康在对他所谓的"镜像阶段"进行解释时把身份的最初阶段定在婴儿与镜子中的自我认同的时候。他/她认识了自己的全貌，并把这个全貌作为自己想要变成的样子。自我便从被反映的样子中形成了：通过镜子、通过母亲和其他社会关系。身份是一系列部分认同的产物，从来不会完成。心理分析最终再次肯定我们可以从最严肃、最负盛名的小说中汲取经验：身份是一种失败；我们成为男人或女人的过程并不是幸福的，社会准则的内在化(社会学家的理论是，这个过程是可以顺利进行的，并且是不可阻止的）永远都会遇到反抗，并且是绝对不会成功的：因为我们不能成为我们被认为应该成为的那种人。

理论家们最近又对认同的根本作用做了进一步的解释。米克尔·博尔奇－雅各布森论证说：

> 欲望（怀有欲望的主体）不是最先出现的，能够使欲望得以实现的认同不是**随其后的**。首先出现的应该是一种认同的倾向，一种最基本最原始的倾向，是这种倾向使欲望得以产生……是认同使富有欲望的主体存在，而不是相反。

在此前的模式中，欲望是基础；这里认同先于欲望，而且与另外一个主体的认同包括了模仿或者竞争，这两者才是欲望的源头。这一点与小说的情节是相符的，正如勒内·格里亚德和伊夫·塞奇威克所论证的：欲望由认同和竞争而起，异性恋中的男性欲望是从男主人公与一个竞争对手的认同和对他的欲望的模仿中流泄出来的。

群体身份

认同在群体身份的形成中也起了一定的作用。对于历史上处于被压制或者被排斥的群体来说，许多故事激励他们与一个目标群体认同，并且通过向他们说明他们是谁，或可能成为什么样的人而使他们成为一个群体。这个领域中的理论争论最激烈的问题是身份不同概念的必需性和在政治上的用途：如果要成为一个群体，是否一定要有一种基本的东西，凡是这个群体的成员都要具备?或者,关于女人是什么,男人是什么,黑人是什么,同性恋是什么的说明是否具有压制和限制的性质? 是否可以对此提出异议?这种争论常被曲解为关于“本质主义”的争吵:身份是先天给定的,是起点,还是身份永远在形成过程中,在不能确定的联盟或对抗中逐渐发展(一个被压迫的民族在反对压迫中得到身份)?

对于身份(个人的或群体的)持本质主义观点的批评与对身份的精神和政治需求之间是什么关系，这大概是主要的问题。以解放为己任的政治努力为妇女、黑人或爱尔兰人寻求牢固的身份,它与对潜意识和一个分裂的主体的心理分析观念是怎样结合或者对立的呢?这之所以成为一个既是理论性的,又是实际性的议题是因为不论它涉及的群体是以国籍、种族、性别、性行为的偏好、语言、阶级来界定的,还是以宗教信仰来界定的,它面对的问题看起来都是相似的。对历史上边缘化的群体的研究有两个过程:一方面,严谨的调查研究表明,把某些特征,如性取向、性别,或者明显的形态特征作为界定一个群体身份的根本特点是不合理的,这些研究驳斥了把以性别、阶级、种族、性行为,或者国籍为特征的一个群体的本质身份强加给该群体中的每一个成员的做法。另一方面,群体也可以把强加给他们的身份变为自己的力量。福柯在《性史》一书中强调指出,19世纪在医学和精神病学方面的话语把同性恋者定义为变态群,这一定义有利于社会的控制,但也促成了一种“‘相反’的话语的形成:同性恋开始代表自己说话,要求自己的合法性,或者说‘自然性’得到承认,而他们使用的语言恰恰是那些从医学上取消了它的合法性的词汇和术语。”

普遍的结构

正是张力和冲突使身份的问题成为至关重要的和不可避免的(在这一点上它很像“意义”)。源于各种方向的理论——马克思主义、心理分析、文化研究、女权主义、同性恋研究,以及殖民和后殖民社会中关于身份的研究——暴露了关于看起来结构相似的身份问题的困难。不论是根据路易·阿尔都塞的观点,我们认为一个人因为占据了某个位置,或扮演了某种角色而被作为一个从“文化上质疑”或颂扬的主体;或者根据心理分析的观点,我们强调“镜像阶段”的作用,在这个阶段中,主体在一个形象中错误地认定了自己,由此形成了身份;还是根据斯图尔特·霍尔的观点,我们把身份界定为“我们为那些界定我们的和我们自觉以此为界定的不同方式取的名称,是关于过去的叙述”;或者像研究殖民主义和后殖民主义的自主性一样,我们强调一个分裂的主体是在矛盾的话语和矛盾的需求的碰撞中建构的;或者根据朱迪思·巴特勒的观点,我们把异性恋的身份看作是建立在压制同性恋欲望的基础上的,我们从所有这些当中找到了类似共同原理的东西。身份形成的过程不仅突出一些区别,忽略一些区别,而且它还将一种内在的区别,或者说分歧,映射成个人与群体间的区别。比如我们说“要做一个男人”就是要拒绝所有“脂粉气”或柔弱气质,并且认为这是男人与女人**之间**的区别。这里,个体**内在**的区别被否认了,而树立的是群体**之间**的区别。各个领域的研究似乎都在探讨主体是如何通过不可避免,也无法为之辩解的统一和身份的假设形成的。从全局看,这可能具有重大意义,但也由此产生了个人被赋予的身份或角色与不同事件和他们生活中的假设之间的距离。

困惑的根源之一就是在这个领域中构成辩论的一种假设，这种假设认为主体内在的分歧由于某种原因会排斥能动作用的可能性，即负责行为的可能性。对此可能有一个很简单的解释，那些要求进一步强调能动作用的人希望理论认为经过认真思考的行为将改变世界，并且希望理论为也许不能如此的现实感到沮丧。我们生活的世界里，行为引起的意料之外的结果难道不比意料之中的要多吗？不过，还有另外两种比较复杂的答案。首先，如朱迪思·巴特勒所解释的，“把身份作为一种**结果**重新构想，就是把它作为**被制造的**、**被生成的**东西，这种重新构想开拓了‘能动作用’的可能性，这是一种被身份作为基础和固定不变的假设暗中排斥的可能性”。在讲到性别是一种强制的行为时，巴特勒把能动作用置于多变的行为当中，置于经过重复具有意义并创造身份的变化的可能性当中。第二，主体的传统程式实际上是限制了责任和能动作用。如果主体是一个“有意识的主体”，那么当你无意识地选择，或者做了一件事而没有料想到它的后果时，你可以声明无辜，拒绝承担责任。相反，如果主体的概念包括了无意识的主体和你占据的主体地位，那么责任就可以被扩大。强调无意识的结构或非你所选的主体地位是要求你对你生活中的事件和生活的结构负责任——比如种族主义的和性歧视的结构，尽管这种结构并不是你的意图。拓宽的主体概念与从主体的传统程式中形成的对能动作用和责任的限制相对立。

这个“我”能自由选择，还是被它的选择所决定？哲学家安东尼·阿皮亚认为这个关于能动作用和主体地位的辩论包括两个层面。它们实际上并不对立，只不过我们不能同时涉及这两个层面。说到能动作用和选择源于我们要在人群中明白自主地生活，我们认为信仰和动机皆出于此。说到决定行为的主体地位，我们认为它是由理解社会及历史进程对我们的意义而产生的，其中的个人形象是由社会决定的。当个人作为能动主体的主张和关于社会及话语结构的力量的主张被视为对立的根源解释时，现代理论中一些最激烈的论战便开始了。比如，在研究殖民和后殖民社会中的身份时，关于本地人，或者“属下人”(表示隶属，或次等的词)的能动作用就一直有着激烈的争论。有些思想家对属下人的视角和能动作用感兴趣，他们一直强调反抗或顺从殖民主义的行为，为此他们被指责忽略了殖民主义最隐蔽的作用：它描述局面和行为可能性的方式，比如它使当地居民成为“土著人”。还有一些理论家描述“殖民主义话语”的普遍力量，这类话语说的是殖民主义列强创造了移居于殖民地的主体在其间生活和行动的世界。他们被指责否定了本地主体的能动作用。

根据阿皮亚的论证，这些不同解释并不矛盾：当地人仍旧是能动主体，而且不论殖民主义的话语如何界定行为的可能性，有关能动作用的语言依旧是适用的。这两种解释出于两种不同的考虑，正如一方面解释是什么使约翰买了一辆马自达轿车，而另一方面描述跨国资本主义的经营和日本轿车在美国的推销。阿皮亚声称如果把主体地位的概念和能动作用区分开，认识到它们分别属于不同种类的叙述，我们便可从中收获很多，就可以把精力从这些理论争论引向讨论身份是如何建构及话语实践(比如文学)在这些建构中起什么作用的问题。

但是解释能够做出选择的主体的可能性和解释决定主体的各种力量的可能性完全有可能同时存在，就像不同的叙述，只是看起来相去甚远。说到底，促进理论发展的是一种要搞清楚一个理念或者一个论点到底能深入到什么程度的欲望，是对替代的解释和它们的预见提出质疑。要推进主体的能动作用的观点，就是要尽最大的努力去发展它，要找出限制或与它对立的观点，并向它们提出挑战。

理 论

这里也许有一条普遍的经验。我们或许可以得出一条结论：理论问题不会有和谐的答案。举例说，它并不能就什么是意义给我们一个永久的定义；它不会告诉我们目的、文本、读者和语境这些因素各自在综合体，即意义中起了多大作用。理论不会告诉我们诗歌究竟是一种超然的欲望，还是一种修辞的技巧，或者各占多少。我发觉自己在结束一章的时候，又涉及了各种因素，或者各种视角，或者不同思路的争论之间的张力，并且得出的结论是，你必须深入研究每一种因素，在各种不可避免，但又不会得出任何综合结论的不同因素之间变换视角。由此说来，理论能够提供的不是一套结论，而是为新思想的出现开拓视野。它要求我们做的解读工作，是对预测提出挑战，对你赖以进行研究的假设提出质疑。我在本书的开篇就讲过理论是无止境的——是一部无限的、充满挑战的和令人着迷的著作大全，不过，它也是一个不断前进的事业。这部简短的介绍结束了，但理论是没有终结的。

附录

理论学派与流派

我倾向于用介绍各种议题和辩论的方式而不是用介绍各种“学派”的方式来介绍理论，不过读者希望能对**结构主义**、**解构**等等这些在批评讨论中出现的名词做些解释也是有道理的。下面我就通过简要地介绍现代理论流派来解释一下这些术语。

文学理论并不是一套脱离现实的思想，而是一种存在于体制中的力量。作为一种话语实践，理论存在于读者和作者群体之中，和教育与文化体制有着千丝万缕的联系。自从20世纪60年代以来，三种最有影响的理论模式分别是：解构和心理分析（二者时而一致，时而对立）对语言、再现和批评思想的范畴所做的广泛思考；女权主义及随后的性别研究和同性恋理论对性别和性态在文学和批评的每个层面所起的作用所做的分析；历史角度的文化批评的发展(新历史主义、后殖民理论)，主要研究各种话语的实践，涉及了许多先前认为没有历史的研究对象(身体、家庭、种族)。

20世纪60年代之前有以下几种主要理论流派。

俄国形式主义

20世纪初的俄国形式主义者强调批评家应该关心文学的

文学性：使其为文学的文字技巧，包括语言本身的突出和这些技巧所带来的“陌生化”的体验。形式主义者把关注从作者引向文字“手段”，声称“手段是文学的唯一英雄”。我们应该问类似于“这首十四行诗怎么了”或者“在这本狄更斯所著的书里，什么令人激动的情节降临到小说里”这样的问题，而不是问“作者在这里说什么”。这一派的三位重要代表人物是罗曼·雅各布森、鲍里斯·埃钦鲍姆和维克多·什克洛夫斯基。这一派把文学研究引向对形式和技巧问题的研究。

新批评主义

被称为“新批评主义”的理论起源于20世纪三四十年代的美国(英国的I.A.理查兹和威廉·燕卜荪也有相关的著述)。它把关注集中在文学作品的统一或结合上。与各个大学进行的历史学术研究不同的是，新批评主义把诗歌作为审美对象，而不是把它们当作历史文件，它研究诗歌文字之间的相互关系和由此产生的错综意义，而不去研究诗歌作者的历史动机及当时的环境。对于新批评家们(克林思·布鲁克斯、约翰·克劳·兰塞姆、W.K.温姆塞特)来说，批评的任务就是要解析每一件艺术作品。新批评主义着重研究歧义、悖论、反讽、潜义和诗歌意象的效果，努力说明诗歌形式中每一个基本要素是如何为一个统一的结构做贡献的。

新批评主义作为细读技巧，假定任何批评活动的标准都是看它是否有助于让我们对具体作品产生更丰富、更透彻的解读。它的这些观点产生了持久的影响。不过，从20世纪60年代初开始，一系列理论视角和话语——现象学、语言学、心理分析、马克思主义、结构主义、女权主义、解构——与新批评主义相比,都为对文学和其他文化作品的思考提供了更丰富的概念框架。

现象学

现象学出自20世纪初哲学家埃德蒙·胡塞尔的著作。它把事物出现在意识中的现象作为真实的现象进行研究,从而避开了主观和客观分离的问题,意识和世界分离的问题。我们可以暂且不去考虑世界的绝对真实和可知性的问题,按照意识中的世界去描述它。现象学赞成的批评致力于描述作者意识中的那个“世界”,也就是作者全部作品所反映出的世界(乔治·普莱、J.希利斯·米勒)。不过“读者反应批评”(斯坦利·菲什、沃尔夫冈·伊瑟)的影响一直更大些。对于读者来说,一部作品就是意识得到的东西;你可以争辩说作品并不是客观的、独立地存在于关于它的经验之外的东西,而是读者的经验。如此说来,批评就可以采用一种描述的形式,描述读者阅读文本的进展过程,分析读者是怎样明确意义的:通过找到关联,通过填补上隐而未说的东西,通过预见和猜测,以及通过期待的落空或实现。

现象学另一种面向读者的说法叫作“接受美学”(汉斯·罗伯特·姚斯)。一部作品是对一个“期待视野”提出的问题的答复。因此对作品的解读就不应该集中在某个具体读者的经验上,而应集中在人们对一部作品的接受的历史上,集中在这部作品与不断变化的美学标准和一系列期待的关系上,正是这些使作品能在不同的时代得以流传。

结构主义

面向读者的理论与结构主义有某些相同之处,它也是强调意义是怎样产生的。但是结构主义是作为现象学的**对立面**而产生的：其目标不是描述经验的，而是确定使经验成为可能的基本结构。结构主义通过分析那些无意识中起作用的结构(语言结构、精神结构、社会结构)来取代现象学对意识进行的描述。正因为结构主义对意义是如何产生的感兴趣，所以它常常（如在罗兰·巴特的《S/Z》中）把读者视为产生意义的潜在代码的接收地，同时又视为意义的能动主体。

结构主义通常是指一批以法国人为主的思想家的观点，这些思想家在20世纪50年代和60年代受费尔迪南·德·索绪尔语言理论的影响，把结构语言学的概念运用到了对社会和文化现象的研究上。结构主义最初是在人类学研究中发展起来的（克洛德·列维–斯特劳斯），之后又在文学和文化研究中(罗曼·雅各布森、罗兰·巴特、热拉尔·热内特)，在心理分析领域中(雅克·拉康)，在思想史(米歇尔·福柯)和马克思主义理论中(路易·阿尔都塞)都得以发展。尽管这些思想家从未形成一个这样的学派，但他们的著作都是在“结构主义”的标签下，在20世纪六七十年代晚期介绍到英国、美国和世界其他地方的。

在文学研究中，结构主义促进了一种热衷于程式的诗学的发展，这是一些使文学作品成为可能的程式。它并不寻求对作品做出新的解读，而是去理解作品怎样具备了其现有的意义和效果。不过，结构主义没能把这个项目——系统阐述文学话语——在英国和美国做成。它在那里产生的主要影响是提出了关于文学的新观点，并且使之成为一种很重要的实践而立于其他实践之中。因此它也开创了对于文学作品进行表征型解读的先例，并且鼓励文化研究努力对不同文化实践中重大的过程做出详细的解释。

要把结构主义和**符号学**区别开来并不是件容易的事。符号学是一门研究符号的通用科学，它的起源可以追溯到索绪尔和美国哲学家查尔斯·桑德斯·皮尔斯。符号学是一种国际流派，它试图吸收有关行为和交际的科学研究，同时主要回避类似法国结构主义所做的哲学思辨和文化批评。

后结构主义

一旦结构主义被定义为一种流派或一个学派，理论家们便和它拉开了距离。越来越清楚，那些所谓的结构主义者的著作并不符合旨在掌握结构并使其系统化的结构主义的观点。巴特、拉康和福柯等人被看作是**后结构主义者**。他们已经超出了狭义的结构主义的定义，即使在这些思想家的早期作品中就已经清楚地显现出许多与后结构主义一致的立场了，那时，他们还被认为是结构主义者。他们已经描述了理论是如何与他们力图描绘的现象交叉在一起，描述了文本如何违背结构分析设置的程式而创造意义。他们指出，因为体系总是变化的，所以要描述一个完整的、连贯的符号指称体系是不可能的。实际上，后结构主义并没有竭力揭示结构主义的不足或错误，而是放弃研究是什么使文化现象成为可理解的，转而强调一种对知识、总体和主体的批评。后结构主义把这三者中的每一个都作为或然结果来对待。意义体系的结构并不是作为知识的对象而独立存在于主体之外的，它们是主体的结构，而主体又与产生它们的各种力量交叉在一起。

解构

后结构主义这个名词是指一个范围很广的理论，其中包括对客观知识概念的批评和对一个能够认知自己的主体概念的批评。因此，当代女权主义、心理分析理论、马克思主义和历史主义都带有后结构主义的色彩。不过**后结构主义**最主要的还是指**解构**，尤其是雅克·德里达的著作。德里达在他的论文集(《批评的语言和人类的科学》，1970)中，对结构主义的结构观点进行了批评，引起了美国对结构主义的关注，并且使他首先在美国扬名。

解构最简单的定义就是：它是对构成西方思想按等级划分的一系列对立的批评：内在与外在、思想与身体、字面与隐喻、言语与写作、存在与不存在、自然与文化、形式与意义。要解构一组对立就是要表明它原本不是自然的和不可避免的，而是一种建构，是由依赖于这种对立的话语制造出来的，并且还要表明它是一种存在于一部**解**构作品之中的结构，而这种解构作品正是要设法把结构拆开，并对它进行再描述——这并不是要毁灭它，而是要赋予它一个不同的结构和作用。但是作为一种解读的方法，用巴巴拉·约翰逊的说法，解构是"文本之中关于意义的各种论战力量之间的一种嬉戏"，研究意义表述模式之间的张力，比如语言的述行特点和述愿特点之间的张力。

女权主义理论

迄今为止，由于女权主义对男人与女人这组对立进行了解构，并且对西方文化史上与此相关的对立也进行了解构，所以它应该是后结构主义的一种方法。但这只是女权主义的一个支系，与其说是个统一的流派，不如说是一场社会性的，以知识分子为主的运动，是争论的空间。一方面，女权主义捍卫妇女身份，为妇女争取权利并且宣传女作家的作品，认为它们反映了

ED FLANDERS,
DECONSTRUCTION WORKER
R. Chast

妇女的生活经验。另一方面，女权主义进行异性策源的理论批评，异性策源以男女对立的方式组织身份和文化。伊莱恩·肖沃尔特把“女权主义批评”与“女性批评”区别开来。前者针对的是男性的假设和传统行为，后者关心的是女作家和妇女生活经验的再现。这两种形式一直都是与在英、美有时被称为“法国女权主义”的那种形式相对立的。在法国女权主义中，“妇女”已经变成任何一种背叛父权制话语的概念、假设和结构的激进力量的代名词。同样，女权主义理论包括两个支系：一个拒绝对它的性别功能的绝对正确性进行心理分析；一个是像杰奎琳·罗斯、玛丽·雅各布斯和卡加·西尔弗曼这样的女权主义学者关于心理分析的杰出阐述——她们认为，只有通过心理分析，掌握了它对内在规范的错综性的认识，你才有可能去理解并且再体会妇女的处境。女权主义在它众多的项目中通过拓宽文学经典的范围和引进一系列新的议题，已经给美国和英国的文学教育带来了根本性的变化。

心理分析

作为一种解读方法和一种关于语言、身份和主体的理论，心理分析的理论对文学研究产生了一定的影响。一方面，它与马克思主义一道，是最有力的现代解释学，是一种具有权威性的元语言，或者叫技术词汇。就像可以把它用于其他情况一样，同样可以把它运用到文学作品中，理解“真正”发生了什么。这把批评的注意力引向心理分析的主题和关系。但是另一方面，心理分析的巨大影响来自雅克·拉康的著作。拉康是一位反抗传统思想的法国心理分析学家。他在传统的精神分析学之外又建立了自己的学派，并且领导了他提出的回归弗洛伊德的论证。拉康把主体描绘成语言的结果，并且强调了分析弗洛伊德所谓的移情心理的重要性。在移情心理的作用下，接受分析者把分析者放在过去的权威人物的角色中（“爱上了你的分析者”）。在这种情况下，病人的真正状况并不是分析者从病人的话语中解读分析出来的，而是分析者和病人同时陷入到病人过去的经历中，扮演其中的重要情节，从中得出病人的真正状况。这种重新定位使心理分析成为一门后结构主义的学科，它认为解读就是重新上演一部它不知道的文本。

马克思主义

后结构主义传到英国并不是通过德里达—拉康—福柯这一条线，而是通过马克思主义理论家路易·阿尔都塞的作品传入的，这一点与美国的情况不同。在阐释英国左派的马克思主义文化时，阿尔都塞把读者引向了拉康的理论，并且激起了一场逐渐的变革。正如安东尼·伊斯索普说的，“通过这场变革，后结构主义逐渐占据了与它的发起文化——马克思主义——相同的空间”。对于马克思主义来说，文本属于一种上层建筑，是由经济基础决定的(“真正的生产关系”)。要解读文化产品，就必须把它们与基础联系起来。阿尔都塞认为社会的构成并不是一个以生产方式为中心的统一整体，而是一个比较松散的结构，其中不同层次或不同种类的实践根据不同的时间尺度发展。社会的和意识形态的上层建筑有一种“相对的自主性”。通过援引拉康意识由潜意识决定的理论来解释说明意识形态是如何起着决定主体的作用，阿尔都塞把马克思主义关于个人由社会决定的阐释定位到心理分析上。主体是潜意识过程的结果，是话语的结果，是使社会运转起来的、相对自主的实践的结果。

这种联合在英国成为许多理论争论的基础，不论是在政治理论界，还是在文学和文化研究界都是如此。有关文化与意义之间的关系的许多重大探索始于20世纪70年代的电影研究杂志《银幕》。它利用阿尔都塞和拉康的理论，力图搞清楚电影艺术表现形式的结构是怎样建构主体或怎样为其定位的。

新历史主义/文化唯物主义

20世纪80年代和90年代，在英国和美国兴起了一种有生气的、渗透着理论的历史批评。一方面是英国的**文化唯物主义**，雷蒙德·威廉姆斯把它界定为"对一切有意义的形式在产生它们的实际方式和条件之内进行分析，包括十分重要的著作"。研究文艺复兴作品的专家（凯瑟琳·贝尔斯、乔纳森·多雷莫、艾伦·辛菲尔德和彼得·斯多利布拉斯）受福柯的影响，对主体的历史构成和文学在文艺复兴中值得争议的作用尤其感兴趣。美国的**新历史主义**也是以文艺复兴为中心的，但它在追溯文本、话语、权力和主观性的构成之间的关系时，并不趋向于假设一个因果关系的等级体系。斯蒂芬·格林布拉特、路易·蒙特罗斯以及其他一些理论家都集中探讨文艺复兴时的文学文本在话语实践中，在当时的体制下该定位于何处。他们并不把文学看作真实社会的回顾或产品，而是把它看作一种实践，这样的实践不是单一的，有时相互之间会发生对抗。新历史主义的核心问题是"颠覆和遏制"这一对矛盾：文艺复兴的文本在多大程度上对当时的宗教和政治意识形态提出了真正激进的批评？以及，从什么程度上说，文学的话语实践在其表面的颠覆性下是一种抑制颠覆力量的方式？

后殖民理论

从**后殖民**理论中生成了一系列相关的理论问题:力图理解欧洲开拓殖民地所引出的问题及其后果。在这份遗产中,后殖民的体制和经验,从独立国家的思想到文化概念本身,都与西方的话语实践搅到了一起。自从20世纪80年代以来,越来越多的各类文章都在辩论西方话语的霸权和抵制它的可能性之间的关系,以及殖民和后殖民主体的形成:交杂混合的、从相互冲突的语言和文化的堆积中形成的主体。爱德华·萨义德在《东方学》(1978)中对由欧洲话语和知识建构的东方的"他者"进行了仔细的考察,对后殖民领域的形成极有帮助。从那时起,后殖民理论已经成为一种力量,渗透到了文化和知识的建构之中。对于来自后殖民社会的知识分子来说,则是要用他们的方法去撰写别人已经写过的历史。

少数族裔话语

美国学术界发生的政治变化之一就是少数族裔文学研究的发展,主要是在重振和促进黑人、拉美人、美籍亚洲人和美洲土著人写作的研究方面。学术界针对某个群体文化身份的强化(通过把这个群体和一种写作传统联系起来)与颂扬文化多元性和"多元文化主义"的自由目标之间的关系展开了辩论。理论问题很快与理论的地位搅在了一起,有时有人认为理论把"白人"的问题,或者哲学的议题强加给那些正在蹒跚建构自己的术语和语境的工程。不过,拉美、美籍非洲和美籍亚洲评论家在深入研究少数族裔话语,描述它们的特征,详细说明它们与占据控制地位的写作与思想传统的联系当中进行理论研究。学术界各种旨在创建"少数族裔话语"理论的努力既开拓了分析某种具体文化的视野，又利用边缘地位揭示了“多数”话语的假设，并渗透到它的理论辩论中去。

同性恋理论

同解构和其他当代理论运动一样，同性恋理论(在第七章探讨过)利用边缘——被认为是有悖常理的、越轨的、极端不同的东西，已被置于一边——分析中心的文化建构：异性恋的规范性。在伊夫·塞奇威克、朱迪思·巴特勒和其他一些人的著作中，同性恋理论已经成为一个产生众多问题的基地，不仅仅有关于性行为文化建构的问题，而且有建立在排斥同性恋关系基础上的文化本身的问题。与在它之前的女权主义和少数族裔研究的各种形式一样，同性恋理论与争取自由解放的社会运动相联系，并且在这些运动中就恰当的策略和概念展开辩论，并从中获得智慧和汲取力量。一个人是应该颂扬并强调差异，还是向给他带来耻辱的特征挑战?如何二者兼顾?两种行为和两种解释的可能性在同性恋理论中都是尚在争论的问题。

索引

（条目后的数字为原文页码）

A

aesthetic object 审美对象 32-3, 37-8
aesthetics of reception 接受美学 123
agency 能动作用 45, 105, 117-18
Althusser, Louis 路易·阿尔都塞 45, 116, 124, 129
Anderson, Benedict 本尼迪克·安德森 36-7
aporia 创造性的矛盾 101, 111
apostrophe 呼语法 70, 76-7
Appiah, Anthony 安东尼·阿皮亚 118-19
Aristotle 亚里士多德 69, 70, 84, 91
Armstrong, Nancy 南希·阿姆斯特朗 113
Austen, Jane 简·奥斯丁 37, 67, 87
Austin, J. L. J. L. 奥斯汀 94-9, 105-6
author, relation to text 作者与文本的关系 30, 66-7, 74-5

B

Bakhtin, Mikhail 米哈伊尔·巴赫金 87
Bal, Mieke 米克·巴尔 88
Barthes, Roland 罗兰·巴特 43-4, 124
Belsey, Catherine 凯瑟琳·贝尔斯 130
Borch-Jakobsen, Mikkel 米克尔·博尔奇–雅各布森 114-15
British Empire 大英帝国 35-6
Brooks, Cleanth 克林思·布鲁克斯 122
bumper stickers 汽车保险杠上的小招贴广告 34
Butler, Judith 朱迪思·巴特勒 101-7, 117, 131

C

Chomsky, Noam 诺姆·乔姆斯基 60
cinematic gaze 拍摄直视 63
close reading 细读 49-50, 54, 122
common sense, critique of 对于常识的批评 4, 9, 13, 58-9
competence 能力:
  linguistic 语言的 60-1
  literary 文学的 61-2
  narrative 叙述的 83-5
context 语境 21-8, 31, 65-6
conventions 程式 25, 28, 43-4, 57-63, 72, 78-81, 97, 106, 123-4
cultural materialism 文化唯物主义 129-30
cultural studies 文化研究 42-54, 124

D

de Man, Paul 保罗·德·曼 92
de Staël, Mme 德·斯达尔夫人 21
Declaration of Independence 《独立宣言》 99
deconstruction 解构 64, 99, 123, 125-6
deictics 指示语 31
Derrida, Jacques 雅克·德里达 9-13, 70, 98-9, 126
desire 欲望 10-11, 44-5, 92, 115
Dollimore, Jonathan 乔纳森·多雷莫 130
drama 戏剧 73

E

Easthope, Antony 安东尼·伊斯索普 129
Eichenbaum, Boris 鲍里斯·埃钦鲍姆 122
Eliot, T. S. T. S. 艾略特 80
Empson, William 威廉·燕卜荪 122
epic 史诗 73
epistemophilia 认识欲 91
essentialism 本质主义 115
event, literary 文学事件 27-8, 77, 96-7, 105-6
exemplarity 代表性 36, 111

F

feminist theory 女权主义理论 63, 87, 101-4, 109, 113, 121, 125, 126-8
fiction 虚构 30-1, 35, 75
film theory 电影理论 63
Fish, Stanley 斯坦利·菲什 123
Flaubert, Gustave (*Madame Bovary*) 古斯塔夫·福楼拜（《包法利夫人》） 34, 110, 112
focalization 聚焦 88-90
Forster, E. M. E. M. 福斯特 91-2
Foucault, Michel 米歇尔·福柯 5-9, 12-13, 109, 113, 116, 124, 129, 130
Franklin, Aretha 阿蕾沙·福兰克林 14
Freud, Sigmund 西格蒙德·弗洛伊德 19, 114, 128
Frost, Robert 罗伯特·弗罗斯特 55-6, 74, 76, 99-100
Frye, Northrop 诺斯洛普·弗莱 77-8

G

gay and lesbian studies 同性恋研究 8, 64, 101-5
gender 性别 37, 49, 63, 101-5
Genette, Gérard 热拉尔·热内特 88, 89, 124
genres, literary 文学体裁 72-3, 78
Girard, René 勒内·格里亚德 115
Gramsci, Antonio 安东尼奥·葛兰西 50
Greenblatt, Stephen 斯蒂芬·格林布拉特 130
gynocriticism 女性批评 126

H

Hall, Stuart 斯图尔特·霍尔 117
hegemony 霸权 50
hermeneutics 解释学 61-8, 128
historical explanation 历史解释 19, 72, 83
Hoggart, Richard 理查德·霍格特 44
homosexual, invention of 同性恋的发明 6, 113, 116
Hopkins, Gerard Manley 杰勒德·曼利·霍普金斯 28
horizon of expectations 期待视野 63, 123
Husserl, Edmund 埃德蒙·胡塞尔 123
hyper-protected cooperative principle 超保护的合作原则 27, 62

I

identification 认同 38-40, 110-16

identity 身份 45, 101-5, 110-13
ideology 意识形态 38-9, 45-6, 60, 129
Intentional Fallacy 《关于意图的谬误》 66, 96-7
interpellation 质疑 45, 104, 116
interpretation 解读 12-13, 25-7, 60-8, 79-80, 122-3, 124
intertextuality 互文性 33-4, 80
irony 反讽 72
Iser, Wolfgang 沃尔夫冈·伊瑟 123

J

Jacobus, Mary 玛丽·雅各布斯 128
Jakobson, Roman 罗曼·雅各布森 30, 71, 122, 124
James, Henry 亨利·詹姆斯 88
Jauss, Hans Robert 汉斯·罗伯特·姚斯 123
Johnson, Barbara 巴巴拉·约翰逊 126
Jonson, Ben 本·琼森 32
Joyce, James 詹姆斯·乔伊斯 40, 96

K

Kant, Immanuel 伊曼努尔·康德 32-3
Kermode, Frank 弗兰克·克莫德 83

L

La Rochefoucauld 拉·罗什福科 96
Lacan, Jacques 雅克·拉康 114, 124, 128
language 语言:
  foregrounding of 的突出 28-30, 34, 122
  nature of 的本质 57-60, 98, 99-100
  and thought 和思维 58-60, 71-2
Lévi-Strauss, Claude 克洛德·列维-斯特劳斯 124
linguistics 语言学 57-60, 123-4
literariness 文学性 18-19, 35, 41, 122
literary canon 文学经典 48-9
literary study 文学研究 1, 18, 21-2, 46-51, 61, 63, 74
literature 文学 18-41, 72-93, 96-101, 110-13
  attention invited by 引起的关注 24-8, 35, 41, 78-9
  ethical functions of 的伦理道德功能 37-40, 111-13
  as speech act 作为言语行为 27, 96-101, 105-6
  and universality 和普遍性 36-7, 111
lyric 抒情诗 72-81

M

Marxism 马克思主义 44-5, 64, 109, 129
meaning 意义 4, 55-68, 79, 119
metaphor 隐喻 70-1
metonymy 转喻 71-2, 100
Mill, John Stuart 约翰·斯图亚特·密尔 74
Miller, J. Hillis J. 希利斯·米勒 123
minority discourse 少数族裔话语 131
minority literatures 少数群体的文学,少数族裔文学 48-9, 130-1
mirror stage 镜像阶段 114, 116-17
modern individual 现代人 113
Montrose, Louis 路易·蒙特罗斯 130
Morrison, Toni 托尼·莫里森 67

N

narratee 叙述接受者 87
narrative display texts 叙述性文本 25-6, 91-2
narratology 叙述学 83-93
narrators 叙述者 31, 86-90
natural, critique of the 对于自然（本质）的批评 5-7, 14, 43
New Criticism 新批评主义 64, 79, 122-3
new historicism 新历史主义 64, 121, 129-30
novel 小说 34, 39, 73, 82-93, 111-15
nursery rhymes 童谣 78

O

Oedipus complex 俄狄浦斯情结 114
onomatopoeia 象声词 58
Open University 开放大学 50-1

P

Peirce, Charles Sanders 查尔斯·桑德斯·皮尔斯 125
personification 拟人法 70, 76-7
phenomenology 现象学 123
Plato 柏拉图 39, 69
plot 情节 19, 84-5
poem, idea of 关于诗歌的观念 24-5, 34, 72-3
poetic function 诗学功能 29-30
poetics 诗学 61-2, 64, 69-81, 83-93, 124
point of view 视角 88
police serials 警察系列剧 50-1
political correctness 政治上的公正 48-9
post-colonial theory 后殖民理论 64, 116, 118-19, 121, 130-1
post-structuralism 后结构主义 13, 79, 125
Poulet, Georges 乔治·普莱 123
Pound, Ezra 艾兹拉·庞德 80
power/knowledge 权力/知识 7-8
pseudo-iterative 伪重复 89
psychoanalysis 心理分析 64, 109, 115-16, 121, 128

Q

Queer Theory 同性恋理论 101-5, 109, 121, 131-2
Quine, W. O. W. O. 奎因 24

R

Ransom, John Crowe 约翰·克劳·兰塞姆 122
reader-orientated criticism 面向读者的批评 62-3, 123
reference 指涉 31-2
rhetorical figures 修辞手法 19, 69-72, 76-7, 92-3, 100-1
rhyme 押韵 29, 78
rhythm 韵律 29, 78-9
Richards, I. A. I. A. 理查兹 122
Rorty, Richard 理查德·罗蒂 3
Rose, Jacqueline 杰奎琳·罗斯 128
Rousseau, Jean-Jacques 让-雅克·卢梭 9-13
Russian Formalists 俄国形式主义者 79, 122

S

Said, Edward 爱德华·萨义德 67, 130
Sapir-Whorf hypothesis 萨丕尔–沃尔夫假说 59
Saussure, Ferdinand de 费尔迪南·德·索绪尔 57-8, 124
schools of criticism 批评学派 61, 121-32
Screen《银幕》129
Sedgwick, Eve 伊夫·塞奇威克 115, 131
self 自我 10, 15, 108-19
self-reflexivity 自反性 33-4
semiotics 符号学 124-5
sex 性 5-8, 14-15, 101-2, 114-18
Shakespeare, William 威廉·莎士比亚 47
  Hamlet《哈姆雷特》32, 36, 64
  sonnet 十四行诗 34, 97
Shelley, Percy Bysshe 珀西·比希·雪莱 75-6
Shklovsky, Victor 维克多·什克洛夫斯基 122
Showalter, Elaine 伊莱恩·肖沃尔特 63, 126
signs 符号 9-14, 57-9, 98, 124-5
Silverman, Kaja 卡加·西尔弗曼 126
Sinfield, Alan 艾伦·辛菲尔德 130
speech 言语 9-10
speech act 言语行为 27, 53, 74-7, 94-107
Stallybrass, Peter 彼得·斯多利布拉斯 130
story, logic of 故事的逻辑 19, 82-3
structuralism 结构主义 43-4, 123-5
subject 主体 37, 42, 45, 102-5, 108-19, 128-9
subject position 主体地位 45, 108, 116-18
sublime, the 崇高 76
supplement 补充物 9-14
symptomatic interpretation 表征型解读 49-50, 54, 68, 124
synecdoche 提喻 72

T

theory 理论:
  nature of 的本质 1-17, 42-3, 119-20
  as nickname 作为诨号 3
transference 移情心理 128
tropes, four master 四种主要转义手法 72
Twain, Mark 马克·吐温 53

V

Verlaine, Paul 保罗·魏尔伦 59

W

weed 杂草 22
White, Hayden 海顿·怀特 72
Whorf, Benjamin Lee 本杰明·李·沃尔夫 59
Williams, Raymond 雷蒙德·威廉姆斯 44, 129-30
Wimsatt, W. K. W. K. 温姆塞特 122
Wordsworth, William 威廉·华兹华斯 31, 47, 71
wrestling 摔跤 43-4
writing 写作 4, 9-13

Jonathan Culler

LITERARY THEORY

A Very Short Introduction

Contents

Preface i

Acknowledgements ii

1 What is Theory? 1

2 What is Literature and Does it Matter? 18

3 Literature and Cultural Studies 42

4 Language, Meaning, and Interpretation 55

5 Rhetoric, Poetics, and Poetry 69

6 Narrative 82

7 Performative Language 94

8 Identity, Identification, and the Subject 108

Appendix: Theoretical Schools and Movements 121

References 133

Further Reading 139

Preface

Many introductions to literary theory describe a series of 'schools' of criticism. Theory is treated as a series of competing 'approaches', each with its theoretical positions and commitments. But the theoretical movements that introductions identify – such as structuralism, deconstruction, feminism, psychoanalysis, Marxism, and new historicism – have a lot in common. This is why people talk about 'theory' and not just about particular theories. To introduce theory, it is better to discuss shared questions and claims than to survey theoretical schools. It is preferable to discuss important debates that do not oppose one 'school' to another but may mark salient divisions within movements. Treating contemporary theory as a set of competing approaches or methods of interpretation misses much of its interest and force, which come from its broad challenge to common sense, and from its explorations of how meaning is created and human identities take shape. I have preferred to take up a series of topics, focusing on important issues and debates about them and on what I think has been learned.

Still, anyone reading an introductory book on literary theory has a right to expect an explanation of terms such as *structuralism* and *deconstruction*. I offer brief sketches of major critical schools or movements in the Appendix, which can be read first or last or referred to constantly. Enjoy!

Acknowledgements

This book owes much to students in my introductory courses on literary theory at Cornell University, whose questions and arguments over the years have given me a sense of what to say in an introduction. I take special pleasure in thanking Cynthia Chase, Mieke Bal, and Richard Klein, who read and commented on this manuscript, prompting me to rethink and rewrite. Robert Baker, Leland Deladurantaye, and Meg Wesling assisted in particular ways, and Ewa Badowska, who has helped me teach literary theory, made crucial contributions to numerous aspects of this project.

Chapter 1
What is Theory?

In literary and cultural studies these days there is a lot of talk about theory – not theory of literature, mind you; just plain 'theory'. To anyone outside the field, this usage must seem very odd. 'Theory of what?' you want to ask. It's surprisingly hard to say. It is not the theory of anything in particular, nor a comprehensive theory of things in general. Sometimes theory seems less an account of anything than an activity – something you do or don't do. You can be involved with theory; you can teach or study theory; you can hate theory or be afraid of it. None of this, though, helps much to understand what theory is.

'Theory', we are told, has radically changed the nature of literary studies, but people who say this do not mean *literary theory*, the systematic account of the nature of literature and of the methods for analysing it. When people complain that there is too much theory in literary studies these days, they don't mean too much systematic reflection on the nature of literature or debate about the distinctive qualities of literary language, for example. Far from it. They have something else in view.

What they have in mind may be precisely that there is too much discussion of non-literary matters, too much debate about general questions whose relation to literature is scarcely evident, too much reading of difficult psychoanalytical, political, and philosophical texts.

Theory is a bunch of (mostly foreign) names; it means Jacques Derrida, Michel Foucault, Luce Irigaray, Jacques Lacan, Judith Butler, Louis Althusser, Gayatri Spivak, for instance.

The term *theory*

So what is theory? Part of the problem lies in the term *theory* itself, which gestures in two directions. On the one hand, we speak of 'the theory of relativity', for example, an established set of propositions. On the other hand, there is the most ordinary use of the word *theory*.

> 'Why did Laura and Michael split up?'
> 'Well, my theory is that . . .'

What does *theory* mean here? First, *theory* signals 'speculation'. But a theory is not the same as a guess. 'My guess is that . . .' would suggest that there is a right answer, which I don't happen to know: 'My guess is that Laura just got tired of Michael's carping, but we'll find out for sure when their friend Mary gets here.' A theory, by contrast, is speculation that might not be affected by what Mary says, an explanation whose truth or falsity might be hard to demonstrate.

'My theory is that . . .' also claims to offer an explanation that is not obvious. We don't expect the speaker to continue, 'My theory is that it's because Michael was having an affair with Samantha.' That wouldn't count as a theory. It hardly requires theoretical acumen to conclude that if Michael and Samantha were having an affair, that might have had some bearing on Laura's attitude toward Michael. Interestingly, if the speaker *were* to say, 'My theory is that Michael was having an affair with Samantha,' suddenly the existence of this affair becomes a matter of conjecture, no longer certain, and thus a possible theory. But generally, to count as a theory, not only must an explanation not be obvious; it should involve a certain complexity: 'My theory is that Laura was always secretly in love with her father and that Michael could never succeed in becoming the right person.' A theory must be more than a hypothesis: it can't be obvious; it involves complex relations of a systematic kind among a number of factors; and it is not easily confirmed or disproved. If we bear these factors in mind, it becomes easier to understand what goes by the name of 'theory'.

Theory as genre

Theory in literary studies is not an account of the nature of literature or methods for its study (though such matters are part of theory and will be treated here, primarily in Chapters 2, 5, and 6). It's a body of thinking and writing whose limits are exceedingly hard to define. The philosopher Richard Rorty speaks of a new, mixed genre that began in the nineteenth century: 'Beginning in the days of Goethe and Macaulay and Carlyle and Emerson, a new kind of writing has developed which is neither the evaluation of the relative merits of literary productions, nor intellectual history, nor moral philosophy, nor social prophecy, but all of these mingled together in a new genre.' The most convenient designation of this miscellaneous genre is simply the nickname *theory*, which has come to designate works that succeed in challenging and reorienting thinking in fields other than those to which they apparently belong. This is the simplest explanation of what makes something count as theory. Works regarded as theory *have* effects beyond their original field.

This simple explanation is an unsatisfactory definition but it does seem to capture what has happened since the 1960s: writings from outside the field of literary studies have been taken up by people in literary studies because their analyses of language, or mind, or history, or culture, offer new and persuasive accounts of textual and cultural matters. Theory in this sense is not a set of methods for literary study but an unbounded group of writings about everything under the sun, from the most technical problems of academic philosophy to the changing ways in which people have talked about and thought about the body. The genre of 'theory' includes works of anthropology, art history, film studies, gender studies, linguistics, philosophy, political theory, psychoanalysis, science studies, social and intellectual history, and sociology. The works in question are tied to arguments in these fields, but they become 'theory' because their visions or arguments have been suggestive or productive for people who are not studying those disciplines. Works that become 'theory' offer accounts others can use about meaning, nature and culture, the functioning of the psyche, the relations of public to private experience and of larger historical forces to individual experience.

Theory's effects

If theory is defined by its practical effects, as what changes people's views, makes them think differently about their objects of study and their activities of studying them, what sort of effects are these?

The main effect of theory is the disputing of 'common sense': common-sense views about meaning, writing, literature, experience. For example, theory questions

- the conception that the meaning of an utterance or text is what the speaker 'had in mind',
- or the idea that writing is an expression whose truth lies elsewhere, in an experience or a state of affairs which it expresses,
- or the notion that reality is what is 'present' at a given moment.

Theory is often a pugnacious critique of common-sense notions, and further, an attempt to show that what we take for granted as 'common sense' is in fact a historical construction, a particular theory that has come to seem so natural to us that we don't even see it as a theory. As a critique of common sense and exploration of alternative conceptions, theory involves a questioning of the most basic premisses or assumptions of literary study, the unsettling of anything that might have been taken for granted: What is meaning? What is an author? What is it to read? What is the 'I' or subject who writes, reads, or acts? How do texts relate to the circumstances in which they are produced?

What is an example of some 'theory'? Instead of talking about theory in general, let us plunge right into some difficult writing by two of the most celebrated theorists to see what we can make of it. I propose two related but contrasting cases, which involve critiques of common-sense ideas about 'sex', 'writing', and 'experience'.

Foucault on sex

In his book *The History of Sexuality*, the French intellectual historian Michel Foucault considers what he calls 'the repressive hypothesis': the common idea that sex is something that earlier periods, particularly the nineteenth century, have repressed and that moderns have fought to liberate. Far from being something natural that was repressed, Foucault suggests, 'sex' is a complex idea produced by a range of social practices, investigations, talk, and writing – 'discourses' or 'discursive practices' for short – that come together in the nineteenth century. All the sorts of talk – by doctors, clergy, novelists, psychologists, moralists, social workers, politicians – that we link with the idea of the repression of sexuality were in fact ways of bringing into being the thing we call 'sex'. Foucault writes, 'The notion of "sex" made it possible to group together, in an artificial unity, anatomical elements, biological functions, conducts, sensations, pleasures; and it enabled one to make use of this fictitious unity as a causal principle, an omnipresent meaning, a secret to be discovered everywhere.' Foucault is not denying that there are physical acts of sexual intercourse, or that humans have a biological sex and sexual organs. He is claiming that the nineteenth century found new ways of grouping together under a single category ('sex') a range of things that are potentially quite different: certain acts, which we call sexual, biological distinctions, parts of bodies, psychological reactions, and, above all, social meanings. People's ways of talking about and dealing with these conducts, sensations, and biological functions created something different, an artificial unity, called 'sex', which came to be treated as fundamental to the identity of the individual. Then, by a crucial reversal, this thing called 'sex' was seen as the *cause* of the variety of phenomena that had been grouped together to create the idea. This process gave sexuality a new importance and a new role, making sexuality the secret of the individual's nature. Speaking of the importance of the 'sexual urge' and our 'sexual nature', Foucault notes that we have reached the point

> where we expect our intelligibility to come from what was for many centuries thought of as madness, . . . our identity from what was perceived as a nameless urge. Hence the importance we ascribe to it, the reverential fear with which we surround it, the care we take to know it. Hence the fact that over the centuries it has become more important to us than our soul.

One illustration of the way sex was made the secret of the individual's being, a key source of the individual's identity, is the creation in the nineteenth century of 'the homosexual' as a type, almost a 'species'. Earlier periods had stigmatized acts of sexual intercourse between individuals of the same sex (such as sodomy), but now it became a question not of acts but of identity, not of whether someone had performed forbidden actions but of whether he 'was' a homosexual. Sodomy was an act, Foucault writes, but 'the homosexual was now a species'. Previously there were homosexual acts in which people might engage; now it was a question, rather, of a sexual core or essence thought to determine the very being of the individual: Is he *a* homosexual?

In Foucault's account, 'sex' is constructed by the discourses linked with various social practices and institutions: the way in which doctors, clergy, public officials, social workers, and even novelists treat phenomena they identify as sexual. But these discourses represent sex as something prior to the discourses themselves. Moderns have largely accepted this picture and accused these discourses and social practices of trying to control and repress the sex they are in fact constructing. Reversing this process, Foucault's analysis treats sex as an effect rather than a cause, the product of discourses which attempt to analyse, describe, and regulate the activities of human beings.

Foucault's analysis is an example of an argument from the field of history that has become 'theory' because it has inspired and been taken up by people in other fields. It is not a theory of sexuality in the sense of a set of axioms purported to be universal. It claims to be an analysis of a particular historical development, but it clearly has broader implications. It encourages you to be suspicious of what is identified as natural, as a given. Might it not, on the contrary, have been produced by the discourses of experts, by the practices linked with discourses of knowledge that claim to describe it? In Foucault's account, it is the attempt to know the truth about human beings that has produced 'sex' as the secret of human nature.

Theory's moves

A characteristic of thinking that becomes theory is that it offers striking 'moves' that people can use in thinking about other topics. One such move is Foucault's suggestion that the supposed opposition between a natural sexuality and the social forces ('power') that repress it might be, rather, a relationship of complicity: social forces bring into being the thing ('sex') they apparently work to control. A further move – a bonus, if you will – is to ask what is achieved by the *concealment* of this complicity between power and the sex it is said to repress. What is achieved when this interdependency is seen as an opposition rather than interdependency? The answer Foucault gives is that this masks the pervasiveness of power: you think that you are resisting power by championing sex, when in fact you are working entirely in the terms that power has set. To put this another way, in so far as this thing called 'sex' appears to lie outside power – as something social forces try in vain to control – power looks limited, not very powerful at all (it can't tame sex). In fact, though, power is pervasive; it is everywhere.

Power, for Foucault, is not something someone wields but 'power/knowledge': power in the form of knowledge or knowledge as power. What we think we know about the world – the conceptual framework in which we are brought to think about the world – exercises great power. Power/knowledge has produced, for example, the situation where you are defined by your sex. It has produced the situation that defines a woman as someone whose fulfilment as a person is supposed to lie in a sexual relationship with a man. The idea that sex lies outside and in opposition to power conceals the reach of power/knowledge.

There are several important things to note about this example of theory. Theory here in Foucault is analytical – the analysis of a concept – but also inherently speculative in the sense that there is no evidence you could cite to show that this is the correct hypothesis about sexuality. (There is a lot of evidence that makes his account plausible but no decisive test.) Foucault calls this kind of enquiry a 'genealogical' critique: an exposure of how supposedly basic categories, such as 'sex', are produced by discursive practices. Such a critique does not try to tell us what sex 'really' is but seeks to show how the notion has been created. Note also that Foucault here does not speak of literature at all, though this theory has proved to be of great interest to people studying literature. For one thing, literature is about sex; literature is one of the places where this idea of sex is constructed, where we find promoted the idea that people's deepest identities are tied to the kind of desire they feel for another human being. Foucault's account has been important for people studying the novel as well as for those working in gay and lesbian studies and in gender studies in general. Foucault has been especially influential as the inventor of new historical objects: things such as 'sex', 'punishment', and 'madness', which we had not previously thought of as having a history. His works treat such things as historical constructions and thus encourage us to look at how the discursive practices of a period, including literature, may have shaped things we take for granted.

Derrida on writing

For a second example of 'theory' – as influential as Foucault's revision of the history of sexuality but with features that illustrate some differences within 'theory' – we might look at an analysis by the contemporary French philosopher Jacques Derrida of a discussion of writing and experience in the *Confessions* of Jean-Jacques Rousseau. Rousseau is a writer of the French eighteenth century often credited with helping to bring into being the modern notion of the individual self.

But first, a bit of background. Traditionally, Western philosophy has distinguished 'reality' from 'appearance', *things* themselves from *representations* of them, and *thought* from *signs* that express it. Signs or representations, in this view, are but a way to get at reality, truth, or ideas, and they should be as transparent as possible; they should not get in the way, should not affect or infect the thought or truth they represent. In this framework, speech has seemed the immediate manifestation or presence of thought, while writing, which operates in the absence of the speaker, has been treated as an artificial and derivative representation of speech, a potentially misleading sign of a sign.

Rousseau follows this tradition, which has passed into common sense, when he writes, 'Languages are made to be spoken; writing serves only as a supplement to speech.' Here Derrida intervenes, asking 'what is a supplement?' Webster's defines *supplement* as 'something that completes or makes an addition'. Does writing 'complete' speech by supplying something essential that was missing, or does it add something that speech could perfectly well do without? Rousseau repeatedly characterizes writing as a mere addition, an inessential extra, even 'a disease of speech': writing consists of signs that introduce the possibility of misunderstanding since they are read in the absence of the speaker, who is not there to explain or correct. But though Rousseau calls writing an inessential extra, his works in fact treat it as what completes or makes up for something lacking in speech: writing is repeatedly brought in to compensate for the flaws in speech, such as the possibility of misunderstanding. For instance, Rousseau writes in his *Confessions*, which inaugurates the notion of the self as an 'inner' reality unknown to society, that he has chosen to write his *Confessions* and to hide himself from society because in society he would show himself 'not just at a disadvantage but as completely different from what I am. . . . If I were present people would never have known what I was worth.' For Rousseau, then, his 'true' inner self is different from the self that appears in conversations with others, and he needs writing to supplement the misleading signs of his speech. Writing turns out to be essential because speech has qualities previously attributed to writing: like writing, it consists of signs that are not transparent, do not automatically convey the meaning intended by the speaker, but are open to interpretation.

Writing is a supplement to speech but speech is already a supplement: children, Rousseau writes, quickly learn to use speech 'to supplement their own weakness . . . for it does not need much experience to realize how pleasant it is to act through the hands of others and to move the world simply by moving the tongue'. In a move characteristic of theory, Derrida treats this particular case as an instance of a common structure or a logic: a 'logic of supplementarity' that he discovers in Rousseau's works. This logic is a structure where the thing supplemented (speech) turns out to need supplementation because it proves to have the same qualities originally thought to characterize only the supplement (writing). I shall try to explain.

Rousseau needs writing because speech gets misinterpreted. More generally, he needs signs because things themselves don't satisfy. In the

Confessions Rousseau describes his love as an adolescent for Madame de Warens, in whose house he lived and whom he called 'Maman'.

> I would never finish if I were to describe in detail all the follies that the recollection of my dear Maman made me commit when I was no longer in her presence. How often I kissed my bed, recalling that she had slept in it, my curtains and all the furniture in the room, since they belonged to her and her beautiful hand had touched them, even the floor, on which I prostrated myself, thinking that she had walked upon it.

These different objects function in her absence as supplements or substitutes for her presence. But it turns out that even in her presence the same structure, the same need for supplements, persists. Rousseau continues,

> Sometimes even in her presence I committed extravagances that only the most violent love seemed capable of inspiring. One day at table, just as she had put a piece of food into her mouth, I exclaimed that I saw a hair on it. She put the morsel back on her plate; I eagerly seized and swallowed it.

Her absence, when he has to make do with substitutes or signs that recall her to him, is first contrasted with her presence. But it turns out that her presence is not a moment of fulfilment, of immediate access to the thing itself, without supplements or signs; in her presence too the structure, the need for supplements is the same. Hence the grotesque incident of swallowing the food she had put into her mouth. And the chain of substitutions can be continued. Even if Rousseau were to 'possess her', as we say, he would still feel that she escaped him and could only be anticipated and recalled. And 'Maman' herself is a substitute for the mother Rousseau never knew – a mother who would not have sufficed but who would, like all mothers, have failed to satisfy and have required supplements.

'Through this series of supplements', Derrida writes, 'there emerges a law: that of an endless linked series, ineluctably multiplying the supplementary mediations that produce the sense of the very thing that they defer: the impression of the thing itself, of immediate presence, or originary perception. Immediacy is derived. Everything begins with the intermediary.' The more these texts want to tell us of the importance of the presence of the thing itself, the more they show the necessity of intermediaries. These signs or supplements are in fact responsible for the sense that there is something there (like Maman) to grasp. What we learn from these texts is that the idea of the original is created by the copies, and that the original is always deferred – never to be grasped. The conclusion is that our common-sense notion of reality as something present, and of the original as something that was once present, proves untenable: experience is always mediated by signs and the 'original' is produced as an effect of signs, of supplements.

For Derrida, Rousseau's texts, like many others, propose that instead of thinking of life as something to which signs and texts are added to represent it, we should conceive of life itself as suffused with signs, made what it is by processes of signification. Writings may claim that reality is prior to signification, but in fact they show that, in a famous phrase of Derrida's, 'Il n'y a pas de hors-texte' – 'There is no outside-of-text': when you think you are getting outside signs and text, to 'reality itself', what you find is more text, more signs, chains of supplements. Derrida writes,

> What we have tried to show in following the connecting thread of the 'dangerous supplement' is that in what we call the real life of these 'flesh and blood' creatures, . . . there has never been anything but writing, there have never been anything but supplements and substitutional significations which could only arise in a chain of differential relations. . . . And so on indefinitely, for we have read *in the text* that the absolute present, Nature, what is named by words like 'real mother,' etc. have always already escaped, have never existed; that what inaugurates

meaning and language is writing as the disappearance of natural presence.

This does not mean that there is no difference between the presence of 'Maman' or her absence or between a 'real' event and a fictional one. It's that her presence turns out to be a particular kind of absence, still requiring mediations and supplements.

What the examples show

Foucault and Derrida are often grouped together as 'post-structuralists' (see Appendix), but these two examples of 'theory' present striking differences. Derrida's offers a reading or interpretation of texts, identifying a logic at work in a text. Foucault's claim is not based on texts – in fact he cites amazingly few actual documents or discourses – but offers a general framework for thinking about texts and discourses in general. Derrida's interpretation shows the extent to which literary works themselves, such as Rousseau's *Confessions*, are theoretical: they offer explicit speculative arguments about writing, desire, and substitution or supplementation, and they guide thinking about these topics in ways that they leave implicit. Foucault, on the other hand, proposes to show us not how insightful or wise texts are but how far the discourses of doctors, scientists, novelists, and others create the things they claim only to analyse. Derrida shows how theoretical the literary works are, Foucault how creatively productive the discourses of knowledge are.

There also seems to be a difference in what they are claiming and what questions arise. Derrida is claiming to tell us what Rousseau's texts say or show, so the question that arises is whether what Rousseau's texts say is true. Foucault claims to analyse a particular historical moment, so the question that arises is whether his large generalizations hold for other times and places. Raising follow-up questions like these is, in turn, our way of stepping into 'theory' and practising it.

Both examples of theory illustrate that theory involves speculative practice: accounts of desire, language, and so on, that challenge received ideas (that there is something natural, called 'sex'; that signs represent prior realities). So doing, they incite you to rethink the categories with which you may be reflecting on literature. These examples display the main thrust of recent theory, which has been the critique of whatever is taken as natural, the demonstration that what has been thought or declared natural is in fact a historical, cultural product. What happens can be grasped through a different example: when Aretha Franklin sings 'You make me feel like a natural woman', she seems happy to be confirmed in a 'natural' sexual identity, prior to culture, by a man's treatment of her. But her formulation, 'you make me feel *like* a natural woman', suggests that the supposedly natural or given identity is a cultural role, an effect that has been produced within culture: she *isn't* a 'natural woman' but has to be made to feel *like* one. The natural woman is a cultural product.

Theory makes other arguments analogous to this one, whether maintaining that apparently natural social arrangements and institutions, and also the habits of thought of a society, are the product of underlying economic relations and ongoing power struggles, or that the phenomena of conscious life may be produced by unconscious forces, or that what we call the self or subject is produced in and through the systems of language and culture, or that what we call 'presence', 'origin', or the 'original' is created by copies, an effect of repetition.

So what is theory? Four main points have emerged.

1. Theory is interdisciplinary – discourse with effects outside an original discipline.
2. Theory is analytical and speculative – an attempt to work out what is involved in what we call sex or language or writing or meaning or the subject.

3. Theory is a critique of common sense, of concepts taken as natural.
4. Theory is reflexive, thinking about thinking, enquiry into the categories we use in making sense of things, in literature and in other discursive practices.

As a result, theory is intimidating. One of the most dismaying features of theory today is that it is endless. It is not something that you could ever master, not a particular group of texts you could learn so as to 'know theory'. It is an unbounded corpus of writings which is always being augmented as the young and the restless, in critiques of the guiding conceptions of their elders, promote the contributions to theory of new thinkers and rediscover the work of older, neglected ones. Theory is thus a source of intimidation, a resource for constant upstagings: 'What? you haven't read Lacan! How can you talk about the lyric without addressing the specular constitution of the speaking subject?' Or 'how can you write about the Victorian novel without using Foucault's account of the deployment of sexuality and the hysterization

'You're a terrorist? Thank God. I understood Meg to say you were a theorist.'

of women's bodies and Gayatri Spivak's demonstration of the role of colonialism in the construction of the metropolitan subject?' At times, theory presents itself as a diabolical sentence condemning you to hard reading in unfamiliar fields, where even the completion of one task will bring not respite but further difficult assignments. ('Spivak? Yes, but have you read Benita Parry's critique of Spivak and her response?')

The unmasterability of theory is a major cause of resistance to it. No matter how well versed you may think yourself, you can never be sure whether you 'have to read' Jean Baudrillard, Mikhail Bakhtin, Walter Benjamin, Hélène Cixous, C. L. R. James, Melanie Klein, or Julia Kristeva, or whether you can 'safely' forget them. (It will, of course, depend on who 'you' are and who you want to be.) A good deal of the hostility to theory no doubt comes from the fact that to admit the importance of theory is to make an open-ended commitment, to leave yourself in a position where there are always important things you don't know. But this is the condition of life itself.

Theory makes you desire mastery: you hope that theoretical reading will give you the concepts to organize and understand the phenomena that concern you. But theory makes mastery impossible, not only because there is always more to know, but, more specifically and more painfully, because theory is itself the questioning of presumed results and the assumptions on which they are based. The nature of theory is to undo, through a contesting of premisses and postulates, what you thought you knew, so the effects of theory are not predictable. You have not become master, but neither are you where you were before. You reflect on your reading in new ways. You have different questions to ask and a better sense of the implications of the questions you put to works you read.

This very short introduction will not make you a master of theory, and not just because it is very short, but it outlines significant lines of thought and areas of debate, especially those pertaining to literature. It presents examples of theoretical investigation in the hope that readers will find theory valuable and engaging and take occasion to sample the pleasures of thought.

Chapter 2
What is Literature and Does it Matter?

What is literature? You'd think this would be a central question for literary theory, but in fact it has not seemed to matter very much. Why should this be?

There appear to be two main reasons. First, since theory itself intermingles ideas from philosophy, linguistics, history, political theory, and psychoanalysis, why should theorists worry about whether the texts they're reading are literary or not? For students and teachers of literature today there is a whole range of critical projects, topics to read and write about – such as 'images of women in the early twentieth century' – where you can deal with both literary and non-literary works. You can study Virginia Woolf's novels or Freud's case histories or both, and the distinction doesn't seem methodologically crucial. It's not that all texts are somehow equal: some texts are taken to be richer, more powerful, more exemplary, more contestatory, more central, for one reason or another. But both literary and non-literary works can be studied together and in similar ways.

Literariness outside literature

Second, the distinction has not seemed central because works of theory have discovered what is most simply called the 'literariness' of non-literary phenomena. Qualities often thought to be literary turn out to be crucial to non-literary discourses and practices as well. For instance, discussions of the nature of historical understanding have taken as a model what is involved in understanding a story. Characteristically, historians do not produce explanations that are like the predictive explanations of science: they cannot show that when X and Y occur, Z will necessarily happen. What they do, rather, is to show how one thing led to another, how the First World War *came to* break out, not why it *had* to happen. The model for historical explanation is thus the logic of stories: the way a story shows how something came to happen, connecting the initial situation, the development, and the outcome in a way that makes sense.

The model for historical intelligibility, in short, is literary narrative. We who hear and read stories are good at telling whether a plot makes sense, hangs together, or whether the story remains unfinished. If the same models of what makes sense and what counts as a story characterize both literary and historical narratives, then distinguishing between them need not seem an urgent theoretical matter. Similarly, theorists have come to insist on the importance in non-literary texts – whether Freud's accounts of his psychoanalytic cases or works of philosophical argument – of rhetorical devices such as metaphor, which have been thought crucial to literature but have often been considered purely ornamental in other sorts of discourses. In showing how rhetorical figures shape thought in other discourses as well, theorists demonstrate a powerful literariness at work in supposedly non-literary texts, thus complicating the distinction between the literary and the non-literary.

But the fact that I describe this situation by speaking of the discovery of the 'literariness' of non-literary phenomena indicates that the notion of literature continues to play a role and needs to be addressed.

What sort of question?

We find ourselves back at the key question, 'What is literature?', which will not go away. But what sort of question is it? If a 5-year-old is asking, it's easy. 'Literature', you answer, 'is stories, poems, and plays.' But if the questioner is a literary theorist, it's harder to know how to take the query. It might be a question about the general nature of this object, literature, which both of you already know well. What sort of object or activity is it? What does it do? What purposes does it serve? Thus understood, 'What is literature?' asks not for a definition but for an analysis, even an argument about why one might concern oneself with literature at all.

But 'What is literature?' might also be a question about distinguishing characteristics of the works known as literature: what distinguishes them from non-literary works? What differentiates literature from other human activities or pastimes? Now people might ask this question because they were wondering how to decide which books are literature and which are not, but it is more likely that they already have an idea what counts as literature and want to know something else: are there any essential, distinguishing features that literary works share?

This is a difficult question. Theorists have wrestled with it, but without notable success. The reasons are not far to seek: works of literature come in all shapes and sizes and most of them seem to have more in common with works that aren't usually called literature than they do with some other works recognized as literature. Charlotte Brontë's *Jane Eyre*, for instance, more closely resembles an autobiography than it does a sonnet, and a poem by Robert Burns – 'My love is like a red, red rose' – resembles a folk-song more than it does Shakespeare's *Hamlet*. Are there qualities shared by poems, plays, and novels that distinguish them from, say, songs, transcriptions of conversations, and autobiographies?

Historical variations

Even a bit of historical perspective makes this question more complex. For twenty-five centuries people have written works that we call literature today, but the modern sense of *literature* is scarcely two centuries old. Prior to 1800 *literature* and analogous terms in other European languages meant 'writings' or 'book knowledge'. Even today, a scientist who says 'the literature on evolution is immense' means not that many poems and novels treat the topic but that much has been written about it. And works that today are studied as literature in English or Latin classes in schools and universities were once treated not as a special kind of writing but as fine examples of the use of language and rhetoric. They were instances of a larger category of exemplary practices of writing and thinking, which included speeches, sermons, history, and philosophy. Students were not asked to interpret them, as we now interpret literary works, seeking to explain what they are 'really about'. On the contrary, students memorized them, studied their grammar, identified their rhetorical figures and their structures or procedures of argument. A work such as Virgil's *Aeneid*, which today is studied as literature, was treated very differently in schools prior to 1850.

The modern Western sense of literature as imaginative writing can be traced to the German Romantic theorists of the late eighteenth century and, if we want a particular source, to a book published in 1800 by a French Baroness, Madame de Staël's *On Literature Considered in its Relations with Social Institutions*. But even if we restrict ourselves to the last two centuries, the category of literature becomes slippery: would works which today count as literature – say poems that seem snippets of ordinary conversation, without rhyme or discernible metre – have qualified as literature for Madame de Staël? And once we begin to think about non-European cultures, the question of what counts as literature becomes increasingly difficult. It is tempting to give it up and conclude that literature is whatever a given society treats as literature – a set of texts that cultural arbiters recognize as belonging to literature.

Such a conclusion is completely unsatisfying, of course. It simply displaces instead of resolving the question: rather than ask 'what is literature?' we need to ask 'what makes us (or some other society) treat something as literature?' There are, though, other categories that work in this way, referring not to specific properties but only to changing criteria of social groups. Take the question 'What is a weed?' Is there an essence of 'weedness' – a special something, a *je ne sais quoi*, that weeds share and that distinguishes them from non-weeds? Anyone who has been enlisted to help weed a garden knows how hard it is to tell a weed from a non-weed and may wonder whether there is a secret. What would it be? How do you recognize a weed? Well, the secret is that there isn't a secret. Weeds are simply plants that gardeners don't want to have growing in their gardens. If you were curious about weeds, seeking the nature of 'weedness', it would be a waste of time to try to investigate their botanical nature, to seek distinctive formal or physical qualities that make plants weeds. You would have to carry out instead historical, sociological, perhaps psychological enquiries about the sorts of plants that are judged undesirable by different groups in different places.

Perhaps *literature* is like *weed*.

But this answer doesn't eliminate the question. It changes it to 'what is involved in treating things *as* literature in our culture?'

Treating texts as literature

Suppose you come across the following sentence:

> We dance round in a ring and suppose,
> But the Secret sits in the middle and knows.

What is this, and how do you know?

Well, it matters a good deal *where* you come across it. If this sentence is printed on a slip in a Chinese fortune cookie, you may well take it as an unusually enigmatical fortune, but when it is offered (as it is here) as an example, you cast around for possibilities among uses of language familiar to you. Is it a riddle, asking us to guess the secret? Might it be an advertisement for something called 'Secret'? Ads often rhyme – 'Winston tastes good, like a cigarette should' – and they have grown increasingly enigmatic in their attempts to jostle a jaded public. But this sentence seems detached from any readily imaginable practical context, including that of selling a product. This, and the fact that it rhymes and, after the first two words, follows a regular rhythm of alternating stressed and unstressed syllables ('róund in a ríng and suppóse') creates the possibility that this might be poetry, an instance of literature.

There is a puzzle here, though: the fact that this sentence has no obvious practical import is what mainly creates the possibility that it might be literature, but could we not achieve that effect by lifting other sentences out of the contexts that make it clear what they do? Suppose we take a sentence out of an instruction booklet, a recipe, an advertisement, a newspaper, and set it down on a page in isolation:

> Stir vigorously and allow to sit five minutes.

Is this literature? Have I made it literature by extracting it from the practical context of a recipe? Perhaps, but it is scarcely clear that I have. Something seems lacking; the sentence seems not to have the resources for you to work with. To make it literature you need, perhaps, to imagine a title whose relation to the line would pose a problem and exercise the imagination: for instance, 'The Secret', or 'The Quality of Mercy'.

Something like that would help, but a sentence fragment such as 'A sugar plum on a pillow in the morning' seems to have a better chance of becoming literature because its failure to be anything except an image invites a certain kind of attention, calls for reflection. So do sentences where the relation between their form and their content provides potential food for thought. Thus the opening sentence of a book of philosophy, W. O. Quine's *From a Logical Point of View*, might conceivably be a poem:

> A curious thing
> about the ontological problem is its
> simplicity.

Set down in this way on a page, surrounded by intimidating margins of silence, this sentence can attract a certain kind of attention that we might call literary: an interest in the words, their relations to one another, and their implications, and particularly an interest in how what is said relates to the way it is said. That is, set down in this way, this sentence seems able to live up to a certain modern idea of a poem and to respond to a kind of attention that today is associated with literature. If someone were to say this sentence to you, you would ask, 'what do you mean?' but if you take the sentence as a poem, the question isn't quite the same: not what does the speaker or author mean but what does the poem mean? How does this language work? What does this sentence do?

Isolated in the first line, the words 'A curious thing' may raise the question of what is a thing and what is it for a thing to be curious. 'What is a thing?' is one of the problems of ontology, the science of being or study of what exists. But 'thing' in the phrase 'a curious thing' is not a physical object but something like a relation or aspect which doesn't seem to exist in the same way that a stone or a house does. The sentence preaches simplicity but seems not to practise what it preaches, illustrating, in the ambiguities of *thing*, something of the forbidding complexities of ontology. But perhaps the very simplicity of the poem – the fact that it stops after 'simplicity', as if no more need be said – gives some credibility to the implausible assertion of simplicity. At any rate, isolated in this way, the sentence can give rise to the sort of activity of interpretation associated with literature – the sort of activity I have been carrying out here.

What can such thought-experiments tell us about literature? They suggest, first of all, that when language is removed from other contexts, detached from other purposes, it can be interpreted as literature (though it must possess some qualities that make it responsive to such interpretation). If literature is language decontextualized, cut off from other functions and purposes, it is also itself a context, which promotes or elicits special kinds of attention. For instance, readers attend to potential complexities and look for implicit meanings, without assuming, say, that the utterance is telling them to do something. To describe 'literature' would be to analyse a set of assumptions and interpretive operations readers may bring to bear on such texts.

Conventions of literature

One relevant convention or disposition that has emerged from the analysis of stories (ranging from personal anecdotes to entire novels) goes by the forbidding name of the 'hyper-protected cooperative principle' but is actually rather simple. Communication depends on the basic convention that participants are cooperating with one another and that, therefore, what one person says to the other is likely to be relevant. If I ask you whether George is a good student and you reply, 'he is usually punctual,' I make sense of your reply by assuming that you are cooperating and saying something relevant to my question. Instead of complaining, 'You didn't answer my question,' I may conclude that you did answer implicitly and indicated that there's little positive to be said about George as a student. I assume, that is, that you are cooperating unless there is compelling evidence to the contrary.

Now literary narratives can be seen as members of a larger class of stories, 'narrative display texts', utterances whose relevance to listeners lies not in information they convey but in their 'tellability'. Whether you are telling an anecdote to a friend or writing a novel for posterity, you are doing something different from, say, testifying in court: you are trying to produce a story that will seem 'worth it' to your listeners: that will have some sort of point or significance, will amuse or give pleasure. What sets off literary works from other narrative display texts is that they have undergone a process of selection: they have been published,

'He read for two straight hours without any training'.

reviewed, and reprinted, so that readers approach them with the assurance that others have found them well constructed and 'worth it'. So for literary works, the cooperative principle is 'hyper-protected'. We can put up with many obscurities and apparent irrelevancies, without assuming that this makes no sense. Readers assume that in literature complications of language ultimately have a communicative purpose and, instead of imagining that the speaker or writer is being uncooperative, as they might in other speech contexts, they struggle to interpret elements that flout principles of efficient communication in the interests of some further communicative goal. 'Literature' is an institutional label that gives us reason to expect that the results of our reading efforts will be 'worth it'. And many of the features of literature follow from the willingness of readers to pay attention, to explore uncertainties, and not immediately ask 'what do you mean by that?'

Literature, we might conclude, is a speech act or textual event that elicits certain kinds of attention. It contrasts with other sorts of speech acts, such as imparting information, asking questions, or making promises. Most of the time what leads readers to treat something as literature is that they find it in a context that identifies it as literature: in a book of poems or a section of a magazine, library, or bookstore.

A puzzle

But we have another puzzle here. Aren't there special ways of organizing language that tell us something is literature? Or is the fact that we know something is literature what leads us to give it a kind of attention we don't give newspapers and, as a result, to find in it special kinds of organization and implicit meanings? The answer must surely be that both cases occur: sometimes the object has features that make it literary but sometimes it is the literary context that makes us treat it as literature. But highly organized language doesn't necessarily make something literature: nothing is more highly patterned than the telephone directory. And we can't make just any piece of language literature by calling it literature: I can't pick up my old chemistry textbook and read it as a novel.

On the one hand, 'literature' is not just a frame in which we put language: not every sentence will make it as literature if set down on a page as a poem. But, on the other hand, literature is not just a special kind of language, for many literary works don't flaunt their difference from other sorts of language; they function in special ways because of the special attention they receive.

We have a complicated structure here. We are dealing with two different perspectives that overlap, intersect, but don't seem to yield a synthesis. We can think of literary works as language with particular properties or features, and we can think of literature as the product of conventions and a certain kind of attention. Neither perspective successfully incorporates the other, and one must shift back and forth between them. I take up five points theorists have made about the nature of literature: with each, you start from one perspective but must, in the end, make allowance for the other.

The nature of literature

1. Literature as the 'foregrounding' of language

'Literariness' is often said to lie above all in the organization of language that makes literature distinguishable from language used for other purposes. Literature is language that 'foregrounds' language itself: makes it strange, thrusts it at you – 'Look! I'm language!' – so you can't forget that you are dealing with language shaped in odd ways. In particular, poetry organizes the sound plane of language so as to make it something to reckon with. Here is the beginning of a poem by Gerard Manley Hopkins called 'Inversnaid':

This darksome burn, horseback brown,
His rollrock highroad roaring down,
In coop and in coomb the fleece of his foam
Flutes and low to the lake falls home.

The foregrounding of linguistic patterning – the rhythmical repetition of sounds in 'burn . . . brown . . . rollrock . . . road roaring' – as well as the unusual verbal combinations such as 'rollrock' make it clear that we are dealing with language organized to attract attention to the linguistic structures themselves.

But it is also true that in many cases readers don't notice linguistic patterning unless something is identified as literature. You don't listen when reading standard prose. The rhythm of this sentence, you will find, is scarcely one that strikes the reader's ear; but if a rhyme should suddenly appear, it makes the rhythm something that you hear. The rhyme, a conventional mark of literariness, makes you notice the rhythm that was there all along. When a text is framed as literature, we are disposed to attend to sound patterning or other sorts of linguistic organization we generally ignore.

2. Literature as the integration of language

Literature is language in which the various elements and components of the text are brought into a complex relation. When I receive a letter requesting a contribution for some worthy cause, I am unlikely to find that the sound is echo to the sense, but in literature there are relations – of reinforcement or contrast and dissonance – between the structures of different linguistic levels: between sound and meaning, between grammatical organization and thematic patterns. A rhyme, by bringing two words together ('suppose/knows'), brings their meanings into relation (is 'knowing' the opposite of 'supposing'?).

But it is clear that neither (1) nor (2) nor both together provides a definition of literature. Not all literature foregrounds language as (1) suggests (many novels do not), and language foregrounded is not necessarily literature. Tongue-twisters ('Peter Piper picked a peck of pickled peppers') are seldom thought to be literature, though they call attention to themselves as language and trip you up. In advertisements the linguistic devices are often foregrounded even more blatantly than in lyrics and different structural levels may be integrated more imperiously. One eminent theorist, Roman Jakobson, cites as his key example of the 'poetic function' of language not a line from a lyric but a political slogan from the American presidential campaign of Dwight D. ('Ike') Eisenhower: *I like Ike*. Here, through word play, the object liked (Ike) and the liking subject (I) are both enveloped in the act (like): how could I not like Ike, when *I* and *Ike* are both contained in *like*? Through this ad, the necessity of liking Ike seems inscribed in the very structure of the language. So, it's not that the relations between different levels of language are relevant only in literature but that in literature we are more likely to look for and exploit relations between form and meaning or theme and grammar and, attempting to understand the contribution each element makes to the effect of the whole, find integration, harmony, tension, or dissonance.

Accounts of literariness focused on the foregrounding or on the integration of language don't provide tests by which, say, Martians could separate works of literature from other sorts of writing. Such accounts function, like most claims about the nature of literature, to direct attention to certain aspects of literature which they claim to be central. To study something as literature, this account tells us, is to look above all at the organization of its language, not to read it as the expression of its author's psyche or as the reflection of the society that produced it.

3. Literature as fiction

One reason why readers attend to literature differently is that its utterances have a special relation to the world – a relation we call 'fictional'. The literary work is a linguistic event which projects a fictional world that includes speaker, actors, events, and an implied audience (an audience that takes shape through the work's decisions about what must be explained and what the audience is presumed to know). Literary works refer to imaginary rather than historical individuals (Emma Bovary, Huckleberry Finn), but fictionality is not limited to characters and events. Deictics, as they are called, orientational features of language that relate to the situation of utterance, such as pronouns (I, you) or adverbials of place and time (here, there, now, then, yesterday, tomorrow), function in special ways in literature. *Now* in a poem ('now . . . gathering swallows twitter in the skies') refers not to the instant when the poet first wrote down that word, or to the moment of first publication, but to a time in the poem, in the fictional world of its action. And the 'I' that appears in a lyric poem, such as Wordsworth's 'I wandered lonely as a cloud . . .', is also fictional; it refers to the speaker of the poem, who may be quite different from the empirical individual, William Wordsworth, who wrote the poem. (There may well be strong connections between what happens to the speaker or narrator of the poem and what happened to Wordsworth at some moment in his life. But a poem written by an old man may have a young speaker and vice versa. And, notoriously, the narrators of novels, the characters who say 'I' as they recount the story, may have experiences and make judgements that are quite different from those of their authors.)

In fiction, the relation of what speakers say to what authors think is always a matter of interpretation. So is the relationship between events recounted and situations in the world. Non-fictional discourse is usually embedded in a context that tells you how to take it: an instruction manual, a newspaper report, a letter from a charity. The context of fiction, though, explicitly leaves open the question of what the fiction is really about. Reference to the world is not so much a property of literary works as a function they are given by interpretation. If I tell a friend, 'Meet me for dinner at the Hard Rock Café at eight tomorrow,' he or she will take this as a concrete invitation and identify spatial and temporal referents from the context of utterance ('tomorrow' means 14 January 2002, 'eight' mean 8 p.m. Eastern Standard Time). But when the poet Ben Jonson writes a poem 'Inviting a Friend to Supper', the fictionality of this work makes its relation to the world a matter of interpretation: the context of the message is a literary one and we have to decide whether to take the poem as primarily characterizing the attitudes of a fictional speaker, outlining a bygone way of life, or suggesting that friendship and simple pleasures are what is most important to human happiness.

Interpreting *Hamlet* is, among other things, a matter of deciding whether it should be read as talking about, say, the problems of Danish princes, or the dilemmas of men of the Renaissance experiencing changes in the conception of the self, or relations between men and their mothers in general, or the question of how representations (including literary ones) affect the problem of making sense of our experience. The fact that there are references to Denmark throughout the play doesn't mean that you necessarily read it as talking about Denmark; that is an interpretive decision. We can relate *Hamlet* to the world in different ways at several different levels. The fictionality of literature separates language from other contexts in which it might be used and leaves the work's relation to the world open to interpretation.

4. Literature as aesthetic object

The features of literature discussed so far – the supplementary levels of linguistic organization, the separation from practical contexts of utterance, the fictional relation to the world – may be brought together under the general heading of the aesthetic function of language. Aesthetics is historically the name for the theory of art and has involved debates about whether beauty is an objective property of works of art or a subjective response of viewers, and about the relation of the beautiful to the true and the good.

For Immanuel Kant, the primary theorist of modern Western aesthetics, the aesthetic is the name of the attempt to bridge the gap between the material and the spiritual world, between a world of forces and magnitudes and a world of concepts. Aesthetic objects, such as paintings or works of literature, with their combination of sensuous form (colours, sounds) and spiritual content (ideas), illustrate the possibility of bringing together the material and the spiritual. A literary work is an aesthetic object because, with other communicative functions initially bracketed or suspended, it engages readers to consider the interrelation between form and content.

Aesthetic objects, for Kant and other theorists, have a 'purposiveness without purpose'. There is a purposiveness to their construction: they are made so that their parts will work together towards some end. But the end is the work of art itself, pleasure in the work or pleasure occasioned by the work, not some external purpose. Practically, this means that to consider a text as literature is to ask about the contribution of its parts to the effect of the whole but not to take the work as primarily destined to accomplishing some purpose, such as informing or persuading us. When I say that stories are utterances whose relevance is their 'tellability', I am noting that there is a purposiveness to stories (qualities that can make them 'good stories') but that this cannot easily be attached to some external purpose, and thus am registering the aesthetic, affective quality of stories, even non-literary ones. A good story is tellable, strikes readers or listeners as 'worth it'. It may amuse or instruct or incite, can have a range of effects, but you can't define good stories in general as those that do any one of these things.

5. Literature as intertextual or self-reflexive construct

Recent theorists have argued that works are made out of other works: made possible by prior works which they take up, repeat, challenge, transform. This notion sometimes goes by the fancy name of 'intertextuality'. A work exists between and among other texts, through its relations to them. To read something as literature is to consider it as a linguistic event that has meaning in relation to other discourses: for example, as a poem that plays on possibilities created by previous poems or as a novel that puts on stage and criticizes the political rhetoric of its day. Shakespeare's sonnet 'My mistress' eyes are nothing like the sun' takes up the metaphors used in the tradition of love poetry and denies them ('But no such roses see I in her cheeks') – denies them as a way of praising a woman who, 'when she walks, treads on the ground'. The poem has meaning in relation to the tradition that makes it possible.

Now since to read a poem as literature is to relate it to other poems, to compare and contrast the way it makes sense with the ways others do, it is possible to read poems as at some level about poetry itself. They bear on the operations of poetic imagination and poetic interpretation. Here we encounter another notion that has been important in recent theory: that of the 'self-reflexivity' of literature. Novels are at some level about novels, about the problems and possibilities of representing and giving shape or meaning to experience. So *Madame Bovary* can be read as an exploration of relations between Emma Bovary's 'real life' and the way which both the romantic novels she reads and Flaubert's own novel make sense of experience. One can always ask of a novel (or a poem) how what it implicitly says about making sense relates to the way it itself goes about making sense.

Literature is a practice in which authors attempt to advance or renew literature and thus is always implicitly a reflection on literature itself. But once again, we find that this is something we could say about other forms: bumper stickers, like poems, may depend for their meaning on prior bumper stickers: 'Nuke a Whale for Jesus!' makes no sense without 'No Nukes,' 'Save the Whales,' and 'Jesus Saves,' and one could certainly say that 'Nuke a Whale for Jesus' is really *about* bumper stickers. The intertextuality and self-reflexivity of literature is not, finally, a defining feature but a foregrounding of aspects of language use and questions about representation that may also be observed elsewhere.

Properties versus consequences

In each of these five cases we encounter the structure I mentioned above: we are dealing with what might be described as *properties* of literary works, features that mark them as literature, but with what could also be seen as the results of a particular kind of attention, a function that we accord language in considering it *as* literature. Neither perspective, it seems, can englobe the other to become the comprehensive perspective. The qualities of literature can't be reduced either to objective properties or to consequences of ways of framing language. There is one key reason for this which already emerged from the little thought-experiments at the beginning of this chapter. Language resists the frames we impose. It is hard to make the couplet 'We dance round in a ring . . .' into a fortune-cookie fortune or 'Stir vigorously' into a stirring poem. When we treat something as literature, when we look for pattern and coherence, there is resistance in the language; we have to work on it, work with it. Finally, the 'literariness' of literature may lie in the tension of the interaction between the linguistic material and readers' conventional expectations of what literature is. But I say this with caution, for the other thing we have learned from our five cases is that each quality identified as an important feature of literature turns out not to be a *defining* feature, since it can be found at work in other language uses.

The functions of literature

I began this chapter by noting that literary theory in the 1980s and 1990s has not focused on the difference between literary and non-literary works. What theorists have done is to reflect on literature as a historical and ideological category, on the social and political functions that something called 'literature' has been thought to perform. In nineteenth-century England, literature emerged as an extremely important idea, a special kind of writing charged with several functions. Made a subject of instruction in the colonies of the British Empire, it was charged with giving the natives an appreciation of the greatness of England and engaging them as grateful participants in a historic civilizing enterprise. At home it would counter the selfishness and materialism fostered by the new capitalist economy, offering the middle classes and the aristocrats alternative values and giving the workers a stake in the culture that, materially, relegated them to a subordinate position. It would at once teach disinterested appreciation, provide a sense of national greatness, create fellow-feeling among the classes, and ultimately, function as a replacement for religion, which seemed no longer to be able to hold society together.

Any set of texts that could do all that would be very special indeed. What is literature that it was thought to do all this? One thing that is crucial is a special structure of exemplarity at work in literature. A literary work – *Hamlet*, for instance – is characteristically the story of a fictional character: it presents itself as in some way exemplary (why else would you read it?), but it simultaneously declines to define the range or scope of that exemplarity – hence the ease with which readers and critics come to speak about the 'universality' of literature. The structure of literary works is such that it is easier to take them as telling us about 'the human condition' in general than to specify what narrower categories they describe or illuminate. Is *Hamlet* just about princes, or men of the Renaissance, or introspective young men, or people whose fathers have died in obscure circumstances? Since all such answers seem unsatisfactory, it is easier for readers not to answer, thus implicitly accepting a possibility of universality. In their particularity, novels, poems, and plays decline to explore what they are exemplary *of* at the same time that they invite all readers to become involved in the predicaments and thoughts of their narrators and characters.

But the combination of offering universality and addressing all those who can read the language has had a powerful *national* function. Benedict Anderson argues, in *Imagined Communities: Reflections on the Origin and Spread of Nationalism*, a work of political history that has become influential as theory, that works of literature – particularly novels – helped to create national communities by their postulation of and appeal to a broad community of readers, bounded yet in principle open to all who could read the language. 'Fiction', Anderson writes, 'seeps quietly and continuously into reality, creating that remarkable confidence of community in anonymity which is the hallmark of modern nations.' To present the characters, speakers, plots, and themes of English literature as potentially universal is to promote an open yet bounded imagined community to which subjects in the British colonies, for instance, are invited to aspire. In fact, the more the universality of literature is stressed, the more it may have a national function: asserting the universality of the vision of the world offered by Jane Austen makes England a very special place indeed, the site of standards of taste and behaviour and, more important, of the moral scenarios and social circumstances in which ethical problems are worked out and personalities are formed.

Literature has been seen as a special kind of writing which, it was argued, could civilize not just the lower classes but also the aristocrats and the middle classes. This view of literature as an aesthetic object that could make us 'better people' is linked to a certain idea of the subject, to what theorists have come to call 'the liberal subject', the individual defined not by a social situation and interests but by an individual subjectivity (rationality and morality) conceived as essentially free of social determinants. The aesthetic object, cut off from practical purposes and inducing particular kinds of reflection and identifications, helps us to become liberal subjects through the free and disinterested exercise of an imaginative faculty that combines knowing and judging in the right relation. Literature does this, the argument goes, by encouraging consideration of complexities without a rush to judgement, engaging the mind in ethical issues, inducing readers to examine conduct (including their own) as an outsider or a reader of novels would. It promotes disinterestedness, teaches sensitivity and fine discriminations, produces identifications with men and women of other conditions, thus promoting fellow-feeling. In 1860 an educator maintained,

> by converse with the thoughts and utterances of those who are intellectual leaders of the race, our heart comes to beat in accord with the feeling of universal humanity. We discover that no differences of class, or party, or creed can destroy the power of genius to charm and to instruct, and that above the smoke and stir, the din and turmoil of man's lower life of care and business and debate, there is a serene and luminous region of truth where all may meet and expatiate in common.

Recent theoretical discussions have, not surprisingly, been critical of this conception of literature, and have focused above all on the mystification that seeks to distract workers from the misery of their condition by offering them access to this 'higher region' – throwing the workers a few novels to keep them from throwing up a few barricades, as Terry Eagleton puts it. But when we explore claims about what literature does, how it works as a social practice, we find arguments that are exceedingly difficult to reconcile.

Literature has been given diametrically opposed functions. Is literature an ideological instrument: a set of stories that seduce readers into accepting the hierarchical arrangements of society? If stories take it for granted that women must find their happiness, if at all, in marriage; if they accept class divisions as natural and explore how the virtuous serving-girl may marry a lord, they work to legitimate contingent historical arrangements. Or is literature the place where ideology is exposed, revealed as something that can be questioned? Literature represents, for example, in a potentially intense and affecting way, the narrow range of options historically offered to women, and, in making this visible, raises the possibility of *not* taking it for granted. Both claims are thoroughly plausible: that literature is the vehicle of ideology and that literature is an instrument for its undoing. Here again, we find a complex oscillation between potential 'properties' of literature and attention that brings out these properties.

We also encounter contrary claims about the relation of literature to action. Theorists have maintained that literature encourages solitary reading and reflection as the way to engage with the world and thus counters the social and political activities that might produce change. At best it encourages detachment or appreciation of complexity, and at worst passivity and acceptance of what is. But on the other hand, literature has historically been seen as dangerous: it promotes the questioning of authority and social arrangements. Plato banned poets from his ideal republic because they could only do harm, and novels have long been credited with making people dissatisfied with the lives they inherit and eager for something new – whether life in big cities or romance or revolution. By promoting identification across divisions of class, gender, race, nation, and age, books may promote a 'fellow-feeling' that discourages struggle; but they may also produce a keen sense of injustice that makes progressive struggles possible. Historically, works of literature are credited with producing change: Harriet Beecher Stowe's *Uncle Tom's Cabin*, a best-seller in its day, helped create a revulsion against slavery that made possible the American Civil War.

I return in Chapter 7 to the problem of identification and its effects: what role does the identification with literary characters and narrators play? For the moment we should note above all the complexity and diversity of literature as an institution and social practice. What we have here, after all, is an institution based on the possibility of saying anything you can imagine. This is central to what literature is: for any orthodoxy, any belief, any value, a literary work can mock it, parody it, imagine some different and monstrous fiction. From the novels of the Marquis de Sade, which sought to work out what might happen in a world where action followed a nature conceived as unconstrained appetite, to Salman Rushdie's *The Satanic Verses* which has caused so much outrage for its use of sacred names and motifs in a context of satire and parody, literature has been the possibility of fictionally exceeding what has previously been thought and written. For anything that seemed to make sense, literature could make it nonsense, go beyond it, transform it in a way that raised the question of its legitimacy and adequacy.

Literature has been the activity of a cultural elite, and it has been what is sometimes called 'cultural capital': learning about literature gives you a stake in culture that may pay off in various ways, helping you fit in with people of higher social status. But literature cannot be reduced to this conservative social function: it is scarcely the purveyor of 'family values' but makes seductive all manner of crimes, from Satan's revolt against God in Milton's *Paradise Lost* to Raskolnikov's murder of an old woman in Dostoevski's *Crime and Punishment*. It encourages resistance to capitalist values, to the practicalities of getting and spending. Literature is the noise of culture as well as its information. It is an entropic force as well as cultural capital. It is a writing that calls for a reading and engages readers in problems of meaning.

The paradox of literature

Literature is a paradoxical institution because to create literature is to write according to existing formulas – to produce something that looks like a sonnet or that follows the conventions of the novel – but it is also to flout those conventions, to go beyond them. Literature is an institution that lives by exposing and criticizing its own limits, by testing what will happen if one writes differently. So literature is at the same time the name for the utterly conventional – *moon* rhymes with *June* and *swoon*, maidens are fair, knights are bold – and for the utterly disruptive, where readers have to struggle to create any meaning at all, as in sentences like this from James Joyce's *Finnegans Wake*: 'Eins within a space and a wearywide space it was er wohned a Mookse.'

The question 'what is literature?' arises, I suggested earlier, not because people are worried that they might mistake a novel for history or the message in a fortune-cookie for a poem but because critics and theorists hope, by saying what literature is, to promote what they take to be the most pertinent critical methods and to dismiss methods that neglect the most basic and distinctive aspects of literature. In the context of recent theory, the question 'what is literature?' matters because theory has highlighted the literariness of texts of all sorts. To reflect on literariness is to keep before us, as resources for analysing these discourses, reading practices elicited by literature: the suspension of the demand for immediate intelligibility, reflection on the implications of means of expression, and attention to how meaning is made and pleasure produced.

Chapter 3
Literature and Cultural Studies

Professors of French writing books about cigarettes or Americans' obsession with fat; Shakespearians analysing bisexuality; experts on realism working on serial killers. What is going on?

What's happening here is 'cultural studies', a major activity in the humanities in the 1990s. Some literature professors may have turned away from Milton to Madonna, from Shakespeare to soap operas, abandoning the study of literature altogether. How does this relate to literary theory?

Theory has enormously enriched and invigorated the study of literary works, but as I noted in Chapter 1, theory is not the theory *of literature*. If you had to say what 'theory' is the theory *of*, the answer would be something like 'signifying practices', the production and representation of experience, and the constitution of human subjects – in short, something like culture in the broadest sense. And it is striking that the field of cultural studies, as it has developed, is as confusingly interdisciplinary and as difficult to define as 'theory' itself. One could say that the two go together: 'theory' is the theory and cultural studies the practice. *Cultural studies is the practice of which what we call 'theory' for short is the theory*. Some practitioners of cultural studies complain about 'high theory', but this indicates an understandable desire not to be held responsible for the endless and intimidating corpus of theory.

Work in cultural studies is, in fact, deeply dependent on the theoretical debates about meaning, identity, representation, and agency that I take up in this book.

But what is the relation between literary studies and cultural studies? In its broadest conception, the project of cultural studies is to understand the functioning of culture, particularly in the modern world: how cultural productions work and how cultural identities are constructed and organized, for individuals and groups, in a world of diverse and intermingled communities, state power, media industries, and multinational corporations. In principle, then, cultural studies includes and encompasses literary studies, examining literature as a particular cultural practice. But what kind of inclusion is this? There's a good deal of argument here. Is cultural studies a capacious project within which literary studies gains new power and insight? Or will cultural studies swallow up literary studies and destroy literature? To grasp the problem we need a bit of background about the development of cultural studies.

The emergence of cultural studies

Modern cultural studies has a double ancestry. It comes first from French structuralism of the 1960s (see Appendix), which treated culture (including literature) as a series of practices whose rules or conventions should be described. An early work of cultural studies by the French literary theorist Roland Barthes, *Mythologies* (1957), undertakes brief 'readings' of a range of cultural activities, from professional wrestling and the advertising of cars and detergents to such mythical cultural objects as French wine and Einstein's brain. Barthes is especially interested in demystifying what in culture comes to seem natural by showing that it is based on contingent, historical constructions. In analysing cultural practices, he identifies the underlying conventions and their social implications. If you compare professional wrestling with boxing, for instance, you can see that there are different conventions: boxers behave stoically when hit, while wrestlers writhe in agony and flamboyantly enact stereotyped roles. In boxing the rules of the contest are external to the match, in the sense that they designate limits beyond which it must not go, while in wrestling the rules are very much *within* the match, as conventions that increase the range of meaning that can be produced: rules exist to be violated, quite flagrantly, so that the 'bad guy' or villain may dramatically reveal himself as evil and unsporting and the audience be whipped up into vengeful fury. Wrestling thus provides above all the satisfactions of moral intelligibility, as good and evil are clearly opposed. Investigating cultural practices from high literature to fashion and food, Barthes's example encouraged the reading of the connotations of cultural images and analysis of the social functioning of the strange constructions of culture.

The other source of contemporary cultural studies is Marxist literary theory in Britain. The work of Raymond Williams (*Culture and Society*, 1958) and of the founder of the Birmingham Centre for Contemporary Cultural Studies, Richard Hoggart (*The Uses of Literacy*, 1957), sought to recover and explore a popular, working-class culture that had been lost sight of as culture was identified with high literature. This project of recovering lost voices, of doing history from below, encountered another theorization of culture – from European Marxist theory – which analysed mass culture (as opposed to 'popular culture') as an oppressive ideological formation, as meanings functioning to position readers or viewers as consumers and to justify the workings of state power. The interaction between these two analyses of culture – culture as an expression *of* the people and culture as imposition *on* the people – has been crucial to the development of cultural studies, first in Britain and then elsewhere.

Tensions

Cultural studies in this tradition is driven by the tension between the desire to recover popular culture as the expression of the people or give voice to the culture of marginalized groups, and the study of mass culture as an ideological imposition, an oppressive ideological formation. On the one hand, the point of studying popular culture is to get in touch with what is important for the lives of ordinary people – their culture – as opposed to that of aesthetes and professors. On the other, there is a strong impetus to show how people are shaped or manipulated by cultural forces. How far are people constructed as subjects by cultural forms and practices, which 'interpellate' or address them *as* people with particular desires and values? The concept of *interpellation* comes from the French Marxist theorist Louis Althusser. You are addressed – by ads, for instance – as a particular sort of subject (a consumer who values certain qualities), and by being repeatedly hailed in this way you come to occupy such a position. Cultural studies asks how far we are manipulated by cultural forms and how far or in what ways we are able to use them for other purposes, exercising 'agency', as it is called. (The question of 'agency', to use the shorthand of current theory, is the question of how far we can be subjects responsible for our actions and how far our apparent choices are constrained by forces we do not control.)

Cultural studies dwells in the tension between the analyst's desire to analyse culture as a set of codes and practices that alienates people from their interests and creates the desires that they come to have and, on the other hand, the analyst's wish to find in popular culture an authentic expression of value. One solution is to show that people are able to use the cultural materials foisted upon them by capitalism and its media industries to make a culture of their own. Popular culture is made from mass culture. Popular culture is made from cultural resources that are opposed to it and thus is a culture of struggle, a culture whose creativity consists in using the products of mass culture.

Work in cultural studies has been particularly attuned to the problematical character of identity and to the multiple ways in which identities are formed, experienced, and transmitted. Particularly important, therefore, has been the study of the unstable cultures and cultural identities that arise for groups – ethnic minorities, immigrants, women – that may have trouble identifying with the larger culture in which they find themselves – a culture which is itself a shifting ideological construction.

Now the relationship between cultural studies and literary studies is a complicated problem. In theory, cultural studies is all-encompassing: Shakespeare and rap music, high culture and low, culture of the past and culture of the present. But in practice, since meaning is based on difference, people do cultural studies *as opposed* to something else. As opposed to what? Since cultural studies arose out of literary studies, the answer often is, 'as opposed to literary studies, traditionally conceived', where the task was the interpretation of literary works as the achievements of their authors, and the main justification for studying literature was the special value of great works: their complexity, their beauty, their insight, their universality, and their potential benefits to the reader.

But literary studies itself has never been unified around a single conception of what it was doing, traditional or otherwise; and since the advent of theory, literary studies has been an especially contentious and contested discipline, where all kinds of projects, treating both literary and non-literary works, compete for attention.

In principle, then, there need not be conflict between literary and cultural studies. Literary studies is not committed to a conception of the literary object that cultural studies must repudiate. Cultural studies arose as the application of techniques of literary analysis to other cultural materials. It treats cultural artefacts as 'texts' to be read rather than as objects that are simply there to be counted. And, conversely, literary studies may gain when literature is studied as a particular cultural practice and works are related to other discourses. The impact of theory has been to expand the range of questions to which literary works can answer and to focus attention on the different ways they resist or complicate the ideas of their age. In principle, cultural studies, with its insistence on studying literature as one signifying practice among others, and on examining the culture roles with which literature has been invested, can intensify the study of literature as a complex intertextual phenomenon.

Arguments about the relation between literary and cultural studies can be grouped around two broad topics: (1) What is called the 'literary canon': the works regularly studied in schools and universities and deemed to form 'our literary heritage'. (2) The appropriate methods for analysing cultural objects.

1. The literary canon

What will become of the literary canon if cultural studies swallows literary studies? Have the soaps replaced Shakespeare and, if so, is cultural studies to blame? Won't cultural studies kill literature by encouraging the study of films, television, and other popular cultural forms rather than the classics of world literature?

A similar charge was made against theory when it encouraged the reading of philosophical and psychoanalytic texts along with literary works: it took students away from the classics. But theory has reinvigorated the traditional literary canon, opening the door to more ways of reading the 'great works' of English and American literature. Never has so much been written about Shakespeare; he is studied from every angle conceivable, interpreted in feminist, Marxist, psychoanalytic, historicist, and deconstructive vocabularies. Wordsworth has been transformed by literary theory from a poet of nature to a key figure of modernity. What *have* suffered neglect are 'minor' works that were regularly studied when literary study was organized to 'cover' historical periods and genres. Shakespeare is more widely read and vigorously interpreted than ever, but Marlowe, Beaumont and Fletcher, Dekker, Heywood, and Ben Jonson –

Elizabethan and Jacobean dramatists who used to surround him – are little read today.

Would cultural studies have a similar effect, providing new contexts and increasing the range of issues for a few literary works, while taking students away from others? So far, the growth of cultural studies has accompanied (though not caused) an expansion of the literary canon. Literature that is widely taught today includes writings by women and members of other historically marginalized groups. Whether added to traditional literary courses or studied as separate traditions ('Asian-American literature', 'Postcolonial literature in English'), these writings are often studied as representations of the experience and thus culture of the people in question (in the United States, of African-Americans, Asian-Americans, Native Americans, and US Latinos, as well as women). Such writings, though, bring to the fore questions about how far literature creates the culture it is said to express or represent. Is culture the *effect* of representations rather than their source or cause?

The widespread study of previously neglected writings has prompted heated arguments in the media: have traditional literary standards been compromised? Are previously neglected works selected for their 'literary excellence' or for their cultural representativeness? Is it 'political correctness', the desire to give every minority just representation, rather than specifically literary criteria, that is determining the choice of works to be studied?

There are three lines of response to such questions. The first is that 'literary excellence' has never determined what is studied. Each teacher does not pick what he or she thinks are the ten greatest works of world literature but, rather, selects works that are representative of something: perhaps a literary form or a period of literary history (the English novel, Elizabethan literature, modern American poetry). It is within that context of representing something that the 'best' works are chosen: you don't omit Sidney, Spenser, and Shakespeare from your Elizabethan course if you think they are the best poets of the period, just as you include what you take to be the 'best' works of Asian-American literature, if that is what you are teaching. What has changed is an interest in choosing works to represent a range of cultural experiences as well as a range of literary forms.

Second, application of the criterion of literary excellence has historically been compromised by non-literary criteria involving race and gender, for instance. A boy's experience of growing up (e.g. Huck Finn's) has been deemed universal, whereas a girl's (Maggie Tulliver's in *The Mill on the Floss*) has been seen as a subject of more restricted interest.

Finally, the notion of literary excellence itself has been subjected to debate: does it enshrine particular cultural interests and purposes as if they were the only standard of literary evaluation? Debate about what has counted as literature worthy of study and how ideas of excellence have functioned in institutions is a strand of cultural studies extremely pertinent to literary studies.

2. Modes of analysis

The second broad topic of dissension concerns the modes of analysis in literary and cultural studies. When cultural studies was a renegade form of literary studies, it applied literary analysis to other cultural materials. If cultural studies became dominant and its practitioners no longer came to it from literary studies, might not that application of literary analysis become less important? The introduction to an influential American volume, *Cultural Studies*, declares, 'although there is no prohibition against close textual readings in cultural studies, they are also not required'. This assurance that close reading is not prohibited is scarcely reassuring to the literary critic. Freed from the principle that has long governed literary studies – that the main point of interest is the distinctive complexity of individual works – cultural studies could easily become a kind of non-quantitative sociology, treating works as instances or symptoms of something else rather than of interest in themselves, and succumbing to other temptations.

Chief among these is the lure of 'totality', the notion that there is a social totality of which cultural forms are the expression or the symptom, so that to analyse them is to relate them to the social totality from which they derive. Recent theory debates the question of whether there is a social totality, a socio-political configuration, and if so, how cultural products and activities relate to it. But cultural studies is drawn to the idea of a direct relationship, in which cultural products are the symptom of an underlying socio-political configuration. For example, the 'Popular Culture' course of the Open University in Britain, which was taken by some 5,000 people between 1982 and 1985, contained a unit on 'Television Police Series and Law and Order', which analysed the development of police series in terms of a changing socio-political situation.

> 'Dixon of Dock Green' centres on a paternalistic father-figure who is intimately familiar with the working class neighbourhood he patrols. With the consolidation of the welfare state in the prosperity of the early 1960s, class problems become translated into social concerns: corresponding to this, a new series, 'Z Cars', shows uniformed police in patrol cars doing their job as professionals but at some distance from the community they serve. After the 1960s there is a crisis for hegemony* in Britain, and the state, unable to win consent easily, needs to arm itself against opposition from trade union militancy, 'terrorists', the IRA. This more aggressively mobilized state of hegemony is reflected in such examples of the police genre as 'The Sweeney' and 'The Professionals' in which plain-clothes cops typically

* *Hegemony* is an arrangement of domination accepted by those who are dominated. Ruling groups dominate not by pure force but through a structure of consent, and culture is part of this structure that legitimizes current social arrangements. (The concept comes from the Italian Marxist theorist Antonio Gramsci.)

combat a terrorist organization by matching its violence with their own.

This is certainly interesting and may well be true, which makes it all the more alluring as a mode of analysis, but it involves a shift from reading ('close reading') that is alert to the details of narrative structure and attends to complexities of meaning, to a socio-political analysis, in which all the serials of a given era have the same significance, as expressions of the social configuration. If literary studies is subsumed into cultural studies, this sort of 'symptomatic interpretation' might become the norm; the specificity of cultural objects might be neglected, along with the reading practices which literature invites (discussed in Chapter 2). The suspension of the demand for immediate intelligibility, the willingness to work at the boundaries of meaning, opening oneself to unexpected, productive effects of language and imagination, and the interest in how meaning and pleasure are produced – these dispositions are particularly valuable, not just for reading literature but also for considering other cultural phenomena, though it is literary study that makes these reading practices available.

Goals

Finally there is the question of the goals of literary and cultural studies. Practitioners of cultural studies often hope that work on present culture will be an intervention in culture rather than mere description. 'Cultural studies thus believes', the editors of *Cultural Studies* conclude, 'that its own intellectual work is supposed to – can – make a difference.' This is an odd statement but, I think, a revealing one: cultural studies does not believe that its intellectual work *will* make a difference. That would be overweening, not to say naive. It believes that its work 'is supposed to' make a difference. That is the idea.

Historically, the ideas of studying popular culture and of making one's

'I'm sorry sir, but Dostoyevsky is not considered summer reading.'

work a political intervention are closely linked. In Britain in the 1960s and 1970s studying working-class culture had a political charge. In Britain, where national cultural identity seemed linked to monuments of high culture – Shakespeare and the tradition of English literature, for example – the very fact of studying popular culture was an act of resistance, in a way that it isn't in the United States, where national identity has often been defined *against* high culture. Mark Twain's *Huckleberry Finn*, the work which does as much as any other to define Americanness, ends with Huck Finn lighting out for 'the territories' because Aunt Sally wants to 'sivilize' him. His identity depends on escaping civilized culture. Traditionally the American is the man on the run from culture. When cultural studies denigrates literature as elitist, this is hard to distinguish from a long national tradition of bourgeois philistinism. In the United States shunning high culture and studying popular culture is not a politically radical or resistant gesture so much as a rendering academic of mass culture. Cultural studies in America has few of the links with political movements that have energized cultural studies in Britain, and it could be seen as primarily a resourceful, interdisciplinary, but still academic study of cultural practices and cultural representation. Cultural studies is 'supposed to be' radical, but the opposition between an activist cultural studies and a passive literary studies may be wishful thinking.

Distinctions

Debates about the relation between literature and cultural studies are replete with complaints about elitism and charges that studying popular culture will bring the death of literature. In all the confusion, it helps to separate two sets of questions. The first are questions about the value of studying one sort of cultural object or another. The value of studying Shakespeare rather than soap operas can no longer be taken for granted and needs to be argued: what can different sorts of studies achieve, in the way of intellectual and moral training, for example? Such arguments are not easy to make: the example of German concentration camp commanders who were connoisseurs of literature, art, and music has complicated attempts to make claims for the effects of particular sorts of study. But these issues should be confronted head on.

A different set of questions involves the *methods* for the study of cultural objects of all sorts – the advantages and disadvantages of different modes of interpretation and analysis, such as interpreting cultural objects as complex structures or reading them as symptoms of social totalities. Though appreciative interpretation has been associated with literary studies and symptomatic analysis with cultural studies, either mode can go with either sort of cultural object. Close reading of non-literary writing does not imply aesthetic valuation of the object, any more than asking cultural questions of literary works implies that they are just documents of a period. In the next chapter I pursue further the problem of interpretation.

Chapter 4

Language, Meaning, and Interpretation

Is literature a special kind of language or is it a special use of language? Is it language organized in distinctive ways or is it language granted special privileges? I argued in Chapter 2 that it won't work to choose one option or the other: literature involves *both* properties of language *and* a special kind of attention to language. As this debate indicates, questions about the nature and the roles of language and how to analyse it have been central to theory. Some of the major issues can be focused through the problem of meaning. What is involved in thinking about meaning?

Meaning in literature

Take the lines which we earlier treated as literature, a two-line poem by Robert Frost:

> THE SECRET SITS
> We dance round in a ring and suppose,
> But the Secret sits in the middle and knows.

What is 'meaning' here? Well, there's a difference between asking about the meaning of a text (the poem as a whole) and the meaning of a word. We can say that *dance* means 'to perform a succession of rhythmic and patterned movements', but what does this text mean? It suggests, you might say, the futility of human doings: we go round and around; we can only suppose. More than that, with its rhyme and its air of knowing what it is doing, this text engages the reader in a process of puzzling over dancing and supposing. That effect, the process the text can provoke, is part of its meaning. So, we have the meaning of a word and the meaning or provocations of a text; then, in between, there's what we might call the meaning of an utterance: the meaning of the act of uttering these words in particular circumstances. What *act* is this utterance performing: is it *warning* or *admitting*, *lamenting* or *boasting* for example? Who is *we* here and what does 'dancing' mean in this utterance?

We can't just ask about 'meaning', then. There are at least three different dimensions or levels of meaning: the meaning of a word, of an utterance, and of a text. Possible meanings of words contribute to the meaning of an utterance, which is an act by a speaker. (And the meanings of words, in turn, come from the things they might do in utterances.) Finally, the text, which here represents an unknown speaker making this enigmatical utterance, is something an author has constructed, and its meaning is not a proposition but what it *does*, its potential to affect readers.

We have different kinds of meaning, but one thing we can say in general is that meaning is based on difference. We don't know who 'we' refers to in this text; only that it is 'we' as opposed to 'I' alone, and to 'he', 'she', 'it', 'you', and 'they'. 'We' is some indefinite plural group that includes whatever speaker we think is involved. Is the reader included in 'we' or not? Is 'we' everyone except the Secret, or is it a special group? Such questions, which have no easy answers, come up in any attempt to interpret the poem. What we have are contrasts, differences.

Much the same could be said of 'dance' and 'suppose'. What *dance* means here depends on what we contrast it with ('dancing around' as opposed to 'proceeding directly' or as opposed to 'remaining still'); and 'suppose' is opposed to 'know'. Thinking about the meaning of this poem is a matter of working with oppositions or differences, giving them content, extrapolating from them.

Saussure's theory of language

A language is a *system* of differences. So declares Ferdinand de Saussure, a Swiss linguist of the early twentieth century whose work has been crucial to contemporary theory. What makes each element of a language what it is, what gives it its identity, are the contrasts between it and other elements within the system of the language. Saussure offers an analogy: a train – say the 8.30 a.m. London-to-Oxford express – depends for its identity on the system of trains, as described in the railway timetable. So the 8.30 London-to-Oxford express is distinguished from the 9.30 London-to-Cambridge express and the 8.45 Oxford local. What counts are not any of the physical features of a particular train: the engine, the carriages, the exact route, the personnel, and so on may all vary, as may the times of departure and arrival; the train may leave and arrive late. What gives the train its identity is its place in the system of trains: it is this train, *as opposed to* the others. As Saussure says of the linguistic sign, 'Its most precise characteristic is to be what the others are not.' Similarly, the letter *b* may be written in any number of different ways (think of different people's handwriting), so long as it is not confused with other letters, such as *l, k,* and *d*. What is crucial is not any particular form or content, but differences, which enable it to signify.

For Saussure, a language is a system of signs and the key fact is what he calls the arbitrary nature of the linguistic sign. This means two things. First, the sign (for instance, a word) is a combination of a form (the 'signifier') and a meaning (the 'signified'), and the relation between form and meaning is based on convention, not natural resemblance. What I am sitting on is called a *chair* but could perfectly well have been called something else – *wab* or *punce*. It's a convention or rule of English that it is the one rather than the other; in other languages it would have quite different names. The cases we think of as exceptions are 'onomatopoeic' words, where the sound seems to imitate what it represents, like *bow-wow*, or *buzz*. But these differ from one language to another: in French dogs say 'oua-oua' and *buzz* is *bourdonner*.

Even more important, for Saussure and recent theory, is the second aspect of the arbitrary nature of the sign: both the signifier (form) and the signified (meaning) are themselves conventional divisions of the plane of sound and the plane of thought respectively. Languages divide up the plane of sound and the plane of thought differently. English distinguishes *chair, cheer*, and *char* on the plane of sound, as separate signs with different meanings, but it need not do so – these could be variant pronunciations of a single sign. On the plane of meaning, English distinguishes 'chair' from 'stool' (a chair without a back) but allows the signified or concept 'chair' to include seats with and without arms, and both hard seats and soft luxurious seats – two differences that could perfectly well involve distinct concepts.

A language, Saussure insists, is not a 'nomenclature' that provides its own names for categories that exist outside language. This is a point with crucial ramifications for recent theory. We tend to assume that we have the words *dog* and *chair* in order to name dogs and chairs, which exist outside any language. But, Saussure argues, if words stood for pre-existing concepts, they would have exact equivalents in meaning from one language to the next, which is not at all the case. Each language is a system of concepts as well as forms: a system of conventional signs that organizes the world.

Language and thought

How language relates to thought has been a major issue for recent theory. At one extreme is the common-sense view that language just provides names for thoughts that exist independently; language offers ways of expressing pre-existing thoughts. At the other extreme is the 'Sapir-Whorf hypothesis', named after two linguists who claimed that the language we speak determines what we can think. For instance, Whorf argued that the Hopi Indians have a conception of time that can't be grasped in English (and so can't be explained here!). There seems no way of demonstrating that there are thoughts of one language that can't be thought or expressed in another, but we do have massive evidence that one language makes 'natural' or 'normal' thoughts that require a special effort in another.

The linguistic code is a theory of the world. Different languages divide up the world differently. Speakers of English have 'pets' – a category to which nothing in French corresponds, though the French possess inordinate numbers of dogs and cats. English compels us to learn the sex of an infant so as to use the correct pronoun to talk about him or her (you can't call a baby 'it'); our language thus implies that the sex is crucial (whence, no doubt, the popularity of pink or blue garments, to signal the right answer to speakers). But this linguistic marking of sex is in no way inevitable; all languages don't make sex the crucial feature of newborns. Grammatical structures, too, are conventions of a language, not natural or inevitable. When we look up in the sky and see a movement of wings, our language could perfectly well have us say something like 'It's winging' (as we say, 'It's raining'), rather than 'Birds are flying.' A famous poem by Paul Verlaine plays on this structure: 'Il pleure dans mon coeur | Comme il pleut sur la ville' (It cries in my heart, as it rains on the town). We say 'it's raining in town'; why not 'it's crying in my heart'?

Language is not a 'nomenclature' that provides labels for pre-existing categories; it generates its own categories. But speakers and readers can be brought to see through and around the settings of their language, so as to see a different reality. Works of literature explore the settings or categories of habitual ways of thinking and frequently attempt to bend or reshape them, showing us how to think something that our language had not previously anticipated, forcing us to attend to the categories through which we unthinkingly view the world. Language is thus both the concrete manifestation of ideology – the categories in which speakers are authorized to think – and the site of its questioning or undoing.

Linguistic analysis

Saussure distinguishes the system of a language (la *langue*) from particular instances of speech and writing (*parole*). The task of linguistics is to reconstruct the underlying system (or grammar) of a language that makes possible the speech events or *parole*. This involves a further distinction between *synchronic* study of a language (focusing on a language as a system at a particular time, present or past) and *diachronic* study, which looks at the historical changes to particular elements of the language. To understand a language as a functioning system is to look at it synchronically, trying to spell out the rules and conventions of the system that make possible the forms and meanings of the language. The most influential linguist of our day, Noam Chomsky, the founder of what is called transformational-generative grammar, goes further, arguing that the task of linguistics is to reconstruct the 'linguistic competence' of native speakers: the implicit knowledge or ability speakers acquire and which enables them to speak and to understand even sentences they have never before encountered.

So linguistics *starts* from facts about the form and meaning utterances have for speakers and tries to account for them. How is it that the following two sentences with similar forms – *John is eager to please* and *John is easy to please* – have rather different meanings for speakers of English? Speakers know that in the first John wants to please and that in the second others do the pleasing. A linguist does not try to discover the 'true meaning' of these sentences, as if people had been wrong all along and deep down the sentences mean something else. The task of linguistics is to describe the structures of English (here, by positing an underlying level of grammatical structure) so as to account for attested differences in meaning between these sentences.

Poetics versus hermeneutics

Here there is a basic distinction, too often neglected in literary studies, between two kinds of projects: one, modelled on linguistics, takes meanings as what have to be accounted for and tries to work out how they are possible. The other, by contrast, starts with forms and seeks to interpret them, to tell us what they really mean. In literary studies, this is a contrast between *poetics* and *hermeneutics*. Poetics starts with attested meanings or effects and asks how they are achieved. (What makes this passage in a novel seem ironic? What makes us sympathize with this particular character? Why is the ending of this poem ambiguous?) Hermeneutics, on the other hand, starts with texts and asks what they mean, seeking to discover new and better interpretations. Hermeneutic models come from the fields of law and religion, where people seek to interpret an authoritative legal or sacred text in order to decide how to act.

The linguistic model suggests that literary study should take the first track, of poetics, trying to understand how works achieve the effects they do, but the modern tradition of criticism has overwhelmingly taken the second, making the interpretation of individual works the payoff of literary study. In fact, works of literary criticism often combine poetics and hermeneutics, asking how a particular effect is achieved or why an ending seems right (both matters of poetics), but also asking what a particular line means and what a poem tells us about the human condition (hermeneutics). But the two projects are in principle quite distinct, with different goals and different kinds of evidence. Taking meanings or effects as the point of departure (poetics) is fundamentally different from seeking to discover meaning (hermeneutics).

If literary studies took linguistics as a model, its task would be to describe the 'literary competence' that readers of literature acquire. A poetics describing literary competence would focus on the conventions that make possible literary structure and meaning: what are the codes or systems of convention that enable readers to identify literary genres, recognize plots, create 'characters' out of the scattered details provided in the text, identify themes in literary works, and pursue the kind of symbolic interpretation that allows us to gauge the significance of poems and stories?

This analogy between poetics and linguistics may seem misleading, for we don't know the meaning of a literary work as we know the meaning of *John is eager to please* and therefore can't take meaning as a given but have to seek it. This is certainly one reason why literary studies in modern times have favoured hermeneutics over poetics (the other reason is that people generally study literary works not because they are interested in the functioning of literature but because they think these works have important things to tell them and want to know what they are). But poetics does not require that we know the meaning of a work; its task is to account for whatever effects we can attest to – for example, that one ending is more successful than another, that this combination of images in a poem makes sense while another does not. Moreover, a crucial part of poetics is an account of how readers do go about interpreting literary works – what are the conventions that enable them to make sense of works as they do. For instance, what I called in Chapter 2 the 'hyper-protected cooperative principle' is a basic convention that makes possible the interpretation of literature: the assumption that difficulties, apparent nonsense, digressions, and irrelevancies have a relevant function at some level.

Readers and meaning

The idea of literary competence focuses attention on the implicit knowledge that readers (and writers) bring to their encounters with texts: what sort of procedures do readers follow in responding to works as they do? What sort of assumptions must be in place to account for their reactions and interpretations? Thinking about readers and the way they make sense of literature has led to what has been called 'reader-response criticism', which claims that the meaning of the text is the experience of the reader (an experience that includes hesitations, conjectures, and self-corrections). If a literary work is conceived as a succession of actions upon the understanding of a reader, then an interpretation of the work can be a story of that encounter, with its ups and downs: various conventions or expectations are brought into play, connections are posited, and expectations defeated or confirmed. To interpret a work is to tell a story of reading.

But the story one can tell about a given work depends upon what theorists have called the reader's 'horizon of expectations'. A work is interpreted as answering questions posed by this horizon of expectations, and a reader of the 1990s approaches *Hamlet* with expectations different from those of a contemporary of Shakespeare's. A whole range of factors can affect readers' horizons of expectations. Feminist criticism has debated what difference it makes, what difference it should make, if the reader is a woman. How, Elaine Showalter asks, does 'the hypothesis of a female reader change our apprehension of a given text, awakening us to the significance of its sexual codes?' Literary texts and the traditions of their interpretation seem to have presumed a male reader and induced women readers to read as a man, from a male point of view. Similarly, film theorists have hypothesized that what they call the cinematic gaze (the view from the position of the camera) is essentially male: women are positioned as the object of the cinematic gaze rather than as the observer. In literary studies feminist critics have studied the various strategies by which works make a male perspective the normative one and have debated how the study of such structures and effects should change ways of reading – for men as well as women.

Interpretation

Focus on historical and social variations in ways of reading emphasizes that interpreting is a social practice. Readers interpret informally when they talk to friends about books or films; they interpret to themselves as they read. For the more formal interpretation that takes place in classrooms, there are different protocols. For any element of a work, you can ask what it does, how it relates to other elements, but interpretation may ultimately involve playing the 'about' game: 'so, what is this work really about?' This question is not prompted by the obscurity of a text; it is even more appropriate for simple texts than for wickedly complex ones. In this game the answer must meet certain conditions: it cannot be obvious, for instance; it must be speculative. To say ' *Hamlet* is about a prince in Denmark' is to refuse to play the game. But '*Hamlet* is about the breakdown of the Elizabethan world order,' or ' *Hamlet* is about men's fear of feminine sexuality,' or '*Hamlet* is about the unreliability of signs' count as possible answers. What are commonly seen as 'schools' of literary criticism or theoretical 'approaches' to literature are, from the point of view of hermeneutics, dispositions to give particular kinds of answers to the question of what a work is ultimately 'about': 'the class struggle' (Marxism), 'the possibility of unifying experience' (the New Criticism), 'Oedipal conflict' (psychoanalysis), 'the containment of subversive energies' (new historicism), 'the asymmetry of gender relations' (feminism), 'the self-deconstructive nature of the text' (deconstruction), 'the occlusion of imperialism' (post-colonial theory), 'the heterosexual matrix' (gay and lesbian studies).

The theoretical discourses named in parentheses are not primarily modes of interpretation: they are accounts of what they take to be particularly important to culture and society. Many of these theories include accounts of the functioning of literature or of discourse generally, and so partake of the project of poetics; but as versions of hermeneutics they give rise to particular types of interpretation in which texts are mapped into a target language. What is important in the game of interpretation is not the answer you come up with – as my parodies show, some versions of the answer become, by definition, predictable. What's important is how you get there, what you do with the details of the text in relating them to your answer.

But how do we choose between interpretations? As my examples may suggest, at one level there is no need to decide whether *Hamlet* is 'ultimately about', say, Renaissance politics, men's relations to their mothers, or the unreliability of signs. The liveliness of the institution of literary study depends on the twin facts that (1) such arguments are never settled, and (2) arguments have to be made about how particular scenes or combinations of lines support any particular hypothesis. You can't make a work mean just anything: it resists, and you have to labour to convince others of the pertinence of your reading. For the conduct of such arguments, a key question is what determines meaning. We return to this central issue.

Meaning, intention, and context

What determines meaning? Sometimes we say that the meaning of an utterance is what someone means by it, as though the intention of a speaker determined meaning. Sometimes we say meaning is in the text – you may have intended to say *x*, but what you said actually means *y* – as if meaning were the product of the language itself. Sometimes we say context is what determines meaning: to know what this particular utterance means, you have to look at the circumstances or the historical context in which it figures. Some critics claim, as I have mentioned, that the meaning of a text is the experience of the reader. Intention, text, context, reader – what determines meaning?

Now the very fact that arguments are made for all four factors shows that meaning is complex and elusive, not something once and for all determined by any one of these factors. A long-standing argument in literary theory concerns the role of intention in the determination of literary meaning. A famous article called 'The Intentional Fallacy' argues that for literary works arguments about interpretation are not settled by consulting the oracle (the author). The meaning of a work is not what the writer had in mind at some moment during composition of the work, or what the writer thinks the work means after it is finished, but, rather, what he or she succeeded in embodying in the work. If in ordinary conversation we often treat the meaning of an utterance as what the utterer intends, it is because we are more interested in what the speaker is thinking at that moment than in his or her words, but literary works are valued for the particular structures of words that they have put into circulation. Restricting the meaning of a work to what an author might have intended remains a possible critical strategy, but usually these days such meaning is tied not to an inner intention but to analysis of the author's personal or historical circumstances: what sort of act was this author performing, given the situation of the moment? This strategy denigrates later responses to the work, suggesting that the work answers the concerns of its moment of creation and only accidentally the concerns of subsequent readers.

Critics who defend the notion that intention determines meaning seem to fear that if we deny this, we place readers above authors and decree that 'anything goes' in interpretation. But if you come up with an interpretation, you have to persuade others of its pertinence, or else it will be dismissed. No one claims that 'anything goes'. As for authors, isn't it better to honour them for the power of their creations to stimulate endless thought and give rise to a variety of readings than for what we imagine to be a work's original meaning? None of this is to say that authors' statements about a work have no interest: for many critical projects they are especially valuable, as texts to juxtapose with the text of the work. They may be crucial, for example, in analysing the thought of an author or discussing the ways in which a work might have complicated or subverted an announced view or intention.

The meaning of a work is not what the author had in mind at some point, nor is it simply a property of the text or the experience of a reader. Meaning is an inescapable notion because it is not something simple or simply determined. It is simultaneously an experience of a subject and a property of a text. It is both what we understand and what *in* the text we *try* to understand. Arguments about meaning are always possible, and in that sense meaning is undecided, always to be decided, subject to decisions which are never irrevocable. If we must adopt some overall principle or formula, we might say that meaning is determined by context, since context includes rules of language, the situation of the author and the reader, and anything else that might conceivably be relevant. But if we say that meaning is context-bound, then we must add that context is boundless: there is no determining in advance what might count as relevant, what enlarging of context might be able to shift what we regard as the meaning of a text. Meaning is context-bound, but context is boundless.

Major shifts in the interpretation of literature brought about by theoretical discourses might, in fact, be thought of as the result of the widening or redescription of context. For example, Toni Morrison argues that American literature has been deeply marked by the often unacknowledged historical presence of slavery, and that this literature's engagements with freedom – the freedom of the frontier, of the open road, of the unfettered imagination – should be read in the context of enslavement, from which they take significance. And Edward Said has suggested that Jane Austen's novels should be interpreted against a background which is excluded from them: the exploitation of the colonies of the Empire which provides the wealth to support a decorous life at home in Britain. Meaning is context-bound, but context is boundless, always open to mutations under the pressure of theoretical discussions.

Accounts of hermeneutics frequently distinguish a *hermeneutics of recovery*, which seeks to reconstruct the original context of production (the circumstances and intentions of the author and the meanings a text might have had for its original readers), from a *hermeneutics of suspicion*, which seeks to expose the unexamined assumptions on which a text may rely (political, sexual, philosophical, linguistic). The first may celebrate the text and its author as it seeks to make an original message accessible to readers today, while the second is often said to deny the authority of the text. But these associations are not fixed and can well be reversed: a hermeneutics of recovery, in restricting the text to some supposedly original meaning remote from our concerns, may reduce its power, while a hermeneutics of suspicion may value the text for the way in which, unbeknownst to its author, it engages and helps us to rethink issues of moment today (perhaps subverting assumptions of its author in the process). More pertinent than this distinction may be a distinction between (1) interpretation which takes the text, in its functioning, to have something valuable to say (this might be either reconstructive or suspicious hermeneutics) and (2) 'symptomatic' interpretation which treats the text as the symptom of something non-textual, something supposedly 'deeper', which is the real source of interest, be it the psychic life of the author or the social tensions of an era or the homophobia of bourgeois society. Symptomatic interpretation neglects the specificity of the object – it is a sign of something else – and so is not very satisfying as a mode of interpretation, but when it focuses on the cultural practice of which the work is an instance, it can be useful to an account of that practice. Interpreting a poem as a symptom or instance of features of the lyric, for example, might be unsatisfactory hermeneutics but a useful contribution to poetics. To this I now turn.

Chapter 5
Rhetoric, Poetics, and Poetry

Poetics I have defined as the attempt to account for literary effects by describing the conventions and reading operations that make them possible. It is closely allied to *rhetoric*, which since classical times has been the study of the persuasive and expressive resources of language: the techniques of language and thought that can be used to construct effective discourses. Aristotle separated rhetoric from poetics, treating rhetoric as the art of persuasion and poetics as the art of imitation or representation. Medieval and Renaissance traditions, though, assimilated the two: rhetoric became the art of eloquence, and poetry (since it seeks to teach, to delight, and to move) was a superior instance of this art. In the nineteenth century, rhetoric came to be seen as artifice divorced from the genuine activities of thought or of poetic imagination and fell into disfavour. In the late twentieth century rhetoric has been revived as the study of the structuring powers of discourse.

Poetry is related to rhetoric: poetry is language that makes abundant use of figures of speech and language that aims to be powerfully persuasive. And, ever since Plato excluded poets from his ideal republic, when poetry has been attacked or denigrated, it has been as deceptive or frivolous rhetoric that misleads citizens and calls up extravagant desires. Aristotle asserted the value of poetry by focusing on imitation (mimesis) rather than rhetoric. He argued that poetry provides a safe outlet for the release of intense emotions. And he claimed that poetry models the valuable experience of passing from ignorance to knowledge. (Thus, in the key moment of 'recognition' in tragic drama, the hero realizes his error and spectators realize that 'there but for the grace of God go I'.) Poetics, as an account of the resources and strategies of literature, is not reducible to an account of rhetorical figures, but poetics could be seen as part of an expanded rhetoric that studies the resources for linguistic acts of all kinds.

Rhetorical figures

Literary theory has been much concerned with rhetoric, and theorists debate the nature and function of rhetorical figures. A rhetorical figure has generally been defined as an alteration of or swerve from 'ordinary' usage; for instance, 'My love is a rose' uses *rose* to mean not the flower but something beautiful and precious (this is the figure of metaphor). Or 'The Secret Sits' makes the secret an agent capable of sitting (personification). Rhetoricians formerly attempted to distinguish specific 'tropes' which 'turn' or alter the meaning of a word (as in metaphor) from more miscellaneous 'figures' of indirection which arrange words to achieve special effects. Some figures are: alliteration (the repetition of a consonant); apostrophe (addressing something that is not a regular listener, as in 'Be still, my heart!'); and assonance (the repetition of a vowel sound).

Recent theory rarely distinguishes *figure* from *trope* and has even questioned the notion of an 'ordinary' or 'literal' meaning from which figures or tropes swerve. For example, is the term *metaphor* itself literal or figurative? Jacques Derrida, in 'White Mythology', shows how theoretical accounts of metaphor seem inevitably to rely on metaphors. Some theorists have even embraced the paradoxical conclusion that language is fundamentally figurative and that what we call literal language consists of figures whose figurative nature has been forgotten.

When we talk of 'grasping' a 'hard problem', for instance, these two expressions become literal through the forgetting of their possible figurality.

From this perspective, it's not that there is no distinction between literal and figurative but rather that tropes and figures are fundamental structures of language, not exceptions and distortions. Traditionally, the most important figure has been metaphor. A metaphor treats something *as* something else (calling George a donkey or my love a red, red rose). Metaphor is thus a version of a basic way of knowing: we know something by seeing it *as* something. Theorists speak of 'metaphors we live by', basic metaphorical schemes, like 'life is a journey'. Such schemes structure our ways of thinking about the world: we try to 'get somewhere' in life, 'find our way', 'know where we're going', 'encounter obstacles', and so on.

Metaphor has been treated as basic to language and the imagination because it is cognitively respectable, not inherently frivolous or ornamental. Its literary force, though, may depend on its incongruity. Wordsworth's phrase 'the child is father to the man' stops you, makes you think, and then lets you see the relationship of generations in a new light: the child's relationship to the man he later becomes is compared to a father's relation to his child. Because a metaphor can carry an elaborate proposition, even a theory, it is the rhetorical figure most easily justified.

But theorists have also stressed the importance of other figures. For Roman Jakobson, metaphor and metonymy are the two fundamental structures of language: if metaphor links by means of similarity, metonymy links by means of contiguity. Metonymy moves from one thing to another that is contiguous with it, as when we say 'the Crown' for 'the Queen'. Metonymy produces order by linking things in spatial and temporal series, moving from one thing to another within a given domain, rather than linking one domain to another, as metaphor can do. Other theorists add *synecdoche* and *irony* to complete a list of 'four master tropes'. Synecdoche is the substitution of part for whole: 'ten hands' for 'ten workers'. It infers qualities of the whole from those of a part and allows parts to represent wholes. Irony juxtaposes appearance and reality; what happens is the opposite of what is expected (what if it rains on the weather forecaster's picnic?). These four master tropes – metaphor, metonymy, synecdoche, irony – are used by the historian Hayden White to analyse historical explanation or 'emplotment' as he calls it: they are the basic rhetorical structures by which we make sense of experience. The fundamental idea of rhetoric as a discipline, which comes out well in this fourfold example, is that there are basic structures of language which underlie and make possible the meanings produced in a wide variety of discourses.

Genres

Literature depends on rhetorical figures but also on larger structures, particularly literary genres. What are genres and what is their role? Are terms like *epic* and *novel* simply convenient ways of classifying works on the basis of gross resemblances or do they have functions for readers and writers?

For readers, genres are sets of conventions and expectations: knowing whether we are reading a detective story or a romance, a lyric poem or a tragedy, we are on the lookout for different things and make assumptions about what will be significant. Reading a detective story, we look for clues in a way we don't when reading a tragedy. What would be a striking figure in a lyric – 'the Secret sits in the middle' – might be a minor circumstantial detail in a ghost story or work of science fiction, where secrets might have acquired bodies.

Historically, many theorists of genre have followed the Greeks, who divided works among three broad classes according to who speaks: *poetic* or *lyric*, where the narrator speaks in the first person, *epic* or *narrative*, where the narrator speaks in his own voice but allows characters to speak in theirs, and *drama*, where the characters do all the talking. Another way of making this distinction is to focus on the relation of speaker to audience. In epic, there is oral recitation: a poet directly confronting the listening audience. In drama, the author is concealed from the audience and the characters on stage talk. In lyric – the most complicated case – the poet, in singing or chanting, turns his back on his listeners, so to speak, and 'pretends to be talking to himself or to someone else: a spirit of Nature, a Muse, a personal friend, a lover, a god, a personified abstraction, or a natural object'. To these three elementary genres we can add the modern genre of the novel, which addresses the reader through a book – a topic we'll take up in Chapter 6.

Epic and tragic drama were in ancient times and in the Renaissance the crowning achievements of literature, the highest accomplishments of any aspiring poet. The invention of the novel brought a new competitor onto the literary scene, but between the late eighteenth century and the mid-twentieth century, the lyric, a short non-narrative poem, came to be identified with the essence of literature. Once seen primarily as a mode of elevated expression, the elegant formulation of cultural values and attitudes, lyric poetry later came to be seen as the expression of powerful feeling, dealing at once with everyday life and transcendent values, giving concrete expression to the most inward feelings of the individual subject. This idea still holds sway. Contemporary theorists, though, have come to treat lyric less as expression of the poet's feelings and more as associative and imaginative work *on* language – an experimenting with linguistic connections and formulations that makes poetry a disruption of culture rather than the main repository of its values.

Poetry as word and act

Literary theory that is focused on poetry debates, among other things, the relative importance of different ways of viewing poems: a poem is both a structure made of words (a text) and an event (an act of the poet, an experience of the reader, an event in literary history). For the poem conceived as verbal construction, a major question is the relation between meaning and the non-semantic features of language, such as sound and rhythm. How do the non-semantic features of language work? What effects, conscious and unconscious, do they have? What sorts of interaction between semantic and non-semantic features can be expected?

For the poem as act, a key question has been the relation between the act of the author who writes the poem and that of the speaker or 'voice' that speaks there. This is a complicated matter. The author does not speak the poem; to write it, the author imagines him or herself or another voice speaking it. To read a poem – for instance, 'The Secret Sits' – is to say the words, 'We dance round in a ring and suppose . . .' The poem seems to be an utterance, but it is the utterance of a voice of indeterminate status. To read its words is to put yourself in the position of saying them or else to imagine another voice saying them – the voice, we often say, of a narrator or speaker constructed by the author. Thus we have, on the one hand, the historical individual, Robert Frost, and on the other, the voice of this particular utterance. Intermediary between those two figures is another figure: the image of poetic voice that emerges from the study of a range of poems by a single poet (in Frost's case, perhaps, that of a crusty, down-to-earth but reflective observer of rural life). The importance of these different figures varies from one poet to another and from one sort of critical study to another. But in thinking about lyric, it is crucial to *begin* with a distinction between the voice that speaks and the poet who made the poem, thus creating this figure of voice.

Lyric poetry, according to a well-known saying by John Stuart Mill, is utterance overheard. Now when we overhear an utterance that engages our attention, what we characteristically do is imagine or reconstruct a speaker and a context: identifying a tone of voice, we infer the posture, situations, concerns, and attitudes of a speaker (sometimes coinciding with what we know of the author, but often not). This has been the dominant approach to the lyric in the twentieth century, and a succinct justification might be that literary works are fictional imitations of 'real world' utterances. Lyrics, then, are fictional imitations of personal utterance. It is as if each poem began with the invisible words, '[For example, I or someone could say] My love is like a red, red rose,' or '[For example, I or someone could say] We dance round in a ring and suppose . . .' Interpreting the poem, then, is a matter of working out, from indications of the text and from our general knowledge about speakers and common situations, the nature of the speaker's attitudes. What might lead someone to speak thus? The dominant mode of appreciation of poetry in schools and universities has been to focus on the complexities of the speaker's attitude, on the poem as the dramatization of thoughts and feelings of a speaker whom one reconstructs.

This is a productive approach to the lyric, for many poems do present a speaker who is performing recognizable speech acts: meditating on the significance of an experience, chiding a friend or lover, expressing admiration or devotion, for example. But if we turn to the beginnings of some of the most famous lyrics, such as Shelley's 'Ode to the West Wind' or Blake's 'The Tiger', difficulties arise: 'O wild West Wind, thou breath of Autumn's being!' or 'Tiger, Tiger, burning bright | In the forests of the night'. It is hard to imagine what sort of situation would lead someone to speak in this way or what non-poetic act they would be performing. The answer we are likely to come up with is that these speakers are getting carried away and waxing poetical, extravagantly posturing. If we try to understand these poems as fictional imitations of ordinary speech acts, the act seems to be that of imitating poetry itself.

The extravagance of lyric

What such examples suggest is the extravagance of lyric. Not only do lyric poems seem willing to address almost anything in preference to an actual audience (the wind, a tiger, my soul); they do so in hyperbolic accents. Exaggeration is the name of the game here: the tiger is not just orange but 'burning'; the wind is the very 'breath of Autumn's being' and, later in the poem, saviour and destroyer. Even sardonic poems are based on hyperbolic condensations, as when Frost reduces human activity to dancing round in a ring and treats the many forms of knowledge as 'supposing'.

We touch here on a major theoretical issue, a paradox that seems to lie at the core of lyric poetry. The extravagance of poetry includes its aspiration to what theorists since classical times have called the 'sublime': a relation to what exceeds human capabilities of understanding, provokes awe or passionate intensity, gives the speaker a sense of something beyond the human. But this transcendent aspiration is linked to rhetorical figures such as *apostrophe*, the trope of addressing what is not an actual listener, *personification*, the attribution of human qualities to what is not human, and *prosopopoeia*, the granting of speech to inanimate objects. How can the highest aspirations of verse be linked to such rhetorical devices?

When lyrics swerve from or play upon the circuit of communication to address what is not really a listener – a wind, a tiger, or the heart – this is sometimes said to signify strong feeling that leads the speaker to burst out in speech. But the emotional intensity attaches especially to the act of address or invocation itself, which frequently wills a state of affairs and attempts to call it into being by asking inanimate objects to bend themselves to the speaker's desire. 'O lift me as a wave, a leaf, a cloud,' Shelley's speaker urges the West Wind. The hyperbolic demand that the universe hear you and act accordingly is a move by which speakers constitute themselves as sublime poets or as visionary: someone who can address Nature and to whom it might respond. The 'O' of invocation is a figure of poetic vocation, a move by which the speaking voice claims to be not a mere speaker of verse but an embodiment of poetic tradition and of the spirit of poetry. Calling winds to blow or calling for the unborn to hear your cries is an act of poetic ritual. It is ritualistic, in that the winds do not come and the unborn do not hear. Voice calls in order to be calling. It calls in order to dramatize voice: to summon images of its power so as to establish its identity as poetic and prophetic voice. The impossible, hyperbolic imperatives of apostrophes evoke poetic events, things that will be accomplished, if they are accomplished at all, in the event of the poem.

Narrative poems recount an event; lyrics, we might say, strive to be an event. But there is no guarantee that the poem will work, and apostrophe – as my brief quotations indicate – is what is most blatantly, most embarrassingly 'poetical', most mystificatory and vulnerable to dismissal as hyperbolic nonsense. 'Lift me as a wave, a leaf, a cloud!' Sure. Pull the other one. To be a poet is to strive to bring this sort of thing off, to wager that it won't be dismissed as a lot of nonsense.

A major problem for the theory of poetry, as I've said, is the relation between the poem as a structure made of words and the poem as event. Apostrophes both attempt to make something happen and expose that happening as based on verbal devices – as on the empty 'O' of apostrophic address: 'O wild West Wind!'

To stress apostrophe, personification, prosopopoeia, and hyperbole is to join the theorists who through the ages have emphasized what *distinguishes* the lyric from other speech acts, what makes it the most literary of forms. The lyric, Northrop Frye writes, 'is the genre that most clearly shows the hypothetical core of literature, narrative and meaning in their literal aspects as word-order and word-pattern'. That is, lyric shows us meaning or story emerging from verbal patterning. You repeat words that echo in a rhythmical structure and see if story or sense won't emerge.

Rhythmic words

Frye, whose *Anatomy of Criticism* is an invaluable compendium of thinking about lyric and other genres, calls the basic constituents of lyric *babble* and *doodle*, whose roots are *charm* and *riddle*. Poems babble, foregrounding non-semantic features of language – sound, rhythm, repetition of letters – to produce charm or incantation:

> This darksome burn, horseback brown,
> His rollrock highroad roaring down . . .

Poems doodle or riddle us, in their wayward indirection, their puzzling formulations: what is a 'rollrock highroad'? What of 'the Secret that sits in the middle and knows'?

Such features are very prominent in nursery rhymes and ballads, where frequently pleasure lies in rhythm, incantation, and strangeness of image:

> Pease porridge hot,
> Pease porridge cold,
> Pease porridge in the pot,
> Nine days old.

The rhythmical pattern and the rhyme scheme flaunt the organization of this piece of language and can both provoke special interpretive attention (as when rhyme raises the question of relation of the rhyme words) and suspend enquiry: poetry has its own order which gives pleasure, so there's no need to ask about meaning; the rhythmical organization lets language get under the guard of intelligence and lodge itself in mechanical memory. We remember 'Pease porridge hot' without bothering to enquire what pease porridge might be, and even if we find out we are likely to forget that before we forget 'Pease porridge hot'.

The foregrounding and making strange of language through metrical organization and repetition of sounds is the basis of poetry. Theories of poetry then posit relations between different types of organization of language – metrical, phonological, semantic, thematic – or, to put it most generally, between the semantic and non-semantic dimensions of language, between what the poem says and how it says it. The poem is a structure of signifiers that absorbs and reconstitutes the signifieds, in that its formal patterns have effects on its semantic structures, assimilating the meanings words have in other contexts and subjecting them to new organization, altering stress and focus, shifting literal meanings to figurative ones, bringing terms into alignment, according to patterns of parallelism. It is the scandal of poetry that 'contingent' features of sound and rhythm systematically infect and affect thought.

Interpreting poems

At this level, the lyric is based on a convention of unity and autonomy, as if there were a rule: don't treat the poem as we might a bit of conversation, a fragment that needs a larger context to explain it, but assume that it has a structure of its own. Try to read it as if it were an aesthetic whole. The tradition of poetics makes available various theoretical models. The Russian Formalists of the early twentieth century posit that one level of structure in a poem should mirror another; Romantic theorists and English and American New Critics draw an analogy between poems and natural organisms: all the parts of the poem should fit together harmoniously. Post-structuralist readings posit an ineluctable tension between what poems do and what they say, the impossibility for a poem, or perhaps any piece of language, to practise what it preaches.

Recent conceptions of poems as intertextual constructions stress that poems are energized by echoes of past poems – echoes which they may not master. Unity becomes less a property of poems than something interpreters seek, whether they look for harmonious fusion or unresolved tension. To do this, readers identify oppositions in the poem (as between 'us' and the Secret or between knowing and supposing) and see how other elements of the poem, particularly figurative expressions, align themselves with these oppositions.

Take Ezra Pound's famous two-line poem, 'In a Station of the Metro':

> The apparition of these faces in the crowd;
> Petals on a wet, black bough.

Interpreting this involves working with the contrast between crowds in the subway and the natural scene. The pairing of the two lines enforces the parallel between the faces in the darkness of the subway and the petals on the black bough of a tree. But what then? The interpretation of poems depends not just on the convention of unity but also on the convention of significance: the rule is that poems, however slight in appearance, are supposed to be about something important, and therefore concrete details should be taken to have general significance. They should be read as the sign or 'objective correlative', to use T. S. Eliot's term, for important feelings or intimations of significance.

To make the opposition in Pound's little poem significant, readers need to reflect on how the parallel might work. Is the poem *contrasting* the urban crowd scene in the metro with the peaceful natural scene of petals on a wet tree limb or is it *equating* them, noting a similarity? Both options are possible, but the latter seems to make possible a richer reading by prompting a step powerfully underwritten by the tradition of poetic interpretation. The perception of *resemblance* between faces in the crowd and petals on a bough – seeing faces in the crowd as petals on a bough – is an instance of the poetic imagination 'seeing the world anew', grasping unexpected relationships and, perhaps, appreciating what to other observers would be trivial or oppressive, finding profundity in formal appearance. This little poem thus can become a reflection on the power of poetic imagination to achieve the effects that the poem itself achieves. An example like this illustrates a basic convention of poetic interpretation: consider what this poem and its procedures say about poetry or the creation of meaning. Poems, in their deployment of rhetorical operations, may be read as explorations in poetics, just as novels, as we shall see next, are at some level reflections on the making intelligible of our experience of time and are thus explorations in narrative theory.

Chapter 6
Narrative

Once upon a time, *literature* meant above all poetry. The novel was a modern upstart, too close to biography or chronicle to be genuinely literary, a popular form that could not aspire to the high callings of lyric and epic poetry. But in the twentieth century the novel has eclipsed poetry, both as what writers write and what readers read and, since the 1960s, narrative has come to dominate literary education as well. People still study poetry – often, it is required – but novels and short stories have become the core of the curriculum.

This is not just a result of the preferences of a mass readership, who happily pick up stories but seldom read poems. Literary and cultural theory have increasingly claimed cultural centrality for narrative. Stories, the argument goes, are the main way we make sense of things, whether in thinking of our lives as a progression leading somewhere or in telling ourselves what is happening in the world. Scientific explanation makes sense of things by placing them under laws – whenever *a* and *b* obtains, *c* will occur – but life is generally not like that. It follows not a scientific logic of cause and effect but the logic of story, where to understand is to conceive of how one thing leads to another, how something might have come about: how Maggie ended up selling software in Singapore, how George's father came to give him a car.

We make sense of events through possible stories; philosophers of history, I mentioned in Chapter 2, have even argued that the historical explanation follows not the logic of scientific causality but the logic of story: to understand the French Revolution is to grasp a narrative showing how one event led to another. Narrative structures are pervasive: Frank Kermode notes that when we say a ticking clock goes 'tick-tock', we give the noise a fictional structure, differentiating between two physically identical sounds, to make *tick* a beginning and *tock* an end. 'The clock's *tick-tock* I take to be a model of what we call a plot, an organization that humanizes time by giving it form.'

The theory of narrative ('narratology') has been an active branch of literary theory, and literary study relies on theories of narrative structure: on notions of plot, of different kinds of narrators, of narrative techniques. The poetics of narrative, as we might call it, both attempts to understand the components of narrative and analyses how particular narratives achieve their effects.

But narrative is not just an academic subject. There is a basic human drive to hear and tell stories. Children very early develop what one might call a basic narrative competence: demanding stories, they know when you are trying to cheat by stopping before reaching the end. So the first question for the theory of narrative might be, what do we implicitly know about the basic shape of stories that enables us to distinguish between a story that ends 'properly' and one that doesn't, where things are left hanging? The theory of narrative might, then, be conceived as an attempt to spell out, to make explicit, this narrative competence, just as linguistics is an attempt to make explicit linguistic competence: what speakers of a language unconsciously know in knowing a language. Theory here can be conceived as a setting forth of an intuitive cultural knowledge or understanding.

Plot

What are the elemental requirements of a story? Aristotle says that plot is the most basic feature of narrative, that good stories must have a beginning, middle, and end, and that they give pleasure because of the rhythm of their ordering. But what creates the impression that a particular series of events has this shape? Theorists have proposed various accounts. Essentially, though, a plot requires a transformation. There must be an initial situation, a change involving some sort of reversal, and a resolution that marks the change as significant. Some theories emphasize types of parallelism that produce satisfactory plots, such as the move from one relationship between characters to its opposite, or from a fear or prediction to its realization or its inversion; from a problem to its solution, or from a false accusation or misrepresentation to its rectification. In each case we find the association of a development on the level of events with a transformation on the level of theme. A mere sequence of events does not make a story. There must be an end relating back to the beginning – according to some theorists, an end that indicates what has happened to the desire that led to the events the story narrates.

If narrative theory is an account of narrative competence, it must focus also on readers' ability to identify plots. Readers can tell that two works are versions of the same story; they can summarize plots and discuss the adequacy of a plot summary. It's not that they will always agree, but disagreements are likely to reveal considerable shared understanding. The theory of narrative postulates the existence of a level of structure – what we generally call 'plot' – independent of any particular language or representational medium. Unlike poetry, which gets lost in translation, plot can be preserved in translation from one language or one medium into another: a silent film or a comic strip can have the same plot as a short story.

We discover, though, that there are two ways of thinking about plot.

From one angle, plot is a way of shaping events to make them into a genuine story: writers and readers shape events into a plot in their attempts to make sense of things. From another angle, plot is what gets shaped by narratives, as they present the same 'story' in different ways. So a sequence of acts by three characters can be shaped (by writers and readers) into the elementary plot of heterosexual love, where a young man seeks to wed a young woman, their desire is resisted by paternal opposition, but some twist of events allows the young lovers to come together. This plot with three characters can be presented in narrative from the point of view of the suffering heroine, or the angry father, or the young man, or an external observer puzzled by these events, or an omniscient narrator who can describe each character's innermost feelings or who takes a knowing distance from these goings-on. From this angle, the plot or story is the given and the discourse is the varied presentations of it.

The three levels I have been discussing – events, plot (or story), and discourse – function as two oppositions: between events and plot, and between story and discourse.

events/plot
story/discourse

Plot or story is the material that is presented, ordered from a certain point of view by discourse (different versions of 'the same story'). But plot itself is already a shaping of events. A plot can make a wedding the happy ending of the story or the beginning of a story – or can make it a turn in the middle. What readers actually encounter, though, is the discourse of a text: the plot is something readers *infer* from the text, and the idea of elementary events out of which this plot was formed is also an inference or construction of the reader. If we talk about events that have been shaped into a plot, it is to highlight the meaningfulness and organization of the plot.

Presentation

The basic distinction of the theory of narrative, then, is between plot and presentation, story and discourse. (The terminology varies from one theorist to another.) Confronted with a text (a term that includes films and other representations), the reader makes sense of it by identifying the story and then seeing the text as one particular presentation of that story; by identifying 'what happens', we are able to think of the rest of the verbal material as the way of portraying what takes place. Then we can ask what type of presentation has been chosen and what difference that makes. There are many variables, and they are crucial to narratives' effects. Much narrative theory explores different ways of conceiving these variables. Here are some key questions that identify meaningful variation.

Who speaks? By convention every narrative is said to have a narrator, who may stand outside the story or be a character within it. Theorists distinguish 'first person narration', where a narrator says 'I', from what is somewhat confusingly called 'third person narration', where there is no 'I' – the narrator is not identified as a character in the story and all the characters are referred to in the third person, by name or as 'he' or 'she'. First person narrators may be the main *protagonists* of the story they tell; they may be *participants*, minor characters in the story; or they may be *observers* of the story, whose function is not to act but to describe things to us. First person observers may be fully developed as individuals with a name, history, and personality, or they may not be developed at all and quickly drop from sight as the narration gets under way, effacing themselves after introducing the story.

Who speaks to whom? The author creates a text which is read by readers. Readers infer from the text a narrator, a voice which speaks. The narrator addresses listeners who are sometimes implied or constructed, sometimes explicitly identified (especially in stories within stories, where one character becomes the narrator and tells the inner story to other characters). The narrator's audience is often called the *narratee*. Whether or not narratees are explicitly identified, the narrative implicitly constructs an audience by what its narration takes for granted and what it explains. A work from another time and place usually implies an audience that recognizes certain references and shares certain assumptions that a modern reader may not share. Feminist criticism has been especially interested in the way that European and American narratives frequently posit a male reader: the reader is implicitly addressed as one who shares a masculine view.

Who speaks when? Narration may be situated at the time at which events occur (as in Alain Robbe-Grillet's *Jealousy*, where narration takes the form, 'now *x* is happening, now *y* is happening, now *z* is happening'). Telling may immediately follow particular events, as in epistolary novels (novels in the form of letters), such as Samuel Richardson's *Pamela*, where each letter deals with what had happened up to that point. Or, as is most common, narration may occur after the final events in the narrative, as the narrator looks back on the entire sequence.

Who speaks what language? Narrative voices may have their own distinctive language, in which they recount everything in the story, or they may adopt and report the language of others. A narrative that sees things through the consciousness of a child may either use adult language to report the child's perceptions or slip into a child's language. The Russian theorist Mikhail Bakhtin describes the novel as fundamentally polyphonic (multi-voiced) or dialogic rather than monological (single-voiced): the essence of the novel is its staging of different voices or discourses and, thus, of the clash of social perspectives and points of view.

Who speaks with what authority? To tell a story is to claim a certain authority, which listeners grant. When the narrator of Jane Austen's *Emma* begins, 'Emma Woodhouse, handsome, clever, and rich, with a comfortable home and happy disposition, . . .' we don't sceptically wonder whether she really was handsome and clever. We accept this statement until we are given reason to think otherwise. Narrators are sometimes termed *unreliable* when they provide enough information about situations and clues about their own biases to make us doubt their interpretations of events, or when we find reasons to doubt that the narrator shares the same values as the author. Theorists speak of *self-conscious narration* when narrators discuss the fact that they are telling a story, hesitate about how to tell it, or even flaunt the fact that they can determine how the story will turn out. Self-conscious narration highlights the problem of narrative authority.

Focalization

Who sees? Discussions of narrative frequently speak of the 'point of view from which a story is told', but this use of *point of view* confuses two separate questions: who speaks? and whose vision is presented? Henry James's novel *What Maisie Knew* employs a narrator who is not a child but it presents the story through the consciousness of the child Maisie. Maisie is not the narrator; she is described in the third person, as 'she', but the novel presents many things from her perspective. Maisie, for example, does not fully understand the sexual dimension of relations between the adults around her. The story is, to use a term developed by the theorists of narrative Mieke Bal and Gérard Genette, *focalized* through her. Hers is the consciousness or position through which events are brought into focus. The question 'who speaks?', then, is separate from the question of 'who sees?' From whose perspective are the events brought into focus and presented? The focalizer may or may not be the same as the narrator. There are numerous variables here.

1. Temporal. Narration may focalize events from the time at which they occurred, from shortly afterwards, or from long afterwards. It may focus on what the focalizer knew or thought at the time of the event or how she saw things later, with the benefit of hindsight. In recounting something that happened to her as a child, a narrator may focalize the

event through the consciousness of the child she was, restricting the account to what she thought and felt at the time, or she may focalize events through her knowledge and understanding at the time of narration. Or, of course, she may combine these perspectives, moving between what she knew or felt then and what she recognizes now. When third person narration focalizes events through a particular character, it can employ similar variations, recounting how things seemed to the character at the time or how they are perceived later. The choice of temporal focalization makes an enormous difference in a narrative's effects. Detective stories, for instance, recount only what the focalizer knew at each moment of the investigation, saving the knowledge of the outcome for the climax.

2. Distance and speed. The story may be focalized through a microscope, as it were, or through a telescope, proceeding slowly with great detail or quickly telling us what happened: 'The grateful Monarch gave the Prince his daughter's hand in marriage, and when the King died, the Prince succeeded to the throne and reigned happily for many years.' Related to speed are variations in frequency: we can be told what happened on a particular occasion or what happened every Thursday. Most distinctive is what Gérard Genette calls the 'pseudo-iterative', in which something so specific that it could *not* happen over and over is presented as what regularly happened.

3. Limitations of knowledge. At one extreme, a narrative may focalize the story through a very limited perspective – a 'camera's eye' or 'fly on the wall' perspective – recounting actions without giving us access to characters' thoughts. Even here, great variations can occur depending on what degree of understanding 'objective' or 'external' descriptions imply. Thus, 'the old man lit a cigarette' seems focalized through an observer familiar with human activities, whereas 'the human with whitish hairs on the top of his head held a flaming stick close to him, and smoke began to rise from a white tube attached to his body' seems focalized through a space alien or person who is very 'spaced out'. At

the other extreme lies what is called 'omniscient narration' where the focalizer is a godlike figure who has access to the innermost thoughts and hidden motives of the characters: 'The king was pleased beyond measure at the sight, but his greed for gold was still not satisfied.' Omniscient narration, where there seem in principle no limitations on what can be known and told, is common not only in traditional tales but in modern novels, where the choice of what will actually be told is crucial.

Stories focalized primarily through the consciousness of a single character occur both in first person narration, where the narrator tells what he or she thought and observed, and in third person narration, where it is often called 'third person limited point of view', as in *What Maisie Knew*. *Unreliable narration* can result from limitations of point of view – when we gain a sense that the consciousness through which focalization occurs is unable or unwilling to understand the events as competent story-readers would.

These and other variations in narration and focalization do much to determine the overall effect of novels. A story with omniscient narration, detailing the feelings and hidden motivations of protagonists and displaying knowledge of how events will turn out, may give the impression of the comprehensibility of the world. It may highlight, for example, the contrast between what people intend and what inevitably happens ('Little did he know that two hours later he would be run over by a carriage and all his plans come to naught'). A story told from the *limited* point of view of a single protagonist may highlight the utter unpredictability of what happens: since we don't know what other characters are thinking or what else is going on, everything that occurs to this character may be a surprise. The complications of narrative are further heightened by the embedding of stories within other stories, so that the act of telling a story becomes an event in the story – an event whose consequences and significance become a principal concern. Stories within stories within stories.

What stories do

Theorists also discuss the function of stories. I mentioned in Chapter 2 that 'narrative display texts', a class which includes both literary narratives and stories people tell one another, circulate because their stories are tellable, 'worth it'. Story-tellers are always warding off the potential question, 'So what?' But what makes a story 'worth it'? What do stories do?

First, they give pleasure – pleasure, Aristotle tells us, through their imitation of life and their rhythm. The narrative patterning that produces a twist, as when the biter is bitten or the tables are turned, gives pleasure in itself, and many narratives have essentially this function: to amuse listeners by giving a new twist to familiar situations.

The pleasure of narrative is linked to desire. Plots tell of desire and what befalls it, but the movement of narrative itself is driven by desire in the form of 'epistemophilia', a desire to know: we want to discover secrets, to know the end, to find the truth. If what drives narrative is the 'masculine' urge to mastery, the desire to unveil the truth (the 'naked truth'), then what of the knowledge that narrative offers us to satisfy that wish? Is that knowledge itself an effect of desire? Theorists ask such questions about the links between desire, stories, and knowledge.

For stories also have the function, as theorists have emphasized, of teaching us about the world, showing us how it works, enabling us – through the devices of focalization – to see things from other vantage points, and to understand others' motives that in general are opaque to us. The novelist E. M. Forster observes that in offering the possibility of perfect knowledge of others, novels compensate for our dimness about others in 'real' life. Characters in novels

> are people whose secret lives are visible or might be visible: we are people whose secret lives are invisible. And that is why novels, even when

> they are about wicked people, can solace us; they suggest a more comprehensible and thus a more manageable human race, they give us the illusion of perspicacity and of power.

Through the knowledge they present, narratives police. Novels in the Western tradition show how aspirations are tamed and desires adjusted to social reality. Many novels are the story of youthful illusions crushed. They tell us of desire, provoke desire, lay down for us the scenarios of heterosexual desire, and, since the eighteenth century, they have increasingly worked to suggest that we achieve our true identity, if at all, in love, in personal relations, rather than in public action. But as they coach us to believe that there is such a thing as 'being in love', they also subject that idea to demystification.

In so far as we become who we are through a series of identifications (see Chapter 8), novels are a powerful device for the internalization of social norms. But narratives also provide a mode of social criticism. They expose the hollowness of worldly success, the world's corruption, its failure to meet our noblest aspirations. They expose the predicaments of the oppressed, in stories that invite readers, through identification, to see certain situations as intolerable.

Finally, the basic question for theory in the domain of narrative is this: is narrative a fundamental form of knowledge (giving knowledge of the world through its sense-making) or is it a rhetorical structure that distorts as much as it reveals? Is narrative a source of knowledge or of illusion? Is the knowledge it purports to present a knowledge that is the effect of desire? The theorist Paul de Man observes that while no one in his right mind would try to grow grapes by the light of the word *day*, we find it very hard indeed to avoid conceiving of our lives by patterns of fictional narratives. Does this imply that narratives' clarifying and consoling effects are delusory?

To answer these questions we would need both knowledge of the world that is *independent* of narratives and some basis for deeming this knowledge more authoritative than what narratives provide. But whether there is such authoritative knowledge separate from narrative is precisely what's at stake in the question of whether narrative is a source of knowledge or of illusion. So it seems likely that we cannot answer this question, if indeed it has an answer. Instead we must move back and forth between awareness of narrative as a rhetorical structure that produces the illusion of perspicacity and a study of narrative as the principal kind of sense-making at our disposal. After all, even the exposure of narrative as rhetoric has the structure of a narrative: it is a story in which our initial delusion yields to the harsh light of truth and we emerge sadder but wiser, disillusioned but chastened. We stop dancing around and contemplate the secret. So the story goes.

Chapter 7
Performative Language

In this chapter I pursue an instance of 'theory' by following a concept that has flourished in literary and cultural theory and whose fortunes illustrate the way ideas change as they are drawn into the realm of 'theory'. The problem of 'performative' language brings into focus important issues concerning meaning and effects of language and leads to questions about identity and the nature of the subject.

Austin's performatives

The concept of performative utterance was developed in the 1950s by the British philosopher J. L. Austin. He proposed a distinction between two sorts of utterances: *Constative* utterances, such as 'George promised to come,' make a statement, describe a state of affairs, and are true or false. *Performative* utterances, or *performatives*, are not true or false and actually perform the action to which they refer. To say 'I promise to pay you' is not to describe a state of affairs but to perform the act of promising; the utterance is itself the act. Austin writes that when, in a wedding ceremony, the priest or civil official asks, 'Do you take this woman to be your lawful wedded wife?' and I respond 'I do,' I do not describe anything, I do it; 'I am not reporting on a marriage: I am indulging in it.' When I say 'I do,' this performative utterance is neither true nor false. It may be appropriate or inappropriate, depending on the circumstances; it may be 'felicitous' or 'infelicitous' in Austin's terminology. If I say 'I do,' I may not succeed in marrying – if, for example, I am married already or if the person performing the ceremony is not authorized to perform weddings in this community. The utterance will 'misfire', says Austin. The utterance will be unhappy – infelicitous – and so, no doubt, will the bride or groom, or perhaps both.

Performative utterances do not describe but perform the action they designate. It is in pronouncing these words that I promise, order, or marry. A simple test for the performative is the possibility of adding 'hereby' in English before the verb, where *hereby* means 'by uttering these words': 'I hereby promise'; 'We hereby declare our independence'; 'I hereby order you . . .'; but not 'I hereby walk to town'. I can't perform the act of walking by pronouncing certain words.

The distinction between performative and constative captures an important difference between types of utterances and has the great virtue of alerting us to the extent to which language performs actions rather than merely reporting on them. But as Austin pushes further in his account of the performative, he encounters some difficulties. You can draw up a list of 'performative verbs' which in the first person of the present indicative (I promise, I order, I declare) perform the action they designate. But you can't define the performative by listing the verbs that behave in this way, because in the right circumstances you can perform the act of ordering someone to stop by shouting 'Stop!' rather than 'I hereby order you to stop.' The apparently constative statement 'I will pay you tomorrow,' which certainly looks as though it will become either true or false, depending on what happens tomorrow, can, under the right conditions, be a *promise* to pay you, rather than a description or prediction like '*he* will pay you tomorrow'. But once you allow for the existence of such 'implicit performatives', where there is no explicitly performative verb, you have to admit that *any* utterance can be an implicit performative. The sentence 'The cat is on the mat,' your basic constative utterance, can be seen as the elliptical version of 'I hereby affirm that the cat is on the mat,' a performative utterance that accomplishes the act of affirming to which it refers. Constative utterances also perform actions – actions of stating, affirming, describing, and so on. They are, it turns out, a type of performative. This becomes significant at a later stage.

Performatives and literature

Literary critics have embraced the notion of the performative as one that helps to characterize literary discourse. Theorists have long asserted that we must attend to what literary language *does* as much as to what it *says*, and the concept of the performative provides a linguistic and philosophical justification for this idea: there is a class of utterances that above all do something. Like the performative, the literary utterance does not refer to a prior state of affairs and is not true or false. The literary utterance too *creates* the state of affairs to which it refers, in several respects. First and most simply, it brings into being characters and their actions, for instance. The beginning of Joyce's *Ulysses*, 'Stately plump Buck Mulligan came from the stairhead bearing a bowl of lather on which a mirror and a razor lay crossed,' does not refer to some prior state of affairs but creates this character and this situation. Second, literary works bring into being ideas, concepts, which they deploy. La Rochefoucauld claims that no one would ever have thought of being in love if they hadn't read about it in books, and the notion of romantic love (and of its centrality to the lives of individuals) is arguably a massive literary creation. Certainly novels themselves, from *Don Quixote* to *Madame Bovary*, blame romantic ideas on other books.

In short, the performative brings to centre stage a use of language previously considered marginal – an active, world-making use of language, which resembles literary language – and helps us to conceive of literature as act or event. The notion of literature as performative contributes to a defence of literature: literature is not frivolous pseudo-statements but takes its place among the acts of language that transform the world, bringing into being the things that they name.

The performative is linked with literature in a second way. In principle at least, the performative breaks the link between meaning and the intention of the speaker, for what act I perform with my words is not determined by my intention but by social and linguistic conventions. The utterance, Austin insists, should not be considered as the outward sign of some inward act which it represents truly or falsely. If I say 'I promise' under appropriate conditions, I have promised, have performed the act of promising, whatever intention I may have had in my head at the time. Since literary utterances are also events where the intention of the author is not thought to be what determines the meaning, the model of the performative seems highly pertinent.

But if literary language is performative and if a performative utterance is not true or false but felicitous or infelicitous, what does it mean for a literary utterance to be felicitous or infelicitous? This turns out to be a complicated matter. On the one hand, *felicity* may be just another name for what critics generally are interested in. Confronted with the opening of Shakespeare's sonnet 'My mistress' eyes are nothing like the sun', we ask not whether this utterance is true or false, but what it does, how it fits in with the rest of the poem, and whether it works happily (felicitously) with the other lines. That might be one conception of felicity. But the model of the performative also directs our attention to the conventions that enable an utterance to be a promise or a poem – the conventions of the sonnet, say. The felicitousness of a literary utterance might thus involve its relation to the conventions of a genre. Does it comply and thus succeed in being a sonnet, rather than a misfire? But more than that, one might imagine, a literary composition is felicitous only when it fully becomes literature by being published, read, and accepted as a literary work, just as a bet becomes a bet only when it is accepted. In short, the notion of literature as performative enjoins us to reflect on the complex problem of what it is for a literary sequence to work.

Derrida's performatives

The next key moment in the fortunes of the performative comes when Jacques Derrida takes up Austin's notion. Austin had distinguished between serious performatives which accomplish something, like promising or marrying, and 'non-serious' utterances. His analysis, he says, applies to words spoken seriously: 'I must not be joking, for example, or writing a poem. Our performative utterances, felicitous or not, are to be understood as issued in ordinary circumstances.' But Derrida argues that what Austin sets aside in appealing to 'ordinary circumstances' are the numerous ways in which bits of language can be repeated – 'non-seriously' but also seriously, as an example or a quotation, for instance. This possibility of being repeated in new circumstances is essential to the nature of language; anything that couldn't be repeated in a 'non-serious' fashion wouldn't be language but some mark inextricably tied to a physical situation. The possibility of repetition is basic to language, and performatives in particular can only work if they are recognized as versions of or quotations of regular formulas, such as 'I do,' or 'I promise.' (If the groom said 'OK' rather than 'I do,' he might not succeed in marrying.) 'Could a performative utterance succeed', asks Derrida, 'if its formulation did not repeat a "codified" or iterable [repeatable] form, in other words if the formula that I utter to open a meeting, christen a boat, or undertake marriage were not identifiable as conforming to an iterable model, if it were not thus identifiable as a kind of citation?' Austin sets aside as anomalous, non-serious, or exceptional particular instances of what Derrida calls a 'general iterability' that should be considered a law of language. 'General' and fundamental, because, for something to be a sign, it must be able to be cited and repeated in all sorts of circumstances, including 'non-serious' ones. Language is performative in the sense that it doesn't just transmit information but performs acts by its repetition of established discursive practices or ways of doing things. This will be important to the later fortunes of the performative.

Derrida also relates the performative to the general problem of acts that originate or inaugurate, acts that create something new, in the political as well as literary sphere. What is the relationship between a political act, like a declaration of independence, that creates a new situation, and literary utterances, that try to invent something new, in acts that are not constative statements but are performative, like promises? Both the political and the literary act depend on a complex, paradoxical combination of the performative and constative, where in order to succeed, the act must convince by referring to states of affairs but where success consists of bringing into being the condition to which it refers. Literary works claim to tell us about the world, but if they succeed they do so by bringing into being the characters and events they relate. Something similar is at work in inaugural acts in the political sphere. In the 'Declaration of Independence' of the United States, for example, the key sentence runs: 'We therefore . . . do solemnly publish and declare that these United colonies are and of right ought to be free and independent states.' The declaration that these *are* independent states is a performative that is supposed to create the new reality to which it refers, but to support this claim is joined the constative assertion that they *ought* to be independent states.

Performative–constative relations

The tension between the performative and constative emerges clearly also in literature, where the difficulty Austin encounters of separating performative and constative can be seen as a crucial feature of the functioning of language. If every utterance is both performative and constative, including at least an implicit assertion of a state of affairs and a linguistic act, the relation between what an utterance says and what it does is not necessarily harmonious or cooperative. To see what is involved in the literary sphere, let us come back to Robert Frost's poem 'The Secret Sits':

We dance round in a ring and suppose,
But the Secret sits in the middle and knows.

This poem depends on the opposition between supposing and knowing. To explore what attitude the poem takes to this opposition, what values it attaches to its opposing terms, we might ask whether the poem itself is in the mode of supposing or of knowing. Does the poem suppose, like 'we' who dance round, or does it know, like the secret? We might imagine that, as a product of the human imagination, the poem would be an example of supposing, a case of dancing around, but its gnomic, proverbial character, and its confident declaration that the secret 'knows', makes it seem very knowing indeed. So we can't be sure. But what does the poem show us about knowing? Well, the secret, which is something that one knows or does not know – thus, an *object* of knowing – here becomes by metonymy or contiguity the *subject* of knowing, *what knows* rather than *what is or is not known*. By capitalizing and personifying the entity, the Secret, the poem performs a rhetorical operation that promotes the object of knowledge to the position of subject. It thus shows us that a rhetorical supposition can produce the knower, can make the secret into a subject, a character in this little drama. The secret who knows is produced by an act of supposing, which moves the secret from the place of the object (*Someone knows a secret*) to the place of the subject (*The Secret knows*). The poem thus shows that its constative assertion, that the secret knows, depends on a performative supposing: the supposing that makes the secret into the subject supposed to know. The sentence *says* that the Secret knows but it *shows* that this is a supposition.

At this stage in the history of the performative, the contrast between constative and performative has been redefined: the constative is language claiming to represent things as they are, to name things that are already there, and the performative is the rhetorical operations, the acts of language, that undermine this claim by imposing linguistic categories, bringing things into being, organizing the world rather than simply representing what is. We can identify here what is called an 'aporia' between performative and constative language. An 'aporia' is the 'impasse' of an undecidable oscillation, as when the chicken depends upon the egg but the egg depends on the chicken. The only way to claim that language functions performatively to shape the world is through a constative utterance, such as 'Language shapes the world'; but contrariwise, there is no way to claim the constative transparency of language except by a speech act. The propositions which perform the act of stating necessarily claim to do nothing but merely display things as they are; yet if you want to show the contrary – that claims to represent things as they are in fact impose their categories on the world – you have no way to do this except through claims about what is or is not the case. The argument that the act of stating or describing is in fact performative must take the form of constative statements.

Butler's performatives

The latest moment of this little history of the performative is the emergence of a 'performative theory of gender and sexuality' in feminist theory and in gay and lesbian studies. The key figure here is the American philosopher Judith Butler, whose books *Gender Trouble: Feminism and the Subversion of Identity* (1990), *Bodies that Matter* (1993), and *Excitable Speech: A Politics of the Speech Act* (1997), have had great influence in the field of literary and cultural studies, particularly in feminist theory, and in the emerging field of gay and lesbian studies. The name 'Queer Theory' has recently been adopted by the avant-garde of gay studies whose work in cultural theory is linked with political movements for gay liberation. It takes as its own name and throws back at society the most common insult that homosexuals encounter, the epithet 'Queer!' The gamble is that flaunting this name can change its meaning and make it a badge of honour rather than an insult. Here a theoretical project is emulating the tactics of the most visible activist organizations involved in the fight against AIDS – the group ACT-UP, for instance, which in their demonstrations use such slogans as 'We're here, we're queer, get used to it!'

Butler's *Gender Trouble* takes issue with the notion, common in American feminist writing, that a feminist politics requires a notion of feminine identity, of essential features which women share as women and which give them common interests and goals. For Butler, on the contrary, the fundamental categories of identity are cultural and social productions, more likely to be the *result* of political cooperation than its condition of possibility. They create the effect of the natural (remember

'The one on the left is cute.'

Aretha Franklin's 'You make me feel like a natural woman') and by imposing norms (definitions of what it is to be a woman) they threaten to exclude those who don't conform. In *Gender Trouble* Butler proposes that we consider gender as performative, in the sense that it is not what one is but what one does. A man is not what one is but something one does, a condition one enacts. Your gender is created by your acts, in the way that a promise is created by the act of promising. You become a man or a woman by repeated acts, which, like Austin's performatives, depend on social conventions, habitual ways of doing something in a culture. Just as there are regular, socially established ways of promising, making a bet, giving orders, and getting married, so there are socially established ways of being a man or being a woman.

This does not mean that gender is a choice, a role you put on, as you choose clothes to put on in the morning. That would suggest that there is an ungendered subject prior to gender who chooses, whereas in fact to be a subject at all is to be gendered: you can't, in this regime of gender, be a person without being male or female. 'Subjected to gender but subjectivated [made a subject] by gender,' writes Butler in *Bodies that Matter*, 'the "I" neither precedes nor follows the process of this gendering but emerges only within and as the matrix of gender relations themselves.' Nor should the performativity of gender be thought of as a singular act, something accomplished by one particular act; rather, it is 'the reiterative and citational practice', the compulsory repetition of gender norms that animate and constrain the gendered subject but which are also the resources from which resistance, subversions, and displacement are forged.

From this viewpoint, the utterance 'It's a girl!' or 'It's a boy!' by which a baby is, traditionally, welcomed into the world, is less a constative utterance (true or false, according to the situation) than the first in a long series of performatives that create the subject whose arrival they announce. The naming of the girl initiates a continuous process of 'girling', the making of a girl, through an 'assignment' of compulsory repetition of gender norms, 'the forcible citation of a norm'. To be a subject at all is to be given this assignment of repetition, but – and this is important for Butler – an assignment which we never quite carry out according to expectation, so that we never quite inhabit the gender norms or ideals we are compelled to approximate. In that gap, in the different ways of carrying out the gender's 'assignment', lie possibilities for resistance and change.

Stress falls here on the way the performative force of language comes from the repetition of prior norms, prior acts. So, the force of the insult 'Queer!' comes not from the intention or authority of the speaker, who is most likely some fool quite unknown to the victim, but from the fact that the shout 'Queer' repeats shouted insults of the past, interpellations or acts of address which produce the homosexual subject through reiterated shaming or abjection (abjection involves treating something as beyond the pale: 'anything but that!'). Butler writes,

> 'Queer' derives its force precisely through the repeated . . . invocation by which a social bond among homophobic communities is formed through time. The interpellation echoes past interpellations, and binds the speakers, as if they spoke in unison across time. In this sense it is always an imaginary chorus that taunts 'queer!'

What gives the insult its performative force is not the repetition itself but the fact that it is recognized as conforming to a model, a norm, and is linked with a history of exclusion. The utterance implies that the speaker is the spokesman for what is 'normal' and works to constitute the addressee as deviant, beyond the pale. It is the repetition, the citation of a formula which is linked to norms sustaining a history of oppression, that gives a special force and viciousness to otherwise banal insults such as 'nigger' or 'kike'. They accumulate the force of authority through the repetition or citation of a prior, authoritative set of practices, speaking as if with the voice of all the taunts of the past.

But the performative's link with the past implies the possibility of deflecting or redirecting the weight of the past, by attempting to capture and redirect the terms that carry an oppressive signification, as in the adoption of 'Queer' by homosexuals themselves. It's not that you become autonomous by choosing your name: names always carry historical weight and are subject to the uses others will make of them in the future. You can't control the terms that you choose to name yourselves. But the historical character of the performative process creates the possibility of a political struggle.

Stakes and implications

Now it is obvious that the distance between the beginning and the (provisional) end of this story is very great. For Austin, the concept of the performative helps us to think about a particular aspect of language neglected by prior philosophers; for Butler, it is a model for thinking about crucial social processes where a number of matters are at stake: (1) the nature of identity and how it is produced; (2) the functioning of social norms; (3) the fundamental problem of what today we call 'agency' in English: how far and under what conditions can I be a responsible subject who chooses my acts; and (4) the relationship between the individual and social change.

There is, thus, a big difference between what is at stake for Austin and for Butler. And they seem to have principally in view different sorts of acts. Austin is interested in how the repetition of a formula on a single occasion makes something happen (you made a promise). For Butler this is a special case of the massive and obligatory repetition that produces historical and social realities (you become a woman).

This difference, in fact, brings us back to the problem about the nature of the literary event, where there are also two ways of thinking of it as performative. We can say that the literary work accomplishes a singular, specific act. It creates that reality which is the work, and its sentences accomplish something in particular in that work. For each work, one can try to specify what it and its parts accomplish, just as one can try to spell out what is promised in a particular act of promising. This, one might say, is the Austinian version of the literary event.

But on the other hand, we could also say that a work succeeds, becomes an event, by a massive repetition that takes up norms and, possibly, changes things. If a novel happens, it does so because, in its singularity, it inspires a passion that gives life to these forms, in acts of reading and recollection, repeating its inflection of the conventions of the novel and, perhaps, effecting an alteration in the norms or the forms through which readers go on to confront the world. A poem may very well disappear without a trace, but it may also trace itself in memories and give rise to acts of repetition. Its performativity isn't a singular act accomplished once and for all but a repetition that gives life to forms it repeats.

The concept of the performative, in the history I have outlined, brings together a series of issues that are crucial to 'theory'. Let me just list them:

First, how to think about the shaping role of language: do we try to limit it to certain specific acts, where we think we can say with confidence what it does, or do we try to gauge the broader effects of language, as it organizes our encounters with the world?

Second, how should we conceive of the relation between social conventions and individual acts? It is tempting, but too simple, to imagine that social conventions are like the scenery or background against which we decide how to act. Theories of the performative offer better accounts of the entanglement of norm and action, whether presenting conventions as the condition of possibility of events, as in Austin, or else, as in Butler, seeing action as obligatory repetition, which may nevertheless deviate from the norms. Literature, which is supposed to 'make it new' in a space of convention, calls for a performative account of norm and event.

Third, how should one conceive of the relation between what language does and what it says? This is the basic problem of the performative: can there be a harmonious fusion of doing and saying or is there an unavoidable tension here that governs and complicates all textual activity?

Finally, how, in this postmodern age, should we think of the event? It has become commonplace in the United States, for instance, in this age of mass media, to say that what happens on television 'happens period', is a real event. Whether the image corresponds to a reality or not, the mediatic event is a genuine event to be reckoned with. The model of the performative offers a more sophisticated account of issues that are often crudely stated as a blurring of the boundaries between fact and fiction. And the problem of literary event, of literature as act, can offer a model for thinking about cultural events generally.

Chapter 8
Identity, Identification, and the Subject

The subject

A lot of recent theoretical debate concerns the identity and function of the subject or self. What is this 'I' that I am – person, agent or actor, self – and what makes it what it is? Two basic questions underlie modern thinking on this topic: first, is the self something given or something made and, second, should it be conceived in individual or in social terms? These two oppositions generate four basic strands of modern thought. The first, opting for the given and the individual, treats the self, the 'I', as something inner and unique, something that is prior to the acts it performs, an inner core which is variously expressed (or not expressed) in word and deed. The second, combining the given and the social, emphasizes that the self is determined by its origins and social attributes: you are male or female, white or black, British or American, and so on, and these are primary facts, givens of the subject or the self. The third, combining the individual and the made, emphasizes the changing nature of a self, which becomes what it is through its particular acts. Finally, the combination of the social and the made stresses that I become what I am through the various subject positions I occupy, as a boss rather than a worker, rich rather than poor.

The dominant modern tradition in the study of literature has treated the individuality of the individual as something given, a core which is expressed in word and deed and which can therefore be used to explain action: I did what I did because of who I am, and to explain what I did or said you should look back at the 'I' (whether conscious or unconscious) that my words and acts express. 'Theory' has contested not just this model of expression, where acts or words work by expressing a prior subject, but also the priority of the subject itself. Michel Foucault writes, 'The researches of psychoanalysis, of linguistics, of anthropology have "decentered" the subject in relation to the laws of its desire, the forms of its language, the rules of its actions, or the play of its mythical and imaginative discourse.' If the possibilities of thought and action are determined by a series of systems which the subject does not control or even understand, then the subject is 'decentred' in the sense that it is not a source or centre to which one refers to explain events. It is something formed by these forces. Thus, psychoanalysis treats the subject not as a unique essence but as the product of intersecting psychic, sexual, and linguistic mechanisms. Marxist theory sees the subject as determined by class position: it either profits from others' labour or labours for others' profit. Feminist theory stresses the impact of socially constructed gender roles on making the subject what he or she is. Queer theory has argued that the heterosexual subject is constructed through the repression of the possibility of homosexuality.

The question of the subject is 'what am "I"?' Am I made what I am by circumstances? What is the relation between the individuality of the individual and my identity as member of a group? And to what extent is the 'I' that I am, the 'subject', an agent who makes choices rather than has choices imposed on him or her? The English word *subject* already encapsulates this key theoretical problem: the subject is an actor or agent, a free subjectivity that does things, as in the 'subject of a sentence'. But a subject is also *subjected*, determined, 'her Majesty the Queen's loyal subject', or the 'subject of an experiment'. Theory is inclined to argue that to be a subject at all is to be subjected to various regimes (psycho-social, sexual, linguistic).

Literature and identity

Literature has always been concerned with questions about identity, and literary works sketch answers, implicitly or explicitly, to these questions. Narrative literature especially has followed the fortunes of characters as they define themselves and are defined by various combinations of their past, the choices they make, and the social forces that act upon them. Do characters *make* their fate or *suffer* it? Stories give different and complex answers. In the *Odyssey*, Odysseus is labelled 'multiform' (*polytropos*) but defines himself in his struggles to save himself and his shipmates and to get home to Ithaca again. In Flaubert's *Madame Bovary*, Emma strives to define herself (or to 'find herself') in relation to her romantic readings and her banal surroundings.

Literary works offer a range of implicit models of how identity is formed. There are narratives where identity is essentially determined by birth: the son of a king raised by shepherds is still fundamentally a king and rightfully becomes king when his identity is discovered. In other narratives characters change according to the changes in their fortunes, or else identity is based on personal qualities that are revealed during the tribulations of a life.

The explosion of recent theorizing about race, gender, and sexuality in the field of literary studies owes much to the fact that literature provides rich materials for complicating political and sociological accounts of the role of such factors in the construction of identity. Consider the question of whether the identity of the subject is something given or something constructed. Not only are both options amply represented in literature, but the complications or entanglements are frequently laid out for us, as in the common plot where characters, as we say, 'discover' who they are, not by learning something about their past (say, about their birth) but by acting in such a way that they *become* what then turns out, in some sense, to have been their 'nature'.

This structure, where you have to *become* what you supposedly already were (as Aretha Franklin comes to feel like a natural woman), has emerged as a paradox or aporia for recent theory, but it has been at work all along in narratives. Western novels reinforce the notion of an essential self by suggesting that the self which emerges from trying encounters with the world was in some sense there all along, as the basis for the actions which, from the perspective of readers, bring this self into being. The fundamental identity of characters emerges as the result of actions, of struggles with the world, but then this identity is posited as the basis, even the cause of those actions.

A good deal of recent theory can be seen as an attempt to sort out the paradoxes that often inform the treatment of identity in literature. Literary works characteristically represent individuals, so struggles about identity are struggles within the individual and between individual and group: characters struggle against or comply with social norms and expectations. In theoretical writings, arguments about social identity tend to focus, though, on group identities: what is it to be a woman? to be black? Thus there are tensions between literary explorations and critical or theoretical claims. The power of literary representations depends, I suggested in Chapter 2, on their special combination of singularity and exemplarity: readers encounter concrete portrayals of Prince Hamlet or Jane Eyre or Huckleberry Finn, and with them the presumption that these characters' problems are exemplary. But exemplary of what? The novels don't tell. It's the critics or theorists who have to take up the question of exemplarity and tell us what group or class of people the character stands for: is Hamlet's condition 'universal'? Is Jane Eyre's the predicament of women in general?

Theoretical treatments of identity may seem reductive in comparison with the subtle explorations in novels, which are able to finesse the problem of general claims by presenting singular cases while relying on a generalizing force that is left implicit – perhaps we are all Oedipus, or

'We don't believe in pressuring the children. When the time is right, they'll choose the appropriate gender.'

Hamlet, or Madame Bovary, or Janie Starks. When novels are concerned with group identities – what it is to be a woman, or child of the bourgeoisie – they frequently explore how the demands of group identity restrict individual possibilities. Theorists have therefore argued that novels, by making the individuality of the individual their central focus, construct an ideology of individual identity whose neglect of larger social issues critics should question. Emma Bovary's problem, you can argue, is not her foolishness or her infatuation with romances but the general situation of women in her society.

Literature has not only made identity a theme; it has played a significant role in the construction of the identity of readers. The value of literature has long been linked to the vicarious experiences it gives readers, enabling them to know how it feels to be in particular situations and thus to acquire dispositions to act and feel in certain ways. Literary works encourage identification with characters by showing things from their point of view.

Poems and novels address us in ways that demand identification, and identification works to create identity: we become who we are by identifying with figures we read about. Literature has long been blamed for encouraging the young to see themselves as characters in novels and to seek fulfilment in analogous ways: running away from home to experience the life of the metropolis, espousing the values of heroes and heroines in revolting against their elders and feeling disgust at the world before having experienced it, or making their lives a quest for love and trying to reproduce scenarios of novels and love lyrics. Literature is said to corrupt through mechanisms of identification. The champions of literary education have hoped, on the contrary, that literature would make us better people through vicarious experience and the mechanisms of identification.

Representing or producing?

Does discourse represent identities that already exist or does it produce them? This has been a major theoretical issue. Foucault, as we saw in Chapter 1, treats 'the homosexual' as an identity invented by discursive practices in the nineteenth century. The American critic Nancy Armstrong argues that eighteenth-century novels and conduct books – books about how to behave – produced 'the modern individual', who was first of all a woman. The modern individual, in this sense, is a person whose identity and worth are thought to come from feelings and personal qualities rather than from his or her place in the social hierarchy. This is an identity gained through love and centred in the domestic sphere rather than in society. Such a notion has now gained wide currency – the true self is the one you find through love and through your relations with family and friends – but it begins in the eighteenth and nineteenth centuries as an idea about the identity of women and only later is extended to men. Armstrong claims that this concept is developed and extended by novels and other discourses that champion feelings and private virtues. Today this concept of identity is sustained by films, television, and a wide range of discourses, whose scenarios tell us what it is to be a person, a man or a woman.

Psychoanalysis

Recent theory has, in fact, fleshed out what was often implicit in discussions of literature in treating identity as formed by a process of identification. For Freud, identification is a psychological process in which the subject assimilates an aspect of the other and is transformed, wholly or partially, according to the model that the other provides. The personality or the self is constituted by a series of identifications. Thus, the basis of sexual identity is an identification with a parent: one desires as the parent does, as if imitating the parent's desire and becoming a rival for the loved object. In the Oedipus complex the boy identifies with the father and desires the mother.

Later psychoanalytic theories of the formation of identity debate the best way of thinking about the mechanism of identification. Jacques Lacan's account of what he calls 'the mirror stage' locates the beginnings of identity in the moment when the infant identifies with his or her image in the mirror, perceiving himself or herself as whole, as what he or she wants to be. The self is constituted by what is reflected back: by a mirror, by the mother, and by others in social relations generally. Identity is the product of a series of partial identifications, never completed. Ultimately, psychoanalysis reaffirms the lesson one might draw from the most serious and celebrated novels: that identity is a failure; that we do not happily become men or women, that the internalization of social norms (which sociologists theorize as something that happens smoothly and inexorably) always encounters resistance and ultimately does not work: we do not become who we are supposed to be.

Theorists have recently given a further twist to the fundamental role of identification. Mikkel Borch-Jakobsen argues that

> Desire (the desiring subject) does not come first, to be *followed* by an identification that would allow the desire to be fulfilled. What comes first is a tendency toward identification, a primordial tendency which then gives rise to a desire . . .; identification brings the desirous subject into being, not the other way around.

In the earlier model, desire is the bottom line; here identification precedes desire, and the identification with another involves imitation or rivalry that is the source of desire. This accords with scenarios in novels where, as René Girard and Eve Sedgwick argue, desire arises from identification and rivalry: heterosexual male desire flows from the hero's identification with a rival and imitation of his desire.

Group identities

Identification also plays a role in the production of group identities. For members of historically oppressed or marginalized groups, stories prompt identification with a potential group and work to make the group a group by showing them who or what they might be. Theoretical debate in this area has focused most intensely on the desirability and political usefulness of different conceptions of identity: must there be something essential members of a group share if they are to function as a group? Or are claims about what it is to be a woman or to be black or to be gay oppressive, restrictive, and objectionable? Often the debate has been cast as a quarrel about 'essentialism': between a notion of identity as something given, an origin, and a notion of identity as something always in process, arising through contingent alliances and oppositions (an oppressed people gain identity from opposing the oppressor).

The main question may be, what is the relation between critiques of essentialist conceptions of identity (of a person or group) and the psychic and political demands for identity? How do the urgencies of emancipatory politics, which seeks solid identities for women, or blacks, or the Irish, for instance, engage or conflict with psychoanalytic notions of the unconscious and a divided subject? This becomes a major theoretical as well as practical issue because the problems encountered seem similar, whether the groups in question are defined by nationality, race, gender, sexual preference, language, class, or religion. For historically marginalized groups, there are two processes under way: on the one hand, critical investigations demonstrate the illegitimacy of taking certain traits, such as sexual orientation, gender, or visible morphological characteristics, as essentially defining features of group identity, and refute the imputation of essential identity to all members of a group characterized by gender, class, race, religion, sexuality, or nationality. On the other hand, groups may make identities imposed on them into resources for that group. Foucault notes in *The History of Sexuality* that the emergence, in the nineteenth century, of medical and psychiatric discourses defining homosexuals as a deviant class facilitated social control, but also made possible 'the formation of a "reverse" discourse: homosexuality began to speak in its own behalf, to demand that its legitimacy or "naturality" be acknowledged, often in the same vocabulary, using the same categories by which it was medically disqualified'.

Pervasive structures

What makes the problem of identity crucial and unavoidable are the tensions and conflicts it encapsulates (in this it resembles 'meaning'). Work in theory emanating from different directions – Marxism, psychoanalysis, cultural studies, feminism, gay and lesbian studies, and the study of identity in colonial and post-colonial societies – has revealed difficulties involving identity that seem structurally similar. Whether, with Louis Althusser, we say that one is 'culturally interpellated' or hailed as a subject, made a subject by being addressed as the occupant of a certain position or role; or whether we stress, with psychoanalysis, the role of a 'mirror stage' in which the subject acquires identity by misrecognizing him- or herself in an image; whether, with

Stuart Hall, we define identities as 'the names we give to the different ways we are positioned by, and position ourselves in, the narratives of the past'; or whether we stress, as in studies of colonial and post-colonial subjectivity, the construction of a divided subject through the clash of contradictory discourses and demands; or whether, with Judith Butler, we see heterosexual identity as based on the repression of the possibility of homoerotic desire, we find something like a common mechanism. The process of identity-formation not only foregrounds some differences and neglects others; it takes an internal difference or division and projects it as a difference between individuals or groups. To 'be a man', as we say, is to deny any 'effeminacy' or weakness and to project it as a difference *between* men and women. A difference *within* is denied and projected as a difference *between*. Work in a range of fields seems to be converging in its investigation of the ways in which subjects are produced by unwarranted if inevitable positings of unity and identity, which may be strategically empowering but also create gaps between the identity or role attributed to individuals and the varied events and positionings of their lives.

One source of confusion has been an assumption which often structures debate in this area, that internal divisions in the subject somehow foreclose the possibility of agency, of responsible action. A simple answer might be that those who demand more stress on agency want theories to say that deliberate actions will change the world and are frustrated by the fact that this may not be true. Do we not live in a world where acts are more likely to have unintended than intended consequences? But there are two more complex answers. First, as Judith Butler explains, 'the reconceptualization of identity as an *effect*, that is, as *produced* or *generated* opens up possibilities of "agency" that are insidiously foreclosed by positions that take identity categories as foundational and fixed'. Speaking of gender as a compulsory performance, Butler locates agency in the variations of action, the possibilities of variation in repetition that carry meaning and create identity. Second, traditional conceptions of the subject in fact work to limit responsibility and agency. If the subject means 'the conscious subject', then you can claim innocence, deny responsibility, if you haven't consciously chosen or intended the consequences of an act you have committed. If, on the contrary, your conception of the subject includes the unconscious and the subject positions you occupy, responsibility can be expanded. Emphasis on the structures of the unconscious or subject positions you do not choose calls you to responsibility for events and structures in your life – of racism and sexism for instance – that you did not explicitly intend. The expanded notion of the subject combats the restriction of agency and responsibility derived from traditional conceptions of the subject.

Does the 'I' freely choose or is it determined in its choices? The philosopher Anthony Appiah notes that this debate about agency and subject position involves two different levels of theory which are not really in competition, except that we can't engage in both at the same time. Talk about agency and choice flows from our concern to live intelligible lives among other people, to whom we ascribe beliefs and intentions. Talk about subject positions that determine action comes from our interest in understanding social and historical processes, in which individuals figure as socially determined. Some of the fiercest conflicts in contemporary theory arise when claims about individuals as agents and claims about the power of social and discursive structures are seen as competing causal explanations. In studies of identity in colonial and post-colonial societies, for instance, there has been heated debate about the agency of the native or 'subaltern' (the term for a subordinate or inferior). Some thinkers, interested in the point of view and agency of the subaltern, have stressed acts of resistance to or compliance with colonialism, and are then accused of ignoring the most insidious effect of colonialism: the way it defined the situation and the possibilities of action, making the inhabitants 'natives', for example. Other theorists, describing the pervasive power of 'colonial discourse', the discourse of colonial powers which creates the world in which colonized subjects live and act, are accused of denying agency to the native subject.

According to Appiah's argument, these different sorts of accounts are not in conflict: the natives are still agents, and a language of agency is still appropriate, no matter how much the possibilities of action are defined by colonialist discourse. The two accounts belong to different registers, just as do an account of the decisions that led John to buy a new Mazda, on the one hand, and a description of the workings of global capitalism and the marketing of Japanese cars in America, on the other. There is much to be gained, Appiah claims, from separating the concepts of subject position and of agency, recognizing that they belong to different sorts of narratives. The energy from these theoretical disputes could then be redirected to questions about how identities are constructed and what role discursive practices, such as literature, play in these constructions.

But the possibility that accounts of subjects who choose and accounts of forces that determine subjects might peacefully coexist, as different narratives, seems remote. What drives theory, after all, is the desire to see how far an idea or argument can go and to question alternative accounts and their presuppositions. To pursue the idea of the agency of subjects is to take it as far as one can, to seek out and challenge positions that limit or counter it.

Theory

There may be a general lesson here. Theory, we might conclude, does not give rise to harmonious solutions. It doesn't, for instance, teach us, once and for all, what meaning is: how much the factors of intention, text, reader, and context each contribute to a sum that is meaning. Theory doesn't tell us whether poetry is a transcendent vocation or rhetorical trick or how much of each. Repeatedly I have found myself ending a chapter by invoking a tension between factors or perspectives or lines of argument and concluding that you have to pursue each, shifting between alternatives that cannot be avoided but that give rise to no synthesis. Theory, then, offers not a set of solutions but the prospect of further thought. It calls for commitment to the work of reading, of challenging presuppositions, of questioning the assumptions on which you proceed. I began by saying that theory was endless – an unbounded corpus of challenging and fascinating writings – but not just more writings: it is also an ongoing project of thinking which does not end when a very short introduction ends.

Appendix: **Theoretical Schools and Movements**

I have chosen to introduce theory by presenting issues and debates rather than 'schools', but readers have a right to expect an explanation of terms like *structuralism* and *deconstruction* that appear in discussions of criticism. I provide that here, in a brief description of modern theoretical movements.

Literary theory is not a disembodied set of ideas but a force in institutions. Theory exists in communities of readers and writers, as a discursive practice, inextricably entangled with educational and cultural institutions. Three theoretical modes whose impact, since the 1960s, has been greatest are the wide-ranging reflection on language, representation, and the categories of critical thought undertaken by deconstruction and psychoanalysis (sometimes in concert, sometimes in opposition); the analyses of the role of gender and sexuality in every aspect of literature and criticism by feminism and then gender studies and Queer theory; and the development of historically oriented cultural criticisms (new historicism, post-colonial theory) studying a wide range of discursive practices, involving many objects (the body, the family, race) not previously thought of as having a history.

There are several important theoretical movements prior to the 1960s.

Russian Formalism

The Russian Formalists of the early years of the twentieth century stressed that critics should concern themselves with the literariness of literature: the verbal strategies that make it literary, the foregrounding of language itself, and the 'making strange' of experience that they accomplish. Redirecting attention from authors to verbal 'devices', they claimed that 'the device is the only hero of literature'. Instead of asking 'what does the author say here?' we should ask something like 'what happens to the sonnet here?' or 'what adventures befall the novel in this book by Dickens?' Roman Jakobson, Boris Eichenbaum, and Victor Shklovsky are three key figures in this group which reoriented literary study towards questions of form and technique.

New Criticism

What is called the 'New Criticism' arose in the United States in the 1930s and 1940s (with related work in England by I. A. Richards and William Empson). It focused attention on the unity or integration of literary works. Opposed to the historical scholarship practised in universities, the New Criticism treated poems as aesthetic objects rather than historical documents and examined the interactions of their verbal features and the ensuing complications of meaning rather than the historical intentions and circumstances of their authors. For new critics (Cleanth Brooks, John Crowe Ransom, W. K. Wimsatt), the task of criticism was to elucidate individual works of art. Focusing on ambiguity, paradox, irony, and the effects of connotation and poetic imagery, the New Criticism sought to show the contribution of each element of poetic form to a unified structure.

The New Criticism left as enduring legacies techniques of close reading and the assumption that the test of any critical activity is whether it helps us to produce richer, more insightful interpretations of individual works. But beginning in the 1960s, a number of theoretical perspectives and discourses – phenomenology, linguistics, psychoanalysis, Marxism, structuralism, feminism, deconstruction – offered richer conceptual frameworks than did the New Criticism for reflecting on literature and other cultural products.

Phenomenology

Phenomenology emerges from the work of the early twentieth-century philosopher Edmund Husserl. It seeks to bypass the problem of the separation between subject and object, consciousness and the world, by focusing on the phenomenal reality of objects as they appear to consciousness. We can suspend questions about the ultimate reality or knowability of the world and describe the world as it is given to consciousness. Phenomenology underwrote criticism devoted to describing the 'world' of an author's consciousness, as manifested in the entire range of his or her works (Georges Poulet, J. Hillis Miller). But more important has been 'reader-response criticism' (Stanley Fish, Wolfgang Iser). For the reader, the work is what is given to consciousness; one can argue that the work is not something objective, existing independently of any experience of it, but is the experience of the reader. Criticism can thus take the form of a description of the reader's progressive movement through a text, analysing how readers produce meaning by making connections, filling in things left unsaid, anticipating and conjecturing and then having their expectations disappointed or confirmed.

Another reader-oriented version of phenomenology is called 'aesthetics of reception' (Hans Robert Jauss). A work is an answer to questions posed by a 'horizon of expectations'. The interpretation of works should, therefore, focus not on the experience of an individual reader but on the history of a work's reception and its relation to the changing aesthetic norms and sets of expectations that allow it to be read in different eras.

Structuralism

Reader-oriented theory has something in common with structuralism, which also focuses on how meaning is produced. But structuralism originated in *opposition* to phenomenology: instead of describing experience, the goal was to identify the underlying structures that make it possible. In place of the phenomenological description of consciousness, structuralism sought to analyse structures that operate unconsciously (structures of language, of the psyche, of society). Because of its interest in how meaning is produced, structuralism often (as in Roland Barthes's *S/Z*) treated the reader as the site of underlying codes that make meaning possible and as the agent of meaning.

Structuralism usually designates a group of primarily French thinkers who, in the 1950s and 1960s, influenced by Ferdinand de Saussure's theory of language, applied concepts from structural linguistics to the study of social and cultural phenomena. Structuralism developed first in anthropology (Claude Lévi-Strauss), then in literary and cultural studies (Roman Jakobson, Roland Barthes, Gérard Genette), psychoanalysis (Jacques Lacan), intellectual history (Michel Foucault), and Marxist theory (Louis Althusser). Although these thinkers never formed a school as such, it was under the label 'structuralism' that their work was imported and read in England, the United States, and elsewhere in the late 1960s and 1970s.

In literary studies structuralism promotes a poetics interested in the conventions that make literary works possible; it seeks not to produce new interpretations of works but to understand how they can have the meanings and effects that they do. But it did not succeed in imposing this project – a systematic account of literary discourse – in Britain and America. Its main effect there was to offer new ideas about literature and to make it one signifying practice among others. It thus opened the way to symptomatic readings of literary works and encouraged cultural studies to try to spell out the signifying procedures of different cultural practices.

It is not easy to distinguish structuralism from *semiotics*, the general science of signs, which traces its lineage to Saussure and the American philosopher Charles Sanders Peirce. Semiotics, though, is an international movement that has sought to incorporate the scientific study of behaviour and communication, while mostly avoiding the philosophical speculation and cultural critique that has marked structuralism in its French and related versions.

Post-Structuralism

Once structuralism came to be defined as a movement or school, theorists distanced themselves from it. It became clear that works by alleged structuralists did not fit the idea of structuralism as an attempt to master and codify structures. Barthes, Lacan, and Foucault, for example, were identified as *post-structuralists*, who had gone beyond structuralism narrowly conceived. But many positions associated with post-structuralism are evident even in the early work of these thinkers when they were seen as structuralists. They had described ways in which theories get entangled in the phenomena they attempt to describe; how texts create meaning by violating any conventions that structural analysis locates. They recognized the impossibility of describing a complete or coherent signifying system, since systems are always changing. In fact, post-structuralism does not demonstrate the inadequacies or errors of structuralism so much as turn away from the project of working out what makes cultural phenomena intelligible and emphasize instead a critique of knowledge, totality, and the subject. It treats each of these as a problematical effect. The structures of the systems of signification do not exist independently of the subject, as objects of knowledge, but are structures for subjects, who are entangled with the forces that produce them.

Deconstruction

The term *post-structuralism* is used for a broad range of theoretical discourses in which there is a critique of notions of objective knowledge and of a subject able to know him or herself. Thus, contemporary feminisms, psychoanalytic theories, Marxisms, and historicisms, all partake in post-structuralism. But *post-structuralism* also designates above all *deconstruction* and the work of Jacques Derrida, who first came to prominence in America with a critique of the structuralist notion of structure in the very collection of essays that brought structuralism to American attention (*The Languages of Criticism and* the Sciences of Man, 1970).

Deconstruction is most simply defined as a critique of the hierarchical oppositions that have structured Western thought: inside/outside, mind/body, literal/metaphorical, speech/writing, presence/absence, nature/culture, form/meaning. To deconstruct an opposition is to show that it is not natural and inevitable but a construction, produced by discourses that rely on it, and to show that it is a construction in a work of *de*construction that seeks to dismantle it and reinscribe it – that is, not destroy it but give it a different structure and functioning. But as a mode of reading, deconstruction is, in Barbara Johnson's phrase, a 'teasing out of warring forces of signification within a text', an investigation of the tension between modes of signification, as between the performative and constative dimensions of language.

Feminist Theory

In so far as feminism undertakes to deconstruct the opposition man/woman and the oppositions associated with it in the history of Western culture, it is a version of post-structuralism, but that is only one strand of feminism, which is less a unified school than a social and intellectual movement and a space of debate. On the one hand, feminist theorists champion the identity of women, demand rights for women, and promote women's writings as representations of the experience of women. On the other hand, feminists undertake a theoretical critique of the heterosexual matrix that organizes identities and cultures in terms of the opposition between man and woman. Elaine Showalter distinguishes 'the feminist critique' of male assumptions and procedures from 'gynocriticism', a feminist criticism concerned with women authors and the representation of women's experience. Both of these modes have been opposed to what is sometimes called, in Britain

ED FLANDERS,
DECONSTRUCTION WORKER
R. Chast

and America, 'French feminism', where 'woman' comes to stand for any radical force that subverts the concepts, assumptions, and structures of patriarchal discourse. Similarly, feminist theory includes both strands that reject psychoanalysis for its incontrovertibly sexist foundations and the brilliant rearticulation of psychoanalysis by such feminist scholars as Jacqueline Rose, Mary Jacobus, and Kaja Silverman, for whom it is only through psychoanalysis, with its understanding of the complications of internalizing norms, that one can hope to comprehend and reconceive the predicament of women. In its multiple projects, feminism has effected a substantial transformation of literary education in the United States and Britain, through its expansion of the literary canon and the introduction of a range of new issues.

Psychoanalysis

Psychoanalytic theory had an impact on literary studies both as a mode of interpretation and as a theory about language, identity, and the subject. On the one hand, along with Marxism it is the most powerful modern hermeneutic: an authoritative meta-language or technical vocabulary that can be applied to literary works, as to other situations, to understand what is 'really' going on. This leads to a criticism alert to psychoanalytic themes and relations. But on the other hand, the greatest impact of psychoanalysis has come through the work of Jacques Lacan, a renegade French psychoanalyst who set up his own school outside the analytic establishment and led what he presented as a return to Freud. Lacan describes the subject as an effect of language and emphasizes the crucial role in analysis of what Freud called transference, in which the analysand casts the analyst in the role of authority figure from the past ('falling in love with your analyst'). The truth of the patient's condition, in this account, emerges not from the analyst's interpretation of the patient's discourse but from the way analyst and patient are caught up in replaying a crucial scenario from the patient's past. This reorientation makes psychoanalysis a post-structuralist discipline in which interpretation is a replaying of a text it does not master.

Marxism

In Britain, unlike the United States, post-structuralism arrived not through Derrida and then Lacan and Foucault but through the work of the Marxist theorist Louis Althusser. Read within the Marxist culture of the British left, Althusser led his readers to Lacanian theory and provoked a gradual transformation by which, as Antony Easthope puts it, 'post-structuralism came to occupy much the same space as that of its host culture, Marxism'. For Marxism, texts belong to a superstructure determined by the economic base (the 'real relations of production'). To interpret cultural products is to relate them back to the base. Althusser argued that the social formation is not a unified totality with the mode of production at its centre but a looser structure in which different levels or types of practice develop on different time-scales. Social and ideological superstructures have a 'relative autonomy'. Drawing on a Lacanian account of the determination of consciousness by the unconscious for an explanation of how ideology functions to determine the subject, Althusser maps a Marxist account of the determination of the individual by the social onto psychoanalysis. The subject is an effect constituted in the processes of the unconscious, of discourse, and of the relatively autonomous practices that organize society.

This conjunction is the basis of much theoretical debate in Britain, in political theory as well as literary and cultural studies. Crucial investigations of relations between culture and signification took place in the 1970s in the film studies magazine *Screen*, which, deploying Althusser and Lacan, sought to understand how the subject is positioned or constructed by the structures of cinematic representation.

New Historicism/Cultural Materialism

The 1980s and 1990s in Britain and the United States have been marked by the emergence of vigorous, theoretically engaged historical criticism. On the one hand, there is British *cultural materialism*, defined by Raymond Williams as 'the analysis of all forms of signification, including quite centrally writing, within the actual means and conditions of their production'. Renaissance specialists influenced by Foucault (Catherine Belsey, Jonathan Dollimore, Alan Sinfield, and Peter Stallybrass) have been particularly concerned with the historical constitution of the subject and with the contestatory role of literature in the Renaissance. In the United States, *new historicism*, which is less inclined to posit a hierarchy of cause and effect as it traces connections among texts, discourses, power, and the constitution of subjectivity, has also been centred on the Renaissance. Stephen Greenblatt, Louis Montrose, and others focus on how Renaissance literary texts are situated amid the discursive practices and the institutions of the period, treating literature not as a reflection or product of a social reality but as one of several sometimes antagonistic practices. A key question for the new historicists has been the dialectic of 'subversion and containment': how far do Renaissance texts offer a genuinely radical critique of the religious and political ideologies of their day and how far is the discursive practice of literature, in its apparent subversiveness, a way of containing subversive energies?

Post-Colonial Theory

A related set of theoretical questions emerge in *post-colonial* theory: the attempt to understand the problems posed by the European colonization and its aftermath. In this legacy, post-colonial institutions and experiences, from the idea of the independent nation to the idea of culture itself, are entangled with the discursive practices of the West. Since the 1980s a growing corpus of writings has debated questions about the relation between the hegemony of Western discourses and the possibilities of resistance, and about the formation of colonial and post-colonial subjects: hybrid subjects, emerging from the superimposition of conflicting languages and cultures. Edward Said's *Orientalism* (1978), which examined the construction of the oriental 'other' by European discourses of knowledge, helped to establish the field. Since then post-colonial theory and writing has become an attempt to intervene in the construction of culture and knowledge, and, for intellectuals who come from post-colonial societies, to write their way back into a history others have written.

Minority Discourse

One political change that has been achieved within academic institutions in the United States has been the growth of study of literatures of ethnic minorities. The main effort has been to revive and promote the study of black, Latino, Asian-American, and Native American writing. Debates bear on the relation between the strengthening of cultural identity of particular groups by linking it to a tradition of writing and the liberal goal of celebrating cultural diversity and 'multiculturalism'. Theoretical questions swiftly become entangled with questions about the status of theory, which is sometimes said to impose 'white' questions or philosophical issues on projects struggling to establish their own terms and contexts. But Latino, African-American, and Asian-American critics pursue the theoretical enterprise in developing the study of minority discourses, defining their distinctiveness, and articulating their relations to dominant traditions of writing and thought. Attempts to generate theories of 'minority discourse' both develop concepts for the analysis of specific cultural traditions and use a position of marginality to expose the assumptions of 'majority' discourse and to intervene in its theoretical debates.

Queer Theory

Like deconstruction and other contemporary theoretical movements, Queer theory (discussed in Chapter 7) uses the marginal – what has been set aside as perverse, beyond the pale, radically other – to analyse the cultural construction of the centre: heterosexual normativity. In the work of Eve Sedgwick, Judith Butler, and others, Queer theory has become the site of a productive questioning not just of the cultural construction of sexuality but of culture itself, as based on the denial of homoerotic relations. As with feminism and versions of ethnic studies before it, it gains intellectual energy from its link with social movements of liberation and from the debates within these movements about appropriate strategies and concepts. Should one celebrate and accentuate difference or challenge distinctions that stigmatize? How to do both? Possibilities of both action and understanding are at stake in theory.

References

Chapter 1

Richard Rorty, *Consequences of Pragmatism* (Minneapolis: University of Minnesota Press, 1982), 66. Michel Foucault, *The History of Sexuality*, vol. i (New York: Pantheon, 1980), 154, 156, 43. SPEECH AND WRITING: Jonathan Culler, *On Deconstruction: Theory and Criticism after Structuralism* (Ithaca, NY: Cornell University Press, 1982), 89–110. Jean-Jacques Rousseau, *Confessions*, Book 3, and elsewhere, quoted in Jacques Derrida, *Of Grammatology* (Baltimore: Johns Hopkins University Press, 1976), 141–64. 'ILN'Y A PAS DE HORS-TEXTE': Derrida, *Of Grammatology*, 158. ARETHA FRANKLIN: Judith Butler, 'Imitation and Gender Insubordination', in Diana Fuss, ed., *Inside/Out: Lesbian Theories, Gay Theories* (New York: Routledge, 1991), 27–8.

Chapter 2

HISTORICAL UNDERSTANDING: W. B. Gallie, *Philosophy and the Historical Understanding* (London: Chatto, 1964), 65–71. WEED: John M. Ellis, *The Theory of Literary Criticism: A Logical Analysis* (Berkeley and Los Angeles: University of California Press, 1974), 37–42. HYPER-PROTECTED COOPERATIVE PRINCIPLE: Mary Louise Pratt, *Toward a Speech Act Theory of Literary Discourse* (Bloomington: Indiana University Press, 1977), 38–78. Roman Jakobson, 'Linguistics and Poetics', *Language in Literature* (Cambridge, Mass.: Harvard University Press, 1987), 70. Immanuel Kant, *The Critique of Judgment*, part 1, section 15. INTERTEXTUALITY: see Roland

Barthes, *S/Z* (New York: Farrar Strauss, 1984), 10–12, 20–2, and Harold Bloom, *Poetry and Repression* (New Haven: Yale University Press, 1976), 2–3. Benedict Anderson, *Imagined Communities: Reflections on the Origin and Spread of Nationalism* (London: Verso, 1983), 40. ARTICLE OF 1860: H. Richardson, 'On the Use of English Classical Literature in the Work of Education', quoted in Chris Baldick, *The Social Mission of English Criticism, 1848–1932* (Oxford: Clarendon, 1987), 66. Terry Eagleton, *Literary Theory: An Introduction* (Oxford: Blackwell, 1983), 25. CULTURAL CAPITAL: John Guillory, *Cultural Capital: The Problem of Literary Canon Formation* (Chicago: University of Chicago Press, 1993).

Chapter 3

CULTURAL STUDIES: Richard Klein, *Cigarettes are Sublime* (Durham, NC: Duke University Press, 1993), and *Eat Fat* (New York: Pantheon, 1996); Marjorie Garber, *ViceVersa: Bisexuality and the Eroticism of Everyday Life* (New York: Simon & Schuster, 1994); Mark Seltzer, *Serial Killers I, II, III* (New York: Routledge, 1997). Roland Barthes, *Mythologies* (London: Cape, 1972), 15–25. Louis Althusser, 'Ideology and Ideological State Apparatuses (Notes toward an Investigation)', *Lenin and Philosophy, and Other Essays* (London: New Left Books, 1971), 168. AMERICAN COLLECTION: Lawrence Grossberg, Cary Nelson, and Paula Treichler, eds., *Cultural Studies* (New York: Routledge, 1992), 2, 4. SOCIAL TOTALITY: Ernesto Laclau, *New Reflections on the Revolution of our Time* (London: Verso, 1990), 89–92. POLICE SERIALS: Antony Easthope, *Literary into Cultural Studies* (London: Routledge, 1991), 109.

Chapter 4

Ferdinand de Saussure, *Course in General Linguistics* (London: Duckworth, 1983), 107, 115. B. L. Whorf, *Language, Thought and Reality* (Cambridge, Mass.: MIT Press, 1956). LITERARY COMPETENCE: Jonathan Culler, *Structuralist Poetics: Structuralism, Linguistics, and the Study of Literature* (London: Routledge & Kegan Paul, 1975), 113–60. HORIZON OF EXPECTATIONS: Robert Holub, *Reception Theory: A Critical Introduction* (London: Methuen, 1984), 58–63. Elaine Showalter, 'Towards a Feminist

Poetics', in *Women Writing and Writing about Women*, ed. Mary Jacobus (London: Croom Helm, 1979), 25. INTENTIONAL FALLACY: W. K. Wimsatt and Monroe Beardsley, 'The Intentional Fallacy', in Wimsatt, *The Verbal Icon: Studies in the Meaning of Poetry* (Lexington: University of Kentucky Press, 1954), 18. Toni Morrison, *Playing in the Dark: Whiteness and the American Literary Imagination* (Cambridge, Mass.: Harvard University Press, 1992). Edward Said, 'Jane Austen and Empire', *Culture and Imperialism* (New York: Knopf, 1993), 80–97. HERMENEUTICS OF SUSPICION: Hans-Georg Gadamer, 'The Hermeneutics of Suspicion', in Gary Shapiro and Alan Sica, eds., *Hermeneutics: Questions and Prospects* (Amherst: University of Massachusetts Press, 1984), 54–65.

Chapter 5

Jacques Derrida, 'White Mythology: Metaphor in the Text of Philosophy', *Margins of Philosophy* (Chicago: University of Chicago Press, 1982), 207–71. RHETORICAL FIGURES: Jonathan Culler, 'The Turns of Metaphor', *The Pursuit of Signs: Semiotics, Literature, Deconstruction* (London: Routledge & Kegan Paul, 1981), 188–209. George Lakoff and Mark Johnson, *Metaphors We Live By* (Chicago: University of Chicago Press, 1980). Roman Jakobson, 'Two Aspects of Language . . .', *Language in Literature* (Cambridge, Mass.: Harvard University Press, 1987), 95–114. FOUR MASTER TROPES: Hayden White, *Tropics of Discourse: Essays in Cultural Criticism* (Baltimore: Johns Hopkins University Press, 1978), 5–6, 58–75. PRETENDS TO BE TALKING: Northrop Frye, *The Anatomy of Criticism: Four Essays* (Princeton: Princeton University Press, 1965), 249. FICTIONAL IMITATIONS: Barbara Herrnstein Smith, *On the Margins of Discourse: On the Relation of Language to Literature* (Chicago: University of Chicago Press, 1978), 30; Northrop Frye, *Anatomy of Criticism*, 271–2, 275, 280.

Chapter 6

Frank Kermode, *The Sense of an Ending* (Oxford: Oxford University Press, 1967), 45. Aristotle, *Poetics*, chapters 6–11. Mikhail Bakhtin, *The Dialogic Imagination: Four Essays* (Austin: University of Texas Press, 1981). Mieke Bal, *Narratology: Introduction to the Theory of Narrative*, 2nd edn

(Toronto: University of Toronto Press, 1997), 142–66. Gérard Genette, *Narrative Discourse: An Essay in Method* (Ithaca, NY: Cornell University Press, 1980), 189–211. PSEUDO-ITERATIVE: Genette, op. cit., 121–7. E. M. Forster, *Aspects of the Novel* (New York: Harcourt, 1927), 64. Paul de Man, *The Resistance to Theory* (Minneapolis: University of Minnesota Press, 1986), 11.

Chapter 7

J. L. Austin, *How to Do Things with Words* (Cambridge, Mass.: Harvard University Press, 1975), 5, 6, 14, 54–70, 9, 22. LITERARY CRITICS: Sandy Petrey, *Speech Acts and Literary Theory* (New York: Routledge, 1990). Jacques Derrida, 'Signature, Event, Context', *Margins of Philosophy* (Chicago: University of Chicago Press, 1983), 307–30. Jacques Derrida, *Acts of Literature*, ed. Derek Attridge (New York: Routledge, 1992), 55. DECLARATION OF INDEPENDENCE: Jacques Derrida, 'Declarations of Independence', *New Political Science*, 15 (Summer 1986), 7–15. APORIA: Paul de Man, *Allegories of Reading* (New Haven: Yale University Press, 1979), 131. Judith Butler, *Gender Trouble: Feminism and the Subversion of Identity* (New York: Routledge, 1990), 136–41. Judith Butler, *Bodies that Matter: On the Discursive Limits of 'Sex'* (New York: Routledge, 1993), 7, 2, 231–2, 226.

Chapter 8

Michel Foucault, *The Archeology of Knowledge* (New York: Pantheon, 1972), 22. QUEER THEORY: Judith Butler, *Bodies that Matter: On the Discursive Limits of 'Sex'* (New York: Routledge, 1993), 235–40. Nancy Armstrong, *Desire and Domestic Fiction* (New York: Oxford University Press, 1987), 9. FREUD: Jean Laplanche and J. B. Pontalis, *The Language of PsychoAnalysis* (New York: Norton, 1973), 205–8. Jacques Lacan, 'The Mirror Stage', *Écrits: A Selection* (New York: Norton, 1977), 1–7. Mikkel Borch-Jakobsen, *The Freudian Subject* (Stanford, Calif.: Stanford University Press, 1988), 47. René Girard, *Deceit, Desire and the Novel: Self and Other in Literary Structure* (Baltimore: Johns Hopkins University Press, 1965). Eve Kosofsky Sedgwick, *Between Men: English Literature and*

Male Homosocial Desire (New York: Columbia University Press, 1985). URGENCIES OF EMANCIPATORY POLITICS: Jacqueline Rose, *Sexuality in the Field of Vision* (London: Verso, 1986), 103. Michel Foucault, *The History of Sexuality*, vol. i (New York: Random, 1978), 101. Stuart Hall, 'Cultural Identity and Cinematic Representation', *Framework*, 36 (1987), 70. DIFFERENCE WITHIN: Barbara Johnson, 'The Critical Difference: BartheS/BalZac', *The Critical Difference: Essays in the Contemporary Rhetoric of Reading* (Baltimore: Johns Hopkins University Press, 1980), 4. Judith Butler, *Gender Trouble: Feminism and the Subversion of Identity* (New York: Routledge, 1990), 147. Kwame Anthony Appiah, 'Tolerable Falsehoods: Agency and the Interests of Theory', in Jonathan Arac and Barbara Johnson, eds., *The Consequences of Theory* (Baltimore: Johns Hopkins University Press, 1991), 74, 83. SUBALTERN: Gayatri Spivak, 'Can the Subaltern Speak?', in Cary Nelson and Lawrence Grossberg, eds., *Marxism and the Interpretation of Culture* (Urbana: University of Illinois Press, 1988), 271–313.

Appendix

Jacques Derrida, 'Structure, Sign, and Play in the Discourse of the Human Sciences', in R. Macksey and E. Donato, eds., *The Languages of Criticism and the Sciences of Man* (Baltimore: Johns Hopkins University Press, 1970), 247–65. Barbara Johnson, *The Critical Difference* (Baltimore: Johns Hopkins University Press, 1980), 5. Elaine Showalter, 'Towards a Feminist Poetics', in *Women Writing and Writing about Women*, ed. Mary Jacobus (London: Croom Helm, 1979), 25. Jacqueline Rose, *Sexuality in the Field of Vision* (London: Verso, 1986). Mary Jacobus, *Reading Woman: Essays in Feminist Criticism* (New York: Columbia University Press, 1986). Kaja Silverman, *Threshold of the Visible World* (New York: Routledge, 1996). Antony Easthope, *British Post-structuralism since 1968* (New York: Routledge, 1988), p. xiv. Raymond Williams, *Writing in Society* (London: Verso, 1984), 210.

Further Reading

Chapter 1

Jonathan Culler, *On Deconstruction: Theory and Criticism after Structuralism* (Ithaca, NY: Cornell University Press, 1982) begins with a discussion of theory in general. Richard Harland, *Superstructuralism: The Philosophy of Structuralism and Post-Structuralism* (London: Methuen, 1987), a broad and lively introductory survey. For Foucault, see Paul Rabinow, ed., *The Foucault Reader* (New York: Pantheon, 1984); Lois McNay, *Foucault: A Critical Introduction* (New York: Continuum, 1994). For Derrida, see Culler, *On Deconstruction*, 85–179; Geoffrey Bennington, *Jacques Derrida* (Chicago: University of Chicago Press, 1993).

Chapter 2

Paul Hernadi, ed., *What is Literature?* (Bloomington: Indiana University Press, 1978), for a range of representative statements. Mary Louise Pratt, *Toward a Speech Act Theory of Literary Discourse* (Bloomington: Indiana University Press, 1977) argues against the notion of literature as a special kind of language. Barbara Herrnstein Smith, *On the Margins of Discourse: On the Relation of Language to Literature* (Chicago: University of Chicago Press, 1979) treats literary works as fictional imitations of 'real' speech acts. Terry Eagleton, *Literary Theory: An Introduction* (Oxford: Blackwell, 1983), 1–53, on the idea of literature in general and literary studies in 19th-century Britain. Antony Easthope, *Literary into Cultural Studies* (London: Routledge, 1991), 1–61, a useful overview of traditional conceptions of literature. Jacques Derrida, 'This Strange Institution Called Literature', *Acts of Literature*, ed. Derek Attridge (New York: Routledge, 1992), 33–75.

Chapter 3

'Forum: Thirty-Two Letters on the Relation between Cultural Studies and the Literary', *PMLA* 112: 2 (Mar. 1997), 257–86, a lively spectrum of current views. Antony Easthope, *Literary into Cultural Studies* surveys British developments. Tony Bennett *et al.*, eds., *Culture, Ideology, and Social Process: A Reader* (London: Batsford & Open University Press, 1987), an anthology of classic British essays for the Open University's 'Popular Culture' course. John Fiske, *Understanding Popular Culture* (Boston: Unwin, 1989), an accessible introduction. Simon During, ed., *The Cultural Studies Reader* (London: Routledge, 1993), and Mieke Bal, ed., *The Practice of Cultural Analysis* (Stanford, Calif.: Stanford University Press, 1999), two recent collections. Ioan Davies, *Cultural Studies and Beyond: Fragments of Empire* (London: Routledge, 1995), a shrewd recent history. LITERARY CANON: Robert von Hallberg, ed., *Canons* (Chicago: University of Chicago Press, 1984).

Chapter 4

Jonathan Culler, *Saussure* (London: Fontana, 1976; rev. edn.: Ithaca, NY: Cornell University Press, 1986), an introduction to his thought and influence. M. A. K. Halliday, *Explorations in the Functions of Language* (London: Arnold, 1973), essays relevant to literary studies. Roger Fowler, *Linguistic Criticism* (Oxford: Oxford University Press, 1996), a valuable introductiontolanguageandthelinguisticdimensionsofliterature.William Ray, *Literary Meaning: From Phenomenology to Deconstruction* (Oxford: Blackwell, 1984) develops a convincing narrative about different critical schools' approaches to meaning in literature. Nigel Fabb *et al.*, eds., *The Linguistics of Writing: Arguments between Language and Literature* (New York: Methuen, 1987), strong recent essays. POETICS: Jonathan Culler, *Structuralist Poetics* (London: Routledge, 1975); Roland Barthes, *S/Z* (New York: Hill & Wang, 1974), analysis of a Balzac story that switches between poetics and hermeneutics. HERMENEUTICS: Donald Marshall, 'Literary Interpretation', in *Introduction to Scholarship in Modern Languages and Literatures*, ed. Joseph Gibaldi, 2nd edn. (New York: MLA, 1992), 159–82. READER-RESPONSE CRITICISM: Jane Tompkins, ed., *Reader-Response Criticism: From Formalism to Post-Structuralism* (Baltimore: Johns Hopkins University Press, 1980).

Chapter 5

RHETORIC: Renato Barilli, *Rhetoric* (Minneapolis: University of Minnesota Press, 1989), a historical survey of key issues. GENRES: Paul Hernadi, *Beyond Genre: New Directions in Literary Classification* (Ithaca, NY: Cornell University Press, 1972). APOSTROPHE: Jonathan Culler, 'Apostrophe', *The Pursuit of Signs, Semiotics Literature, Deconstruction* (London: Routledge, 1981), 135–54. POETICS: Jonathan Culler, 'Poetics of the Lyric', *Structuralist Poetics: Structuralism, Linguistics, and the Study of Literature* (London: Routledge & Kegan Paul, 1975), 161–88. POETRY: For a range of essays engaged with theoretical questions, Chaviva Hosek and Patricia Parker, eds., *Lyric Poetry: Beyond New Criticism* (Ithaca, NY: Cornell University Press, 1985); Jacques Derrida, 'What is Poetry?' ('Che cos'è la poesia?'), in *A Derrida Reader: Between the Blinds*, ed. Peggy Kamuf (New York: Columbia University Press, 1991), 221–46.

Chapter 6

Two excellent, systematic books are Susan Lanser, *The Narrative Act: Point of View in Fiction* (Princeton: Princeton University Press, 1981), and Mieke Bal, *Narratology: Introduction to the Theory of Narrative*, 2nd rev. edn. (Toronto: University of Toronto Press, 1997). See also Wallace Martin, *Recent Theories of Narrative* (Ithaca, NY: Cornell University Press, 1986); Shlomith Rimmon-Kenan, *Narrative Fiction: Contemporary Poetics* (London: Methuen, 1983); Jonathan Culler, 'Story and Discourse in the Analysis of Narrative', *The Pursuit of Signs: Semiotics, Literature, Deconstruction* (London: Routledge & Kegan Paul, 1981), 169–87; Jonathan Culler, 'Poetics of the Novel', *Structuralist Poetics: Structuralism, Linguistics, and the Study of Literature* (London: Routledge & Kegan Paul,

1975), 189–238. DESIRE: Peter Brooks, *Psychoanalysis and Storytelling* (Oxford: Blackwell, 1994); Teresa de Lauretis, 'Desire in Narrative', *Alice Doesn't* (Bloomington: Indiana University Press, 1984), 103–57. POLICING: D. A. Miller, *The Novel and the Police* (Berkeley and Los Angeles: University of California Press, 1988).

Chapter 7

Jacques Derrida, *Limited Inc.* (Evanston, Ill.: Northwestern University Press, 1988), includes 'Signature, Event, Context' and other discussions of the performative. Barbara Johnson, 'Poetry and Performative Language', *The Critical Difference: Essays in the Contemporary Rhetoric of Reading* (Baltimore: Johns Hopkins University Press, 1980), a short, efficient discussion. Shoshana Felman, *The Literary Speech Act* (Ithaca, NY: Cornell University Press, 1983), on Austin and Lacan.

Chapter 8

Charles Taylor, *Sources of the Self: The Making of the Modern Identity* (Cambridge, Mass.: Harvard University Press, 1989), a broad survey. Kaja Silverman, *The Subject of Semiotics* (Oxford: Oxford University Press, 1983), synthesizes psychoanalysis and semiotics on subject formation, with literary and cinematic examples. For essentialism: Diana Fuss, *Identification Papers* (New York: Routledge, 1995). For post-colonial theory: Homi Bhabha, *The Location of Culture* (New York: Routledge, 1994) and Ania Loomba, *Colonialism/Postcolonialism* (New York: Routledge, 1998).

Appendix

For the institutional history of criticism, Jonathan Culler, 'Literary Criticism and the American University', in *Framing the Sign: Criticism and its Institutions* (Oxford: Blackwell, 1988), 3–40; Gerald Graff, *Professing Literature: An Institutional History* (Chicago: University of Chicago Press, 1987); Chris Baldick, *Criticism and Literary Theory, 1890 to the Present* (London: Longman, 1996).

On schools, see Terry Eagleton's *Literary Theory: An Introduction* (Oxford: Blackwell, 1983), a tendentious but very lively account of all the 'schools' except the Marxist criticism he embraces; Antony Easthope's *British Post-structuralism since 1968* (New York: Routledge, 1988), a sophisticated account of the fortunes of 'theory' in Britain; Peter Barry's *Beginning Theory: An Introduction to Literary and Cultural Theory* (Manchester: Manchester University Press, 1995), a useful 'school'-oriented textbook; and Raman Selden, ed., *The Cambridge History of Literary Criticism*, vol. viii, *From Formalism to Poststructuralism* (Cambridge: Cambridge University Press, 1995), which covers major movements. Richard Harland's *Superstructuralism: The Philosophy of Structuralism and PostStructuralism* (London: Methuen, 1987) is a broad and lively introductory survey; Keith Green and Jill LeBihan, *Critical Theory and Practice: A Coursebook* (London: Routledge, 1996) cleverly fuses the survey by school with approach by 'topic'.

“牛津通识读本”已出书目

古典哲学的趣味
人生的意义
文学理论入门
大众经济学
历史之源
设计，无处不在
生活中的心理学
政治的历史与边界
哲学的思与惑
资本主义
美国总统制
海德格尔
我们时代的伦理学
卡夫卡是谁
考古学的过去与未来
天文学简史
社会学的意识
康德
尼采
亚里士多德的世界
西方艺术新论
全球化面面观
简明逻辑学
法哲学：价值与事实
政治哲学与幸福根基
选择理论
后殖民主义与世界格局

福柯
缤纷的语言学
达达和超现实主义
佛学概论
维特根斯坦与哲学
科学哲学
印度哲学祛魅
克尔凯郭尔
科学革命
广告
数学
叔本华
笛卡尔
基督教神学
犹太人与犹太教
现代日本
罗兰·巴特
马基雅维里
全球经济史
进化
性存在
量子理论
牛顿新传
国际移民
哈贝马斯
医学伦理
黑格尔

地球
记忆
法律
中国文学
托克维尔
休谟
分子
法国大革命
民族主义
科幻作品
罗素
美国政党与选举
美国最高法院
纪录片
大萧条与罗斯福新政
领导力
无神论
罗马共和国
美国国会
民主
英格兰文学
现代主义
网络
自闭症
德里达
浪漫主义
批判理论

德国文学
戏剧
腐败
医事法
癌症
植物
法语文学
微观经济学
湖泊
拜占庭
司法心理学
发展
农业
特洛伊战争
巴比伦尼亚
河流
战争与技术
品牌学
数学简史
物理学
行为经济学
儿童心理学
时装
现代拉丁美洲文学
卢梭
隐私
电影音乐
抑郁症
传染病
希腊化时代
知识
环境伦理学
美国革命
元素周期表
人口学
社会心理学
动物
项目管理
美学
管理学
卫星
国际法
电影
俄罗斯文学
古典文学
大数据
洛克
幸福
免疫系统
银行学
景观设计学
神圣罗马帝国
大流行病
亚历山大大帝
气候
第二次世界大战
中世纪
工业革命
传记
公共管理
社会语言学
物质
学习